喜妃傳

第二部

二

解語 著

熹妃傳

目錄

第四百九十一章　洩漏

恆隆當鋪中，大朝奉正向當鋪掌櫃報告這一日的事，當他提到今日收到的那對羊脂玉鐲時，掌櫃神色微凝，挑眉道：「去把那對鐲子拿來給我看看。」

大朝奉依言從庫房中拿了鐲子過來，掩不住興奮地道：「東家，我仔細檢查過，這鐲子絕對是最上等的羊脂玉，而且一絲瑕疵也沒有。這種玉質的羊脂玉在如今已經很少見了，可遇不可求。千金之數都已經算是少了，我估計著可以賣到一千五百兩到兩千兩，若是再藏個一陣子，價格還會更高。」

掌櫃根本沒聽他的話，只拿著鐲子翻來覆去地看。

隨著時間的推移，大朝奉心裡逐漸沒底起來，難道自己看錯了，這根本不是羊脂玉？若是這樣，自己豈不是慘了？

大朝奉額頭開始見汗，又憋了一會兒，終是忍不住道：「東家，可是這對鐲子有問題？」

掌櫃沒有回答他，反而不斷追問日間典當時的情形，隨後更是一臉嚴肅地道：「去，叫人立刻給我準備一輛馬車。」

「東家，天都黑了，您這是要去哪裡？」大朝奉越聽越覺得不對勁。

「去縣衙！」

掌櫃在扔下這三個字後就拿著鐲子出了門，任由大朝奉在那裡提心吊膽，怎麼也想不明白東家為啥要連夜趕往縣衙，難道……那對鐲子是贓物？

接到衙役通報，已經歇下的王縣令連忙命人將其帶到花廳。

穿戴整齊後他來到花廳，剛一進去，等在裡面的掌櫃就迎上來準備說話，可王縣令做了個禁聲的手勢，等將門窗一一掩好後，方道：「如何，可是交代你的事有眉目了？」

「是。」掌櫃躬身自懷中取出那對羊脂玉鐲。「大人請看，這鐲子是小人店中的大朝奉收進來的，小人看過，這對羊脂玉鐲的玉質極是上乘，像這等玉質，一般都是供給皇家的，少有流到民間。」

當日，何晉告訴王縣令，那名女逃犯與宮中有所牽扯，要他注意望江縣範圍內的當鋪、珠寶店時，他就將各店的掌櫃叫了過來，以有人偷盜宮中物件，京中派他辦密差為由，著他們注意近期是否有人典當出賣一些可能是出自宮中、價值不菲的東西。

「你說來當這對玉鐲的是個女人？」王縣令一邊打量著鐲子一邊問。雖然這鐲子沒有大內的印記，但正如掌櫃的所說，如此上等的玉質，皆是拿來進貢，民間不可能會有。

「對，是個女子，聽說長相甚好。」掌櫃將問來的情形一一告訴王縣令。

王縣令得知恆隆當鋪中有兩人見過那女子，當即命人去傳，然後拿出畫像問他們，是否為畫中女子。他們看過後，皆一致點頭肯定，說就是畫中女子。

王縣令大喜過望。

這幾日，何晉一直有書信來問他追查的情況，說英格大人在京中等得很是焦急，催促他定要盡快找到女逃犯。

想不到啊想不到，日間自己還為了這件事一籌莫展，夜間卻突然有了消息，真是踏破鐵鞋無覓處，得來全不費工夫。

第二日一早，王縣令命衙役執畫像四處打聽那女子的行蹤，終於在傍晚時分，打聽到那女子的住處，竟是在賤民長巷中。

王縣令一邊命人暗中看住那女子，另一邊急信告知何晉這件事。很快的，何晉的信就到了，讓王縣令的人盯住那女子，不要打草驚蛇，其餘的，他會來處理。

夜色中，一張大網正在慢慢織就……

倚門而盼的石母看到石生回來，歡喜得直落淚，隨即又心疼兒子身上的傷，怒罵侯府那些人下手狠毒，虧得石生底子好，沒受什麼內傷，否則可不是養幾天就能恢復的。

翌日，鄭叔拿了幾個雞蛋過來，說是給石生補補身子。得知石生還在裡屋歇息時，他搓著手道：「老嫂子，我想與妳商量一件事。」

石母將那些雞蛋放好後，倒了杯涼茶道：「咱們兩家都這麼熟了，有什麼話直說就是。」

「是關於萱兒的。」鄭叔低頭想了一會兒道：「老嫂子，我就直說了吧，妳可願意咱們兩家結為親家？」

石母聞言一驚，繼而喜道：「你是說讓萱兒嫁給我家石生？」

鄭叔點點頭道：「不怕老嫂子笑話，萱兒這丫頭一直喜歡石生，這次石生出事，她是急得吃不下、睡不著。我想著她已經十七了，再拖下去就成老姑娘了，所以腆著臉皮來問老嫂子。若是妳不樂意，就當我沒說過。」

「樂意！樂意，哪有不樂意的理。」石母連忙點頭道：「萱兒這丫頭是我看著長大的，聰明伶俐，不知道多盼著她可以做我的兒媳婦，就是咱們家太窮，怕委屈了這丫頭，所以才一直沒敢開口。」

「都是差不多的出身，哪有什麼委屈不委屈的，再說石生這孩子勤快能幹不說，心地也好，把萱兒交給他，我和萱兒她娘都放心，何況還有老嫂子幫忙看著。」

鄭叔嘿嘿笑著。

「這是自然。他若敢欺負萱兒，我第一個不饒他。」石母越想這事越歡喜。石生的婚事一直是她心裡的一根刺，雖說他們從沒奢望過可以去娶一個良家女子，但又不願隨隨便便娶一個不知根柢的女子，萱兒無疑是最好的選擇。

這根刺一朝拔去，石母整個人都覺著鬆快不少。

「他叔，這事就這麼定下了，等石生起來我就與他說。到時候咱們再聚一起選個好日子，讓萱兒正式過門。」

第四百九十二章　親事

「那我就回去把這好消息告訴萱兒她娘，讓她可以開始準備萱兒的婚事了。」順利將婚事定下，鄭叔也是滿心歡喜。

「對了，還有一件事忘了問老嫂子。」鄭叔在走到門口時，突然收住腳步道：「那位凌姑娘的事，老嫂子可是想好了？」

石母點點頭道：「都想好了，過幾日我就讓她離開。」這次石生出事已經嚇去了她半條命，說什麼也不希望再出其他事。

「那就好。」鄭叔暗吁一口氣，他就怕石母抹不下這個臉趕人，這萬一要是真出了什麼事，那他豈非害了自己女兒。

石母回身進了裡屋，石生正半坐在床上，拿著不知幾根草編東西。

石母見了就要去拿他手裡的東西，嘴上道：「都說讓你好生歇著，不要坐起來，怎麼就不聽話呢？」

「娘，我沒什麼事，就是一些皮肉傷罷了，躺不躺著都一樣。」石生將編了一半的草往身後一藏，打量著石母道：「娘心情似乎很不錯，可是有什麼好事？」

「何止是好事，還是喜事呢！」石母止不住那縷笑意。「你鄭叔剛才來，說起你與萱兒，覺得你們很是般配，且年紀也都不小了，我們兩個就做主為你們定下了親事。」

「什麼？親事！」石生大驚失色，怎麼也沒想到就這一會兒工夫，娘就把自己的終身大事定下了。

石母只道他是高興，喜孜孜道：「是啊，娘盼了這麼久，終於盼來你娶妻，將來到了九泉之下，也有顏面見你爹了。」

「娘。」石生沉默了一會兒，低低道：「兒子不想娶萱兒。」

「你說什麼？」正在興頭上的石母一時沒聽清楚，等石生將剛才的話又重複了一遍後，她頓時不高興了。「萱兒不好嗎？」

「不是，萱兒妹子很好，只是她並非兒子心中中意的人。」

「這麼說來，你有喜歡的人了？是哪戶人家？那姑娘性子如何？」石母追問。

石生躲閃道：「娘您不要問了，總之兒子心中有數。」

「不行，這麼大的事，為娘怎麼能不知道。快說說，我倒要看看她是不是比萱兒還要好。」石母哪肯依他，催促著他趕緊說。

石生實在被逼得無法，只得道：「是凌姑娘。」

他原不知道喜歡一個人是什麼感覺，直至那個重傷垂危的女子來到身邊，說不清是從什麼時候開始，總之，每次看到她，心就會變得很柔軟，腦海中想的、心裡念的，也總是她。

「凌姑娘？」石母怎麼也想不到會是這個答案，愣了好久才回過神來，沉了臉，斷然說道：「不行，你喜歡哪個都可以，唯獨她不行。」

石生猜到母親會不贊同，卻沒想到她反應這麼大。「為何凌姑娘不可以？」

石母不悅地道：「且不說咱們對這位凌姑娘家底、過往一無所知，就說她年紀好了，少說也有三十來歲了，而你才二十來歲，相差如此之大，怎好做夫妻，說出去可不得讓人笑話。再說，以她這樣的年紀，之前肯定嫁過人，你又怎可娶一個有夫之婦。」

石生沉默了一會兒，道：「可是兒子只想娶她一人，至於萱兒，兒子一直將她當成妹妹看待，並無其他。」

石母冷然道：「我說了不行，你再說也無用。總之這樁婚事我已經答應了鄭叔，你必須要娶萱兒，至於感情，成親之後，自然慢慢會有，當年我與你爹也是這麼過來的。」

若說石母之前還不以為意，那麼現在就算是逼也要逼著石生娶萱兒，否則再拖下去，真不知石生會對那個凌姑娘迷戀到什麼程度。

這凌姑娘是萬萬不能再留下了，待會兒就去與她說，讓她趕緊離開這裡。只要她一走，石生那點兒念想自然會慢慢淡下來。

「娘，您不要逼我好不好？」石生心亂如麻，但有一點是肯定的。「我真的不想娶萱兒妹子。」

「你是不是連為娘的話都不聽了？」石母沒料到石生這次會如此堅決，面上不由得泛起一絲怒意。

「娘！」石生不知道該說什麼才能讓石母改變主意，但他活了二十來年，好不容易才遇上一個心動的人，斷不肯輕易放棄。「凌姑娘有何不好？她知書達禮，人也善良，這次要不是她，兒子怎麼能平安回來？娶妻最重品行，就算年歲大了一些又怎樣，至於過往……既然都過去了，又何必再追究，該在意的應是現在與將來才是。」

「你！」石母沒想到他會說出這麼一大番話來反駁自己，氣得直哆嗦，指著石生道：「好啊，認識了幾個字就開始不聽為娘的話了是嗎？你忘了是誰生下你，又是誰一把屎、一把尿把你撫養長大的？」

「兒子不是這個意思——」

不等石生說完，石母已經硬邦邦地打斷他的話，道：「若是還認我這個娘，就好生娶萱兒為妻，其他野女人我一概不認！」

「凌姑娘不是什麼野女人，娘您不要亂說！」見石母言語間辱及凌若，石生忍不住出言反駁。

他不知，自己越是維護凌若，石母對凌若就越是反感，拉下臉道：「好，既然她不是野女人，咱們又與她非親非故，那就不應該再待在咱們家中，我這就去讓她離開。」石母現在越來越覺得凌若是個禍根，且對當初一時心軟答應石生留她在家中養傷的舉動後悔不已，若早早送她走，也沒這麼多禍患。

「娘，您要做什麼？」石生見她要走，連忙就去拉，哪想撲了個空，自己反而摔倒在地，觸動了傷口，痛得他連吸好幾口冷氣。

石母回頭，看到石生摔在地上的痛苦樣子，下意識地就想去扶，但想著石生剛才的頂撞，又生生將剛邁出去的步子收回來。

哼，這次她說什麼都不會心軟，定要將那禍水趕得遠遠的，這樣石生才能一世無災無難。

就在石母將門拉開的時候，愕然看到萱兒站在門口，手裡還拿著一雙男人的新鞋子，看樣子應是拿給石生的。只是此刻她臉色很是不好看，雙目死死盯著摔在地上的石生。

鄭叔回去後與萱兒說了石母已經同意她與石生的親事，萱兒心中歡喜，回房看到上次負氣時拿回來的那雙鞋子，如今既是不生氣了，自然想著再把鞋子送回去。哪想，剛到門口，就聽到裡面傳來石家母子的說話聲，更聽到石生親口說他喜歡凌若，不願娶自己。

第四百九十三章　紅顏易老

「萱兒，妳剛才……是不是聽到了什麼？」萱兒的樣子令石母心中浮起不祥預感，若剛才那些話真被她聽去的話，可是麻煩了。

萱兒沒有理會石母，只是一步一步走進去，每一步都像是戴著腳鐐一樣，沉重萬分。她停在石生面前，看到低頭一言不發的石生，淚水不爭氣地落下來，滴在她的手背上，燙得驚人。

等了許久，始終不見石生說話，萱兒忍不住道：「你沒話與我說嗎？」

看到萱兒哭，石生心裡甚是不好受，但又想不出什麼合適的話來安慰，感情不是同情就可以有，所以他最後只能擠出一句對不起。

「我不要聽對不起！」萱兒心中的委屈與不甘在這一刻爆發出來，在洶湧落下的淚水中，大聲質問石生：「究竟我有什麼地方比不上姓凌的那個老女人，你要這樣嫌棄我！」

面對萱兒的激動，石生神色出奇的平靜。「沒有什麼比較，僅僅是我喜歡她而已。」

「不可能！」他越平靜，萱兒就越激動，近乎歇斯底里地大叫：「喜歡！喜歡！除了認識幾個字，以及那張臉長得還算不錯之外，你還喜歡她什麼？她都三十多歲了，肯定嫁過人不說，怕是連孩子都生過了，這樣一個女人你竟然喜歡她！那我呢？我比她年輕，甚至……甚至比她好生養！」這樣的話放在平時，萱兒是絕對不會說的，但此刻，她只想盡力去發洩心中的不甘與憤怒。

石生見她言語一再辱及淩若，神色漸漸冷了下來，雙手撐地慢慢站起身，平視萱兒道：「是，許多地方她不及妳，但同樣也有許多地方妳不及她，我喜歡她，沒有任何理由。」

「住嘴！你給我住嘴！」石母在旁邊越聽越不像話，連忙出言喝止。

可是這一回石生沒有聽她的話，而是道：「娘，兒子已經二十二歲了，不是孩童了，難道兒子連喜歡一個人的權利也沒有嗎？」

「你！你氣死我了！」石母見他當著萱兒的面與自己頂嘴，大怒不已。

「萱兒妹子，我知道此事是我對不住妳，妳若要怪，儘管怪我就是，我相信將來妳一定會遇到比我更好的人。」若想不負本心，那便唯有負萱兒了。

萱兒怔怔地望著他，忽地憤然將死死捏在手裡的鞋子砸在他身上。

「石生！我恨你！我這一輩子都不會原諒你！」她扔下這句用盡力氣喊出來的

話後，轉身跑了出去。這對她來說是此生最大的恥辱，她一刻也不想多待。

「萱兒！萱兒！」石母急得在後面追，只是她年老體弱，哪裡追得上萱兒，反倒是被門檻絆倒摔了一跤。

石生見狀，顧不得自己身上有傷，跑過去扶她。「娘，您怎麼樣了，哪裡摔疼了嗎？」

「不用你管！」石母一把推開石生，尖酸刻薄地道：「你長大了，翅膀硬了，連婚姻大事都可以不聽父母之言了，既然如此，還管我死活做什麼？我死了不是更趁你心嗎？往後再沒人管你，想怎樣就怎樣，想娶哪個就娶哪個！」她一邊罵一邊卻又忍不住掉下淚來，可見石生這次是真傷了她的心。

「娘，您怎麼這樣說，兒子盼您長命百歲都來不及，又怎會這樣想。」眼見老母落淚，石生心裡難過得很。

「既然這樣，你就去給我把萱兒追回來。」石母相信只要兒子肯改口，一定可以得到萱兒的諒解。

石生沒有動，而是低頭咬著牙道：「請恕兒子不孝！」

「你！你這個不孝子！」石母氣得用力拍打石生，恨他不聽自己話，恨他毀了這樁大好婚事，恨他迷戀一個來歷不明的女子。

石生不閃不避，任由石母打著，身上好幾處開始癒合的傷口都被打得再次崩裂開來。

凌若站在門口默默地看著這一幕，她原本在另一間房中歇息，聽得此處似有吵鬧聲就過來看看，正好聽到石生與萱兒的對話。

她從不知道，原來石生竟然喜歡自己，更不知道他為了這份喜歡，頂著石母的壓力拒掉剛剛定下的親事。

石母抬頭，看到倚門而立的凌若，頓時氣不打一處來，艱難地爬起來衝到凌若跟前，揪住她衣襟怒罵：「都是妳！都是妳把我兒子迷惑得神智不清，妳這隻狐狸精，當初我們根本不該救妳！走，妳給我立刻離開這裡！」

石生趕緊上前將她拉開，勸道：「娘，不關凌姑娘的事，您別無理取鬧！」

「我不管，總之所有事情都是這個女人引出來的，滾！立刻滾！」石母從未像今天這樣生氣，根本無法克制。

凌若沒有與石母解釋，而是道：「石生，我想與你單獨說個話。」

「好，妳先出去，我過會兒就來。」石生用力按著石母，在凌若出去後，他安撫了好久，才讓石母暫時消了氣，不過仍嚴令石生必須立刻趕凌若離開，她一刻都不想再見到凌若。

石生走出門口，看到凌若正站在簷下，瞇眼看著照進長巷中的幽光。不論外面多麼晴朗，長巷都是幽暗的，就像是住在這裡的人一樣，從出生開始就籠罩在賤籍這個陰影中，永生難以擺脫。

石生忐忑不安地走上去道：「凌姑娘，妳別生我娘的氣，她只是……」

「我知道。」凌若收回目光，朝他淺淺一笑道：「我這條命是你與石大娘救回來的，莫說石大娘罵我幾句，就是打我，我也絕不敢心存半句怨言。」

「石生。」她伸手，在石生詫異的目光中牽起他的手。「你今年幾歲了？」

石生不明白凌若這麼問的意思，只是依言答：「二十二歲。」

「二十二歲……」凌若不置可否地點點頭，旋即溫柔地看著石生。「我三十四了呢，比你整整大一輪。」

石生聽到這裡，已明白凌若的意思，連忙道：「我知道，可是我不在乎，凌姑娘，我是真的喜歡妳。」

「是喜歡我，還是喜歡我這張臉？」

凌若的話很尖銳，令石生一下子不知該如何回答。愛美之心，人皆有之，他一開始確實是被凌若的容貌吸引，這樣貌美的女子，試問又有何人會不喜歡？

凌若沒有催他回答，而是將他的手放在自己臉上。「石生，你摸摸這張臉，它已經不再年輕，雖然如今還沒有皺紋，但很快會有。當你三十多歲，正值壯年的時候，我已經五十歲，成了一個老太婆，到時候，再美的容顏都會逝去，當你日日面對一個雞皮鶴髮的老太婆時，你能保證像現在這麼喜歡我嗎？不會，你會厭棄，你會後悔，後悔年輕時為何會一時迷戀娶了一個老太婆！」

「我不會！我發誓，我絕對不會！」石生激動地說著，甚至伸出手指想要用發誓來證明他的心。

「沒有用的，石生，人心是會變的，不到那一刻，你永遠不能保證自己會怎樣。」說到此處，凌若聲音有些緊繃。她想起胤禛，想起那個曾經說過會一世不疑的男人，就是他，生生將自己逼上絕路。

都說色衰愛弛，而她在色衰前，君恩就已經煙消雲散。

第四百九十四章　夜色

石生不知道凌若心裡想的，只是很努力地想要向凌若證明自己待她的心永遠不會變。可是不論他說什麼，凌若都是那副淡淡的表情，沒有一絲波動，到最後，他有些頹然地道：「到底要怎樣妳才肯相信？」

凌若見他這般執著於自己，心下微微感動，嘆然道：「相信又如何，我很快就會離開這裡，以後你我也不會再見了。」

石生大驚失色，用勁反握住凌若的手，急切道：「凌姑娘，妳不要將我娘的氣話當真，她不是真想趕妳走，只是因為我——」

「不關你娘的事。」凌若打斷他的話，道：「其實這些天我一直在想著跟你與石大娘辭行，畢竟我的傷已經好得差不多了，是時候離去了。」

「妳一個女子，孤身一人能去哪裡？這裡雖然不好，但好歹能遮風擋雨，不用露宿荒郊野外。」

石生說什麼也不肯放她走，但凌若去意已決，又豈是一個石生能改變的。何況那對玉鐲始終是個隱患，萬一被人查出來，到時想再脫身可就難了，還會給石家帶來殺身之禍。

「石生，你待我的好，我會永遠記在心中，一生不忘。」在鄭重地說完這句話後，她緩慢但堅定地拉開石生拉著自己的手。

當溫暖從掌中抽離時，石生心中泛起一股絕望。他知道這個看似柔弱的女子是說真的，她要走，離開自己，離開這個小小的青江鎮。以後，自己將再也看不到她。

果然，還是自己奢望了嗎？這樣美貌聰慧的女子，又怎可能看得上自己這個賤民？

「妳準備去哪裡？」乾澀的聲音從石生喉嚨裡滾出來。

「不知道，走一步看一步吧。」凌若想了想，回身進屋，不多時拿了兩錠銀子放到石生手中。「玉鐲當了三百五十兩，三百兩拿去贖你，還剩下五十兩。你就快成親了，這二十兩就當是我提前送你的賀禮，給萱兒姑娘買幾身好看的新衣裳。成親一輩子就一次，可是將就不得。」

「銀子我不要，親我也不會成。」

石生悶悶說著，不等他將銀子還到她手裡，凌若已道：「不是每一段兩情相悅的感情，最後都能夠恩愛到老，當中不乏反目成仇者；也不是每一段不情願的感情，就一定會痛苦，至少我知道萱兒是真心待你好。石生，相信我，只要你肯試著敞開心扉去接受萱兒，就一定會發現她的種種好，她才是最適合你的人。」

「我不知道。」石生頭很疼，不知道自己到底該怎樣，這幾天發生的事比以前一年加起來還要多。

「你好好想想吧，我走了。」凌若只能勸到這裡了。他們能否在一起，就看彼此的緣分了。

「不要！」石生心裡始終捨不得她離開，忙找了藉口道：「妳上次說會教我整篇《三字經》，如今我才學了一小半，妳現在走了，我後面的問誰去學？」

凌若猶豫了一下道：「也罷，那我就再留兩日，兩日後不論你是否學會，我都要離開。」

「好！」石生用力點頭，不論如何，能多看她兩日，總是好的。

深夜，寂寂無聲，只有石縫、草叢中不斷傳來夏蟲的唧唧鳴叫聲，彎月如鉤，灑落朦朧的光輝。

幾條身影藉著夜色的掩護悄悄來到長巷，有幾人手裡還拿著什麼，在微弱的月光下勉強能夠看清領頭者的容貌，赫然是侯慕白身邊的杜大同。

他帶著幾人停在石家門前，小聲分派著各自的任務：「你們兩個進去把公子要的小娘子偷出來，你們則隨我去把東西堆在周圍，等人一出來，立刻就放火，不要讓石家那兩個人逃出去。」既是做了，就要做絕。

被他指到的兩人無聲地點了點頭，其中一人上前貼住木門，拿東西將門閂撥開，隨後與另一人悄無聲息地走進去。

待他們進去後，杜大同指揮人將那些易引火的東西堆在石家周圍。這些天一直沒下過雨，天氣最是乾燥不過，只要一點火，須臾之間就可以釀成一場大火，將石家燒得乾乾淨淨。至於是否將緊挨著的人家也燒著，那就不是杜大同在意的事了。左右都是一些賤民，死就死了，官府也不會深究。

那兩人摸黑進去，極盡目力也只能看到周圍尺許的地方，儘管很小心，但還是踢翻地上的凳子，凳子倒地的聲音在靜夜中聽起來尤為刺耳。不等兩人有所反應，裡屋中傳來一個蒼老的聲音——

「誰？誰在外頭，是石生嗎？」

石母年紀大了之後睡眠就很淺，凳子剛一倒地，就驚醒過來，問了兩聲見沒人答應，心下覺得奇怪，摸索著用火摺子將桌上的小半截蠟燭點燃。

石母拿著蠟燭挑簾走出來，簾子放下時帶起些許微風，吹得昏黃的燭光一陣搖曳。看到兩條明顯不是石生的人影，不等她思索這兩人為何會出現在自己家中，嘴巴已被人用力捂住，緊接著脖子後面重重挨了一下，瞬間失去意識。

解決了石母，兩人挑了另一間房的簾子進去。既然隔壁那間住的是石母，那麼另一間定是那小娘子。只要抓住她，他們就可以回去向公子覆命了。

兩人貼牆摸索到床邊，隱約可以看到床上躺了個人，沒錯，就是那小娘子了。兩人暗自點頭，一道伸手朝床上的人抓去，幾乎是在同一時刻，蓋在人影上的被子突然掀起來，猶如一張大網將兩人當頭罩下。

「石生！石生！」藉著兩人被突然蒙頭發愣的工夫，凌若迅速往後頭跑去。那裡有一道門，可直通後面的廚房。

石家只有兩個房間，自凌若來了之後，石生就去廚房，隨便放張木板就當床了。

第四百九十五章 縱火

石生睡得熟，沒聽到前面的響動，直到凌若迭聲大呼方才驚醒，翻身爬起來。不等他去開門，凌若已經慌慌張張地跑進來，她身後還跟著兩個人。

「凌姑娘，出什麼事了？」石生連忙問道。

凌若還沒來得及說話，後面那兩人已經追到近前，其中一人動作極快，在凌若閃開前一下子握住她的手，同時陰聲道：「跟我們走！」

凌若雖然極力反抗，但她一個弱女子比力氣如何比得過男子，被強拖著往外走。就在這個時候，一根木棍狠狠打在那人的臂彎上，這突如其來的襲擊，痛得他捧著手臂在那裡跳腳。

石生趁機將凌若拉到自己身後，雙手死死抓著木棍檔在身前。「你們想做什麼？為什麼來我家中？」

「該死的賤民，少在這裡礙事！」另一人見同伴吃了虧，衝過來就要奪石生手裡的棍子，不想石生力氣極大，一時奪不下。

凌若在石家一個多月，知道廚房中有一把火鉗子，頭很尖，就放在灶洞旁邊。趁著石生拖住那人的工夫，凌若迅速拿來火鉗子，然後用盡全力刺在那人的腳背上。鉗子尖銳，又被施以重力，尖端竟然生生刺進那人的腳背裡。

「啊！」那人慘叫一聲，再也顧不得石生，蹲下身抱著血流如注的腳慘叫不止。兩人來此抓人，本以為是一樁簡單的差事，沒想到一時大意，竟然一傷手、一傷腳。

石生有些發愣，他沒料到凌若一個弱女子在這種時候能夠如此冷靜果決，甚至在刺向那人腳背時，連眉頭都不曾皺一下，彷彿傷人流血對她來說，只是一件再尋常不過的事罷了。

眼看傷手的那人逐漸緩過來，石生顧不得細想，拉了凌若的手道：「快跑！」

「別跑！站住！」那兩人看到他們逃走，哪肯甘休，忍痛追在後面，就是那傷腳的人也咬牙一瘸一拐地追上去。

石生拉著凌若急急跑出去時，守在外面的杜大同等人看到兩條人影從屋中閃出，只道是事情成了，心中暗喜，朝其他人做了一個放火的手勢。

火摺子的火光剛剛引燃東西，就見黑漆漆的屋中又衝出兩個人，對著他們大叫：「快追，他們跑了！」

杜大同這才發現先前跑出來的兩人已經慌不擇路地朝長巷一端奔跑，藉著漸漸燃起的火光，可以看到後出來的兩人才是他剛才派進去的人。

「壞事了！」杜大同一拍大腿，趕忙帶著人追上去。這要是讓那個小娘子跑了，公子非得扒掉他一層皮不可。

石生對附近的地形很熟悉，七拐八繞地很快就帶著凌若失去蹤影，令得杜大同等人怏怏而回，一無所獲。

此時石家的火勢已經很大了，破舊的房子在大火中變形扭曲，相信很快就會燒得什麼都不剩，包括……還在裡面的石母。

而火燒著的不僅僅是石家，兩邊的屋子皆受到牽連，就像是一個吃不飽的惡魔，不斷將兩邊的房屋吞噬進去……

大火與濃煙令熟睡的人驚醒，不少人連鞋也來不及穿就跑出來，驚恐地看著越來越大的火勢，不知是誰喊了一句「快救火」，那些人才反應過來，四處找水想要滅火。

可是水缸中的那些水對於已經蔓延成災的大火根本起不了任何作用，火依然肆意地燒著，似乎要將整條長巷都燒盡才肯甘休。

慘叫聲、哀號聲、哭泣聲、奔走聲、救火聲，成了這一夜長巷的全部。大火整整燒了一夜，有些人睡得太死，在睡夢中被燒死；有些人醒來時，火勢已經很大，無法衝出去，被困在屋中活活燒死。

那些得以逃出生天的人，也僅僅只剩下一條命，他們賴以棲身的家、攢了一輩子的積蓄家當全都付諸在這場大火中。更慘的是有些人家，一家子人只逃出一人，就像是孤魂野鬼一樣，無著無落。

杜大同等人隱在暗處，看著那一張張在火光照耀下哭泣的臉，沒有一絲同情，甚至充滿恨意。因為那個賤民帶著小娘子逃走，他回去後少不得要受公子重罰。

「走！」杜大同招呼一聲，帶著手下人離開長巷。在經過一個拐角時，迎面走來一行人，擦身而過之際，杜大同突然覺得一陣陰寒，詭異地打了個寒顫。

走了一陣子，原本寂靜的身後突然響起連串腳步聲，不等他們回頭，腳步聲已經追上來。黑夜中，這些人猶如幽靈一樣擋住他們的去路，渾身都散發著一種陰寒，正是剛才與杜大同擦身而過的那群人。

「長巷的火是你們放的？」站在最左側的一人陰惻惻地開口。

「什麼火，我們不知道。」杜大同聽著自己怦怦的心跳聲否認。剛才他仔細看了一眼，發現這些人都一身黑衣、腰掛長刀，明顯不是普通人，只是青江鎮何時來了這麼一群人？

那人冷哼一聲道：「你們分明是從長巷過來，那邊的火不是你們放的又是誰？可別告訴我，大半夜的你們幾個出來閒逛，這麼巧遇到了那邊著火。」

「就是這麼巧，好狗不擋道，趕緊讓開。」杜大同話音剛落，肚子上就挨了一腳。不等與他一道的人有所反應，幾把明晃晃的鋼刀已經抵在喉間，冰涼的刀鋒令所有人噤若寒蟬，不敢出聲。

他們跟在侯慕白身邊，平日也算強橫，仗著侯府的勢力常常與人一言不合就拳腳相加，但與眼前這些人比起來，簡直就像是孩童一樣。

「說，石家大火是不是你們放的！住在石家的那個女人去了哪裡？不要耍花樣，否則就送你去見閻羅王！」那人手上一用勁，刀鋒嵌入杜大同的皮膚，一絲鮮血從脖子流下來。

第四百九十六章　燒死

「不要殺我，我說！我說！」杜大同驚慌地大叫。脖子上的疼痛令他從未有過的害怕，毫不懷疑這群突然冒出來的人真的會殺自己。

在死亡的威脅下，杜大同像竹筒倒豆子似地將所有事都說出來。黑衣人聽完後，眉頭緊緊皺了起來。「你是說那個女的跑了？」

「是，跟那個賤民一道跑了。」杜大同點頭若搗蒜，唯恐說慢一點，對方會在自己脖子上劃一刀。

「該死的！」那人恨恨地罵了一句，眸中出奇憤怒。就因為路上有事耽擱了一會兒，就失去那個女人的蹤跡。那群衙役都是做什麼吃的，居然在眼皮子底下被人家放了火。

「大哥，要不要殺了他們？」另一個黑衣人走到那人跟前問道，在說到「殺」字時，語調平靜得就像是在討論今日天氣一般。

杜大同等人聽到這話均是嚇得魂飛魄散，連聲討饒，有說家中有八十老母的，有說家中有嗷嗷待哺的孩子的，還有說沒娶親的，總之什麼理由都有，人類貪生怕死的本性在這一刻暴露無遺。

殺幾個人對黑衣人來說不過是舉手間的事，不足為道，不過他們此刻顯然沒這個心情。這次出來前，主子交代了，一定要低調、隱祕，盡量不要引起地方上的注意，否則追查起來，暴露身分事小，壞了主子事大。

領頭的黑衣人收刀還鞘，冷然道：「罷了，找人要緊，走！」

「是。」眾人答應一聲，跟在領頭者身後迅速消失在黑夜中。

直至看不到他們的身影後，杜大同伸手摸了摸脖子，還好，腦袋還在。這群人到底是什麼來歷？好可怕！

石生帶著凌若擺脫杜大同等人的追捕後，在他經常去砍柴的山中躲藏。那裡有他以前無意中發現的一個山洞，很是隱蔽，尋常人發現不了。

他們跑得匆忙，並不知道杜大同在長巷中放火的事，更不知道石生住了二十幾年的家已經付諸一炬，就連石母也死在那場大火中。

「凌姑娘，他們為什麼要追妳？」在漆黑的洞中，石生終於忍不住問出這個憋了一整夜的疑問。

因為怕招來野獸與人蹤，他們沒有生火，微弱的月光僅僅能照到洞口一尺範圍。凌若環膝坐在地上，怔怔地望著洞口半人高的雜草出神，彷彿沒有聽到石生的話，不知過了多久，她幽涼的聲音才在洞中響起——

「他們應該是要我命的人。」

凌若不曾看到杜大同，自然不曉得那些人是侯慕白派來的，只道是一路追殺自己的那群人。

她側頭，望著石生在黑夜中依然熠熠生輝的眸子。「你現在知道我為什麼一定要走了，繼續留下來，這樣的災劫將會不斷發生，要不我死，要不你們陪著我一起死。石生，你害怕嗎？」

「怕。」石生沉默了一會兒後，老實回答，繼而又道：「可是我依然想保護妳。」

面對死亡，很少有人可以做到泰然自若，石生也不行，他會像正常人一樣害怕乃至戰慄，可是在這樣的情況下，他依然想要去保護那個比他年長一輪的女子，不願她受半點傷害。

石生的眼睛是乾淨純粹的，沒有一絲遮掩與躲閃，心之所想即言之所向。

「可是我會內疚。」凌若迎著他的目光道：「你是一個好人，我希望你一生平安喜樂。今夜之後，我們就分開吧，往後也不要再見。石生，我會永遠記著曾經有一個人以真心待我。」

石生眸中的神彩逐漸黯淡下去，他很想說「不」，可是想到家中的老母，已到脣邊的話卻怎麼也說不出來。

他突然想起以前凌若在教他「濡」字時說過的一句話：相濡以沫，不如相忘於江湖……

之後，兩人不曾再說話，直至彎月西沉，天邊露出一絲曙光，凌若與石生合計了一下，決定先回去一趟。她出來得匆忙，銀子什麼都沒帶，沒有銀子，去哪裡都不方便。那些追殺她的人應該不至於在大白天動手，不過為防被人盯上，凌若在臉上抹了許多泥，掩人耳目。

在回青江鎮的路上，石生經常看到有人三三兩兩聚在一起，說什麼著火，由於急著回去，不曾細聽。

一路緊趕，好不容易回到長巷，石生卻愣住了。長巷是狹長幽暗的，密密麻麻擠滿了房子，二十年來一直如此；可是如今卻是空曠無遮，幾乎看不到一處完好的房子。目光所及之處，皆是殘垣斷壁，許多人在廢磚下翻找東西，而更多人抱著燒焦的屍體不住哭泣，那些人石生幾乎都認識，皆是住在長巷中……

著火……原來眾人口中著火的地方是在長巷，為什麼？為什麼會這樣，明明昨夜還好好的……

石生愣愣地看著這一切，大腦一片空白，無法去思考，待震驚稍稍退去一點兒後，他忽地整個人跳起來，臉色慘白地奔向記憶中的家。娘……娘！

火是從石家燒起，所以石家是被燒得最乾淨的地方，除了幾根焦黑的梁柱還有一地碎瓦之外，什麼也沒剩下，至少表面上看起來如此。

石生發瘋一樣地揪住人就問有沒有看到他娘，可是所有人都搖頭，每一次搖頭都令石生心中的恐懼越加擴大。

娘在哪裡？她在哪裡？

沒有人可以告訴石生答案，他們一個個皆哀傷於自家從天而降的禍事，又哪有心情去管別家的事。

石生雙目赤紅地衝到廢墟中，用手扒著那些碎石殘瓦，眼淚不住地往下滴。

娘，娘您在哪裡？您不要有事，千萬不要有事啊！往後兒子什麼都聽您的，再不跟您強嘴，您讓我娶萱兒我就娶萱兒，只求您活著，活著就好！

石生用力地挖，直挖得雙手出血，可他好像沒感覺一樣，依然不停地挖，直至碎瓦下露出一截焦黑的手臂。

「娘！」石生悲呼一聲，更加用力地挖著，直至將整具焦黑的屍體都挖出來。屍體被燒得面目全非，衣物亦在大火中化為飛煙，唯一留下的就是黏在左手中指上的銀疙瘩，應該是一只戒指被大火燒熔後又重新凝結。

他娘左手常年戴著一只銀戒指，是爹成親的時候用所有積蓄讓人打造的，娘一直當成寶貝戴著，從來捨不得摘下。此時此刻，那具焦屍的身分已經很明白，石生捧著那隻手，泣不成聲。

第四百九十七章　安葬

凌若一直默默跟在石生身後，心中盡是悲傷痛恨。

長巷不會無緣無故起火，火勢更不會如此之大，應該是那群追自己的人所放，一把火下去，整條長巷都灰飛煙滅。

她不殺伯仁，伯仁卻因她而死，死在這場大火中的人不知凡幾，這些皆是罪孽。她不願害人，所以才想離去，可依然有一個接一個的人因她而死去……

胤禛——你不將我逼到死路就不肯甘休嗎？為了殺我，甚至不惜殘殺無辜！你是皇帝，是天下之父，本該是這世間最懂得慈悲的人，可為何卻一次次殘殺自己的子民，即便他們是賤民，那也是生命，也是你的子民啊！

你這樣的殘忍，先帝將皇位交託在你手上，當真是錯了！

恨意猶如巨浪一般，狠狠衝擊著凌若的腦海，令她恨不能此刻就衝到胤禛面前質問他的殘忍無情！

為何，為何他要這樣窮追不捨，難道十九年的情分皆是鏡花水月嗎？連一絲憐憫都沒有？而且還一次次地殘殺無辜，通州尚且可說是為了大局著想，那麼這裡呢？這裡又是為了什麼！

石生哭了很久很久。他好恨啊，為什麼昨夜送凌若到山洞後沒有回來，要是趕回來，也許娘就不會死。

娘含辛茹苦將他養大，吃盡了苦頭，尚未享過一天福，就被大火活活燒死，臨死前更承受著烈焰灼身的痛苦。

「啊！」石生仰天悲嘯，他從未像現在這樣恨過自己。為何，為何上天要讓他們母子分離？娘已是他唯一的親人了啊！

不遠處，跪在兩具焦屍面前的女子聽到這個聲音，身子微震，一雙紅腫得厲害的雙眼抬起，往石生所在的方向看來。她眼裡有微弱的光芒迸發，似乎想要過去，但隨即又黯了下去，繼續一動不動地跪在原地。

凌若蹲下身，痛苦而愧疚，她將手輕輕放在石生肩上，哽咽道：「對不起，對不起！」

對不起這三個字是那麼的蒼白無力，可是除此之外，她不知道還能說什麼。一切皆因她而起，若不是她一時心軟答應石生留兩天，這場大火就不會發生，石母更不會死。

石生沒有看她，只是抱著母親的屍體不斷哭泣。誰說男兒有淚不輕彈，只是未到傷心處罷了……

整整哭了一個時辰，石生才漸漸止住淚，但還是一動不動地跪了許久，方才轉動著僵硬的眼珠子，木然道：「我想葬了我娘。」

「好。」凌若答應一聲，憑著記憶在殘瓦下找到自己原先住的地方，大火可以燒熔銀子，卻不可能將銀子燒沒，所以在挖了一陣子後，果然挖到她藏著的銀子，儘管已經燒變形了，但並不妨礙使用。

凌若將銀子收好，對石生道：「你等我一會兒，我去給大娘買副好些的棺木來。」

凌若很快找到一家專賣壽材的店，買了一副松木壽棺以及壽衣、紙線、香燭等物，之後又給了些錢，讓壽材店夥計僱了輛推車將壽棺運到長巷。在幫著石生替石母穿上壽衣後，將之抬到壽棺中放好，一路撒下白色的紙錢，於香燭繚繞中運到墳場安葬。

石生在去的路上買了一把小刀，安葬好石母後，他尋來一塊木牌，在上面刻上石母的名諱，旁邊落款則是「不孝子石生」。

用力將這塊木牌插在墳前，石生泣不成聲，只能不住地磕頭，藉以表達心中的哀思。他掌心緊緊握著變成銀疙瘩的戒指，那是唯一可以用來紀念母親的東西。

「你今後有什麼打算？」凌若上前拂去石生額上的草灰與細石。

「我不知道。」石生低低地回答。二十多年的生活一朝被顛覆，令他心中充滿了茫然與無助，隨後又痛苦地抱著頭喃聲道：「長巷這麼多年一直都好好的，為什麼突然會起了這麼一場大火，為什麼啊！」

「對不起。」凌若不記得這日已經說了多少個對不起，但她知道自己就算再說一千個、一萬個也不能彌補石生失去母親的痛苦，更不用說長巷還有許許多多個與石生一樣因為失去親人與家園而痛苦不堪的人。

石生直直盯了她許久，忽地，不知想到什麼，用力抓住凌若肩膀問：「那火不是意外，是有人故意放的對不對？」不等凌若回答，他又道：「我知道，是那些追妳的人，是他們放的。妳告訴我，他們是誰，告訴我！」

石生用力地搖晃凌若，神情猙獰恐怖，十根手指像是鐵箍一樣緊緊箍住凌若的雙肩，嵌入皮肉中。

凌若甚至能夠感覺衣裳下的皮肉正在慢慢變得紅腫，她別過頭，避開石生赤紅的雙目。「我不知道。」

「妳騙我！」石生低吼一聲，雙手又收緊幾分，眸中透著瘋狂。「妳知道的，一定知道，告訴我，到底是誰！我娘不能白白冤死，我要替她報仇！」

「石生，你冷靜一點聽我說好不好？」肩膀疼得像是要裂開一樣，但更令凌若擔心的是石生現在的樣子，仇恨令原本純淨如赤子的他發瘋。

「我不想聽，妳只需告訴我是誰！是誰！」石生不停地叫著，直至臉上突然挨了一巴掌，疼痛令他眼中的瘋狂消退些許，但眼睛依然是赤紅一片，鼻子裡呼哧呼哧喘著粗氣。
看著他發瘋癲狂的樣子，凌若心痛不已。是她害了石家，害了長巷那些人，這份罪孽，終此一生怕是都還不清了。
她深吸一口氣，盡量平靜地道：「就算我告訴你那些人的名字，你又能如何？去殺了他們嗎？沒有用的，你尋不到他們，他們也不是你能對付的。」
「我不管！」石生面色充血，嘶聲叫：「我不能讓我娘白白死去，哪怕是拚了我這條命，也要替她報仇！」
「你這不是報仇，是送死！是天底下最愚笨的行為！」凌若見石生不肯聽勸，也是生出幾絲怒意。在罵責後，她緩了口氣道：「你不願你娘白死，那麼你就願意讓你娘在九泉之下也不能安息嗎？石生，我相信你娘臨死前最大的願望就是你能夠平平安安地活下去，你活著，就等於她活著。如果你一定要報仇，那麼先確保自己性命無憂，否則就是不孝！」

第四百九十八章　賣身

石生怔怔地看著凌若，手緩緩鬆開，最後蹲下身掩面大哭。不斷有淚滴落在黃土中，猶如一朵朵卑微的小花，開在這個紅塵俗世裡。

凌若沒有勸阻，任由他放肆地哭泣著，唯有如此，才可以將心中足以讓人發瘋的悲痛宣洩出來。

直到石生哭夠了，她才過去輕拍著他的背，道：「好好活著，那就是對大娘最好的慰藉。」

很久，石生擦乾眼淚站起身，看著凌若道：「妳準備去哪裡？」

「我不知道，可能會去南方吧。」在漸晚的夏風中，凌若微瞇了眼眸。

石生沉默了一會兒道：「我送妳去吧。放心，我絕不會糾纏於妳，等妳安定下來後，我就離開。」不等凌若拒絕，他又道：「我知道妳顧忌什麼，但追殺妳的那些人那麼凶殘狠辣，妳一個人上路太過危險。至於我……呵，娘已經不在了，我也再沒什麼好牽掛的。」

這一次他執拗無比，任凌若說什麼都不肯改變主意，這份情意凌若既感動又無奈，只得由著他去。

石生抹了把臉，抬頭看著天色道：「趁著現在天還沒黑，我再回去一趟。這次大火，萱兒妹子家裡肯定也遭了災，不曉得情況嚴重與否，我得去看看。」

經他這麼一提，凌若想起剛才在長巷裡看到的慘況，心下沉重不安，道：「同去吧，我也很擔心萱兒。」為免被人認出來，凌若刻意在臉上又抹了一層泥灰。

兩人一道折回長巷，哀涼的氛圍始終籠罩著已經化為廢墟的長巷。這半日的工夫，長巷外面跪了很多男男女女，身後放著形態各異的焦屍，頭上則插著草標，皆是賣身葬父母、親人的。一場大火，毀了這些人的所有，而他們甚至連一口薄棺都買不起，唯有靠賣身來讓自己的家人得到安息。

許多人圍在那裡指指點點，石生在賣身的人之中發現了萱兒，她身後放著兩具焦屍。看樣子，鄭家也沒有逃過這場大火，只有萱兒一人活了下來。

在萱兒身前，有一個塗脂抹粉、身形豐腴，看打扮不像是什麼正經人的中年婦人帶著幾個家僕在那裡挑選。其中一個僕人正托著萱兒的臉左瞧右看，還扳開她的嘴看牙口，像是在挑選牲口一樣。

「媽媽，妳看這個怎麼樣？」那人一邊扳著萱兒的嘴一邊問那婦人。

婦人扭腰圍著萱兒走了一圈，萱兒垂著雙眼，眸中沒有一絲生氣。婦人看了半天，點頭道：「嗯，也就這個還能入眼，牙口也算整齊，不至於一開口就把客人嚇壞了。阿財，買兩副薄棺給她，然後帶她回怡紅院。我再去別處看看，最近這院子裡的姑娘被贖出去了好幾個，連嫣紅也走了，唉，可得趕緊找些新人補上才行，否則可就要讓對門的倚翠院騎到咱們頭上來了。」

說到這裡，她翹著蘭花指拿出一塊薰了香的帕子，抹著額頭道：「唉，這麼熱的天還要四處奔波，我這命可真是苦啊。」

「媽媽辛苦了。」被稱為阿財的人陪笑討好道：「可是哪個不知道媽媽眼光好啊，凡是經媽媽的手，親自挑出來的姑娘，個個成了咱們怡紅院的頭牌，要不然倚翠院這些年也不會一直被咱們壓著了。」

「哼，金二娘這個騷貨，憑她底下那些庸脂俗粉也想搶我生意，真是作她的春秋大夢。」婦人不屑地撇撇嘴，帕子一甩，指著還跪在地上的萱兒，道：「行了，記得把她帶回去，好生調教，說不定將來又是一個嫣紅。」

石生儘管不認識婦人，卻曉得怡紅院與倚翠院是什麼地方，那是青樓，是逼良為娼、最為骯髒墮落的青樓；而今那婦人買了萱兒，不須多說，定然是想讓萱兒去倚門賣笑的。

他雖然不愛萱兒，卻也不想眼睜睜看她落入火坑。此時阿財已經掏了銀子扔給旁邊的人，讓他去買兩副薄棺來，石生一個箭步衝上去，一把將萱兒頭上的草標拔下來扔在地上。「她不賣了！」

阿財雙眼一挑，上下打量石生一眼，冷笑道：「哪裡來的愣小子，別在這裡搗亂，快滾開！」

聽到石生的聲音，一臉麻木的萱兒抬起頭，只見她扯動著蒼白的嘴唇，冷漠道：「走開，我的事不用你管。」

石生沒想到會聽到這麼一個答案，愣了一下，急急道：「他們是青樓的人，買妳是要——」

「是要讓我去做妓女對嗎？」萱兒漠然打斷他的話。「那又如何，這是我自己的事，與你有何關係！」

「愣小子，聽到了沒，人家自己都說了，跟你沒關係，還不快滾。再礙著路，可莫怪爺幾個不客氣了。」隨著阿財的話，與他一道的那幾個人都圍上來，顯然不懷好意。

石生不明白萱兒為什麼會這樣說話，甚至明知是火坑還要跳下去，但要他不理會萱兒是絕對做不到的。當年父親早死，一直是鄭叔幫襯他們母子，如今鄭叔夫妻去世，他就有責任照顧萱兒。

「我不會走的，她也不會賣給你們。」石生倔強地擋在萱兒面前，半步不讓，隨即又回頭看了萱兒一眼，緩慢卻肯定地道：「還有，妳是我未過門的媳婦兒，妳的事怎會與我無關。」

未過門的媳婦兒……萱兒仰頭看著他，有些怔忡。若在幾日前，她聽到這句話定會歡欣雀悅，可如今，怔忡過後只有深深的恥辱，尤其是在石生原先所站的地方看到凌若後。凌若雖然刻意塗髒了臉，但隔得這麼近，又是相識之人，怎會認不出來？

石生明明放不下那個女人，卻還要說她是未過門的媳婦兒，這算是同情嗎？憐憫嗎？她不要！她不需要！

阿財兩眼一瞪。「臭小子，你找打是吧！我們楊媽媽看上的人也敢搶？給我打！往死裡打！」在他的招呼下，那幾人掄起拳頭往石生身上招呼。

石生雖然有幾分力氣，但雙拳難敵四手，何況這一日一夜他幾乎水米未進，力氣難免不支，一會兒身上就挨了好幾下。

「你走啊，我說了不要你多管閒事！」儘管恨極了石生的拒婚，但此刻看到石生挨打，萱兒還是忍不住心裡一陣陣抽痛，朝他大叫。

石生沒有回答，但牢牢護在萱兒跟前的舉動已經說明一切。鄭叔不在了，他一定要代替鄭叔保護萱兒。

第四百九十九章　楊媽媽

凌若將這一幕看在眼中，微微搖頭。她很清楚石生的性子，一旦認準的事是九頭牛也拉不回來。石母的慘死，令他心中充滿悔意，眼下，他將這份悔意投射在萱兒身上，不帶萱兒走是絕對不會甘休的。

「你們不要打了！」看到石生被他們打得倒在地上，萱兒終於忍不住了，撐起跪得麻木的雙腿，攔著那些凶神惡煞的人，道：「不要打了，我已經答應你們了，跟他沒有關係，放他走吧！」

阿財朝楊媽媽看了一眼，見她點頭，方才怏怏地讓人住手，朝蜷縮在地上的石生吐了口唾沫道：「不知好歹的臭小子，再搗亂，看我不打死你！」

楊媽媽看都沒有看石生，走過來撫著萱兒光滑的臉蛋，滿意地道：「妳是個好苗子，走吧，跟媽媽回去，不出三個月，媽媽定然讓妳成為怡紅院的一大紅牌，到時候吃香的、喝辣的，要什麼有什麼。」

她的碰觸令萱兒很反感，強忍著避開的衝動道：「我要親眼看著我爹娘下葬。」

「好吧。」楊媽媽倒是沒有勉強，對阿財等人道：「你們幾個給我看牢點兒，這裡一辦好，立刻帶她回怡紅院。」

「萱兒，不可以，妳要是跟他們走，這一輩子都毀了！」石生還在那裡勸著萱兒，不肯放棄。

「不跟他們走？」萱兒不知道自己為何還能笑出來，但是她真的很想笑啊。「那我爹娘的屍體怎麼辦，就這麼曝屍荒外嗎？怡紅院又如何，毀了又如何？早在你拒絕的那一刻，我的人生就已經毀了，如今連爹娘也不在，為妓為娼當真還重要嗎？」

她話音剛落，一個聲音倏然接上來——

「妳爹娘的屍體我們可以想辦法安葬，絕不會曝屍荒外。如今只問妳一句，妳是否當真要這樣自甘墮落，讓妳爹娘在九泉之下無顏去見鄭家祖宗？我勸妳想清楚再回答，機會過去了就是過去了，不會再有第二次。」

「不用妳在這裡貓哭耗子假慈悲！」萱兒最恨的人就是凌若，若不是她平空出現，自己怎會落得被石生拒婚的下場。此時的萱兒尚不知她父母之死與凌若有著密切關係，否則只怕此刻就會撲上去撕打。

凌若並未因她的話而生氣，聲音平靜如之前：「妳要恨我隨妳，要不要因為恨我而毀了自己一輩子也隨妳。不過我還是要勸妳一句，一旦墮入風塵，想再脫離就不可能了。」

萱兒沉默。沒有一個好人家的女兒會願意賣身青樓，實是被逼無奈之舉。眼下，她其實負氣的成分更多些，為的就是讓石生一輩子都活在愧疚難過中。但凌若的話卻令她不得不反思自己這樣做是否值得，痛了石生，毀了自己，讓自己一輩子都活在倚門賣笑中，將清白無瑕的身子賣給一個又一個或老或醜的男人。就算有機會從良，也已經骯髒不堪了……

在經過一番激烈的心理掙扎後，萱兒終於還是妥協了，即便她是那麼痛恨與石生或凌若再扯上關係。

她掙開阿財的手，道：「對不起，我不賣了。」

「不賣了？」阿財板著一張蠟黃的臉道：「妳在耍我們玩嗎？一會兒賣、一會兒不賣，也不去打聽打聽我們楊媽媽是什麼人？哼，告訴妳，今日妳不賣也得賣，走，跟我回怡紅院！」

面對他的強橫與無賴，萱兒眼中透出驚恐，下意識地往石生身後躲去。「我沒拿你們銀子也沒簽賣身契，你們不可以勉強我！」

「哼，妳之前已經親口答應了，哪有再反悔的道理！」阿財冷哼一聲，仗著己方人多勢眾，擼了袖子就要上前搶人。

「既然是口頭之約，那就是無憑無據了，你聽到了，我可沒聽到，又或者你可以問問其他人，有沒有聽到？」既然決定要幫萱兒，凌若自然不會袖手旁觀。何況這個叫阿財的太過狂妄了些，只是一個打手龜奴之類的人罷了，就敢在這裡幹那逼良為娼的勾當。

圍觀的人都看不慣阿財一干人等囂張的樣子，何況剛才還看到他們打了那個小夥子一頓，頗為可恨。

雖然怕被那些人找麻煩不敢挺身而出，卻也沒有一個幫著怡紅院那起子人說話，皆是沉默不語。

阿財重重地哼一聲，心裡不太爽快，他將目光轉向楊媽媽，盼著她拿個主意，豈料楊媽媽直勾勾盯著那個臉上沾了許多泥、看起來髒兮兮的女子，竟似很感興趣的樣子。

盯了一會兒，楊媽媽突然露出一絲笑容，扭腰上前道：「妳叫什麼名字？」

凌若暗叫不好，被這老鴇盯上可不是件好事，只是自己刻意遮掩了容顏，怎麼還注意到自己？在這樣的警惕中，她道：「不知楊媽媽有何指教？」

見她沒有回答自己的問題，楊媽媽並不以為意，臉上的笑容反而又深了幾分。雖然眼前這女子刻意在臉上塗抹了許多泥灰，但她眼光何等毒辣，只一眼就看出隱藏在那泥灰之下的五官輪廓，絕對是如花美顏，比那個賣身的小丫頭更美。若將這女子帶回去，她這怡紅院的生意定會再好上數倍，而望江縣當紅頭牌之座自是非她莫屬，將那什麼花魁、花首統統壓在底下。

楊媽媽越想越興奮，極力擺出溫和的模樣。「指教不敢，只是今日一見，我覺得與姑娘甚是投緣，又見姑娘穿著寒酸，想來這日子過得甚是清貧，心下實在難過，所以想請姑娘去我那怡紅院小住幾日。姑娘莫要誤會，怡紅院雖是妓館，但我楊媽媽絕不是那種逼良為娼的人，在我樓裡的姑娘，一個個都是自願賣身。就像這位萱兒姑娘，她現在不願去，我也不會勉強她，任她選擇。姑娘意下如何？」

第五百章　大內侍衛

「楊媽媽美意，我心領了。只是怡紅院始終是煙花之地，我既不打算賣身又怎好去那裡，何況眼下這日子，我也不覺得有什麼清貧難過，反而自在得很。」

凌若這番話雖然說得好聽，但拒絕之意任是一個傻子也聽得出來，楊媽媽臉上頓時有些掛不住了。且說實在，她真有些捨不得眼前的女子，只是一時又想不出什麼更好的辦法來，總不至於當街強搶吧。她開的是妓院而不是官府，若真敢鬧這麼一齣，只怕官府第一個要來找她的麻煩。

「姑娘，妳當真不考慮一下？」她還不願放棄。

「多謝楊媽媽美意。」凌若始終是這一句，最後楊媽媽無法，只得領了人離去。

看到她走，凌若輕吁一口氣，讓石生留在此處陪著萱兒，自己則又去了一趟壽材店，買了兩副與石母相同的壽棺。那壽材店老闆見長巷死了那麼多人，藉機斂財，半天工夫，壽材的價格就整整翻了一倍，大發死人財，實在是黑心無良。

在去墳場的路上，凌若發現有一群人遠遠跟在後面。難道是昨日放火的那群人識破了自己的身分？這個念頭令凌若緊張得手心冒汗，如芒刺在背，思索著擺脫這群人的方法。

石生在替萱兒將墓碑立好後，無意中回頭看了凌若一眼，發現她臉色蒼白，忙問：「妳怎麼了，可是哪裡不舒服？」

「我沒事，只是咱們身後多了幾條尾巴，不要回頭。」石生生生忍住回頭的欲望，不過眼底卻漸漸紅了起來，雙手緊緊握著，指節泛起驚人的白色。

「忘了我之前與你說過的話了嗎？在不能保住自己性命的情況下，一定要忍！別忘了你答應過我，會送我去我想去的地方，若不想食言的話，那麼現在，哪怕你將滿嘴的牙一顆顆咬碎了，都給我忍下去。」凌若一個字一個字地說著，同時用力抓著石生指節突起的手，直至感覺到他漸漸鬆開拳頭，方才放開。

石生長長地出了一口氣，眼底的紅意逐漸退去，壓低聲音道：「那我們現在怎麼辦？」

凌若抬頭打量四周一眼道：「這裡人跡罕至，對我們來說很不利，眼下能利用的只有地形了，希望可以躲過他們的追擊。」話是這麼說，但凌若心裡卻一點把握也沒有。能被胤禛派出來的，必然是身手敏捷、武功高強之人，通州那次她能逃走，是因為容遠拚死相護，昨夜則是僥倖，但今日……只能走一步看一步了。

萱兒雖背對著他們跪在墳前，卻也聽到他們的竊竊私語，只是聽不真切，還以為他們不敬死者，隨意在那裡聊天，心下甚是不高興，站起來轉過身，冷臉對石生道：「今日的事多謝了，壽棺的錢，來日我定會還你。」

說完這些，她轉身便要走，石生趕緊拉住她道：「妳要去哪裡？」

不知為何，聽到這句話，萱兒心裡一陣悲苦。是啊，她已經無家可歸了，還能去哪裡，流落街頭嗎？只怕下場不會比賣身青樓好到哪裡去。始終，這個世道，一個孤身女子想要生存實在是太難太難……

「萱兒，與我們一起走吧，我會好好照顧妳，不讓妳受半點委屈。」石生認真地說著。

就在他們說話的時候，一直尾隨在後面的人悄悄又靠近幾分，掩在一棵大樹後。他們幾人皆是行商打扮，不過每個人太陽穴都微微鼓起，一看就是練家子。

「劉大人，她當真是咱們要找的人嗎？」其中一人小聲問：「小的怎麼看著與畫像中人不像？」

另幾個人聞言，也是好一陣點頭。之前在街上，劉大人讓他們跟著這群人，可他們左瞧右看，都覺得不像是畫中女子，難道是畫像有問題？

「不像嗎？」被稱為劉大人的中年男子濃眉微皺，隨即又喃喃道：「不過臉上沾了泥，要辨認確實很難。」

他這聲音雖輕，但能跟他出來的人，哪一個不是耳目聰敏之輩，聽了他這自言自語的話後，奇道：「咦，劉大人是說那個臉上抹了泥的女子嗎？小的們還以為是之前要賣身的那個呢！」說完，他又仔細打量了隔著一段距離的凌若，道：「若是遮了沾泥的臉，只看眼睛與眉毛，確實與畫像中人有六、七分相似。」

劉大人精神一振，掏出隨身所帶的畫像，展開好一陣比對。這五官、這輪廓，越看越像，且與自己記憶中的模樣重合無疑，應該十有八九就是了。而且之前得到的消息，也是說那個看起來很像熹妃娘娘的女子在長巷附近出沒，身邊經常跟著一個二十來歲的賤民男子，與眼前這情景甚是相符。只是他不明白，熹妃娘娘既然好生活著，為何不回宮，還要跑到這個百里之遙的青江鎮來，與一些賤民混在一起？

「劉大人，要不咱們現在就上去？」其中一人提議。他們並不曉得畫中女子的身分，只知這是皇上要找的人，為了找人，他們已在外面搜尋了一個多月。

「不急，再看看情況。」劉大人將畫像收起，示意幾人繼續掩藏在樹後。

這個劉大人就是以前護送過凌若回凌家的劉虎，胤禛登基後，他也從王府侍衛一躍成了大內五品帶刀侍衛，此次正是奉了胤禛的命令暗中追查凌若下落。

那廂，萱兒一直沒有回答石生。她覺得很矛盾，既想尋一個依靠，又放不下心裡的疙瘩，若僅是一個石生也就罷了，偏偏還有一個她最討厭的人，每每看到對方的臉都覺得噁心。

「萱兒，與我們一起走好不好？」

石生再次勸道，然這次他話音剛落，凌若就在邊上道：「罷了，既然她不願與我們同行，也不好勉強。咱們替她葬了父母，已算是仁至義盡了。」

第五百零一章　誤會難解

「可是……」石生哪裡放心萱兒一個人離開，正要再說，無意中瞥見凌若神色有些怪異，心有所動，嚥下了已經到嘴邊的話。

萱兒不知內情，只道石生因為凌若的一句話，就對自己棄之不顧，連勸也不肯勸，心中又氣又恨，強忍著淚意硬聲道：「既然如此，那咱們就此別過吧。」說完這句，她轉身就跑，生怕再多待一刻就會忍不住哭出聲來。

「這荒郊野外的，天又快黑了，萱兒姑娘一個人在山裡亂跑，最是容易出事，石生，你快些追上去看看，莫要真出什麼意外。」凌若在一旁催促。

這一次，石生沒有動，而是用一種奇異的眼神看著凌若。「妳剛才是故意把萱兒激走的對不對，現在又想支走我，妳準備一個人應付後面那些人？」

凌若沒想到自己的想法會被他識破，情急之下推著他道：「叫你去就快去，這裡我自己能應付。」

這一次石生沒有聽她的話，甚至言語間還透著少有的諷刺：「妳之前勸我在沒有保命的把握下不要去報仇，那妳呢？這種情況下，妳一個人有把握引開他們然後全身而退嗎？」

「如果我不能，那麼再加你一個就可以嗎？」凌若不願如此悲觀，但形勢如此，自己已經暴露行蹤被那些人盯上了，想在他們眼皮子底下逃過追捕實在太難了。「石生，別傻了，眼下這種情況自是能逃一個是一個，聽話，快走！你與我不同，他們是不會來追你的。」

「多一個人，希望總是大一些，總之我絕對不會走！」石生斬釘截鐵地說著。

「你！唉，你怎麼就是不聽勸呢！」凌若拿石生執拗的性子無法，就在兩人僵持不下的時候，後面有了動靜。

凌若一直在暗中留意後方那些人的舉動，從眼角餘光可以看到他們從掩身的樹後走出來，正朝自己這邊靠近。

不好，他們分明是要動手了！眼下還是離開這裡最要緊。這般想著，凌若顧不得再勸石生，一把抓了他手臂叫：「快跑！」

劉虎在心裡大致確定了前面那女子就是自己要找的熹妃娘娘後，又見夕陽漸沉，天色將晚，便招呼眾人一聲，現身往前面行去，準備表露身分，接其回宮，也好完成這樁差事。

豈料他們這邊剛走幾步，就看到原本站在前面的兩人荒不擇路地往前跑去。劉虎心中大急，密探暗查了一個多月，好不容易才尋到熹妃娘娘的蹤跡，萬不能再弄丟了。

「快追！」劉虎帶著手下那幫人迅速跟上去，一邊追一邊大聲喚道：「娘……夫人！夫人！小人是奉主子之命來接您回去的，主子很惦念您，您快停下隨小人回去。」心中一時著急，差點將凌若的真實身分喊了出來，虧得及時收住口。

不過劉虎甚是疑慮，看熹妃娘娘的樣子，應是早就發現自己等人一路尾隨，故作不知並不奇怪，畢竟自己等人沒有表露身分；但他此刻已經這樣喊了，身分表露無疑，何以熹妃娘娘不停下來，反而跑得更快？

這不太對勁啊，難道說那女子不是熹妃娘娘？可自己幾人長得又不是凶神惡煞，沒道理一見就跑，到底是怎麼一回事？難道與昨夜那場大火有關？

心裡奇怪歸奇怪，劉虎腳下可沒放慢，在高低不平的山路間緊緊跟著前面兩人，一邊追一邊還不住地大喊。

凌若自是有聽到劉虎的話，但幾次險死還生的經歷令她完全不相信，只當劉虎是為了抓住自己而施的詭計罷了。當日，那個刀疤臉將軍殺她時的話，她記得清清楚楚，是胤禛，是胤禛命那些人除掉自己與容遠，只為那個莫須有的姦情，只為皇后的一番挑撥。

因為這件事，她至今仍惡夢纏身，且睡眠極差，遠處一聲狗吠都會令她驚醒過來。從出事到現在一個多月，除卻昏迷以外，她從沒有一覺睡到天亮。

如果胤禛真的惦念她，當初在通州就不會派人殺她，更不會到現在仍然窮追不捨，連長巷那些無辜的人都不肯放過。

儘管石生對山路比較熟悉，但一番追趕下，雙方的距離仍在不斷拉近，被追上只是遲早的事。

「往那邊走！」石生突然拉了凌若往左側一條不起眼的山路跑去，過了這條雜草叢生的山路後，是一大片樹林，許多高大的喬木聳立在那裡。茂密的樹葉層層疊疊，近乎遮天蔽日，是以這片樹林看起來頗為陰暗。偶爾有那麼一絲夕陽餘光從樹葉縫隙中流瀉下來，也很快被陰暗吞噬。

進了樹林後，石生的速度放慢下來，而且走的路線也很詭異，經常走幾步就突然拐個彎，或者明明可以直接過去，他偏要從旁邊迂迴繞過去，彷彿林子裡有無數道透明的牆壁擋住去路一般。

這種行進方式令凌若著急不安，因為就這麼一會兒工夫，後面的那些人就已經距他們不足三丈遠了。

「石生……」她想催促他跑快些。

「放心，他們追不上來。」石生信心滿滿地道，幾乎就在他話音剛剛落下的時候，後面接連傳來好幾聲帶著驚意的慘叫，驚起棲息在樹枝上的鳥雀。

凌若匆匆回頭看了一眼，只見剛才還追得飛快的劉虎等人如今都停了下來，劉虎與另外兩個人更是一臉痛苦地倒在地上。

「這林子裡有不少獵人放的捕獸夾子，不知情的人來了，亂跑一通，免不了要踩到夾子。」見自己計策奏效，石生聲音輕快不少。他剛才也是急中生智，突然想起這座山上還有這麼一片林子可以利用。

「夫人！夫人！」劉虎坐在地上不住叫著，試圖讓前面的兩人停下腳步，可惜他越叫，他們就跑得越快。

「大人，要不要屬下追上去？」另兩個沒受傷的人向劉虎請示。

「罷了，你們追上去也不過落得與我們一樣的下場，到時候都受了傷，咱們就沒法下山了。」劉虎無奈地搖搖頭。這山裡不知道有多少捕獸夾，貿然追上去，受傷是早晚的事。如今天快黑了，一旦被困在山上，夜間野獸出沒，若是遇到一隻熊瞎子或是老虎，那他們樂子可就大了。

第五百零二章　英格

劉虎雙手用力掰開夾在左腿上的夾子，當尖利的鐵齒自皮肉中剝離時，劉虎疼得倒吸一口涼氣，腿上三個窟窿眼不住往外冒著鮮血。另外兩人也是這般模樣。

「走，咱們先下山，然後請密探繼續追查夫人下落。」劉虎將手搭在別人身上，艱難地站起身，互相攙扶著往山下走去。

熹妃娘娘一見自己就逃跑的舉動實在有點不同尋常，再聯想到昨夜那場大火，事情怕是不簡單。

回到客棧後，劉虎按著胤禛交代的法子聯絡到密探，除了繼續追查熹妃下落之外，還請他們代為調查熹妃這段時間的具體情況。

不得不說，密探的動作很快，不出一日就將事情查得清清楚楚。

劉虎在看完密探寫在紙上的資訊後，神色微變，不動聲色地將紙疊好後收入懷中，然後召來手下道：「你拿我的腰牌去驛站準備四百里加急快馬，我要立刻回宮。」

「大人，您腳傷未癒，如何騎得了馬？大夫也說了，您得靜養一陣了。有什麼事，您交給屬下去辦就是了。」那人一怔。四百里加急，向來只有軍情緊急或關乎國體大事的時候才能動用，若為尋常事動用，那是要追究責任的。究竟出了何事讓大人如此著急，且還是在受傷的情況下。

「我讓你去辦就去辦，哪來這麼多廢話，快去！」劉虎抬起沒受傷的右腳虛踢了他一腳。如果可以，他當然不願拖著傷腿奔波，但此事不同尋常，實在不放心交給別人，書信裡又說不清楚。

在劉虎拖著傷腿咬牙騎馬趕往京城的同一時刻，另一夥人也快馬加鞭將消息傳遞到京城某個大宅。

「望江縣的衙役都幹什麼吃的，讓他們看著人，居然跑去喝花酒，被人放了火都不知道。要不是那場火，早就已經把鈕祜祿氏了結了！該死！」

大宅中，一個蓄有短鬚的中年男子正咬牙切齒地罵著，他跟前跪著一個面容冷峻的黑衣男子；之前曾出現在望江鎮的何晉恭敬地站在中年男子身後。

「屬下無能，請大人治罪！」黑衣男人垂頭請罪道。

「治罪？」英格冷哼一聲，怒容不減地道：「如果治罪就能抓到鈕祜祿氏，不用你自己說，我第一個治了你的罪！」

「大人。」何晉上前道：「此事是望江縣衙役辦事不利，怪不得暗鷹他們。」

「哼，王越這個蠢材，養出這麼一群沒用的廢物來，待會兒你給他去封信，告訴他好好管管底下的人，要是再這樣糊里糊塗，這望江縣縣令他也不用當了。」追查了這麼久，好不容易有了鈕祜祿氏的消息，卻因兩個蠢材而壞事，教英格如何不生氣。這一次讓她逃走，想再抓住可就難了。

「出了這樁事後，王縣令已經重責了那兩個衙役，並給奴才來了封書信，請奴才代他向主子請罪。」何晉如是說道。

英格冷哼一聲，對尚跪在地上的暗鷹道：「繼續沿路追查，料想他們應該跑不遠。我把暗鶩那一組也調給你，你們一定要在皇上的人之前找到鈕祜祿氏，絕對不容有失！」暗鷹與暗鶩都是那拉氏一族豢養的死士，一個個武功高強且忠心耿耿，家族許多見不得光的事都是交由他們處理。

「奴才遵命！」暗鷹簡短地答應一聲後退了出去，他要盡快趕去青江鎮與底下人會合，務必要在最短的時間內格殺鈕祜祿氏。

在暗鷹退下後，英格思索了一會兒，命人準備轎子。

一個時辰後，英格出現在坤寧宮，要求見那拉氏。

三福奉了茶道：「英大人來得可是不巧，皇后娘娘正在午睡，還有半個時辰才會起來，奴才們不敢驚擾，所以還請英大人在此稍等片刻。」

「本官明白，有勞福公公了。」英格客氣地接過茶慢慢抿著，約莫過了一炷香工夫，才見那拉氏扶著翡翠的手出現在大殿中，他忙起身見禮。

那拉氏在上首坐下後，扶扶髮鬢對英格道：「坐著吧，本宮面前不需拘禮。」

「謝娘娘。」雖然那拉氏說不用見禮，英格還是謝過恩後方才斜著身子在原位上坐下，小心道：「娘娘怎麼這麼快就起來了，可是微臣吵到了娘娘？」

「不關你的事。」那拉氏接過三福遞來的茶抿了一口，道：「是本宮自己睡不著。唉，這一年，本宮的睡眠是越來越差了，明明覺得睏倦至極，可一躺到床上就清醒得很。」

「娘娘可有請太醫看過？」英格關切地問著。

「看過了，可太醫也瞧不出什麼來，來來去去就是開那些安神藥，又苦又澀，本宮聞著就想吐。」那拉氏抱怨了幾句後又道：「倒是你，怎麼這個時候進宮來了，可是有消息了？」

第五百零三章　動手

「是。」英格當下面色一整，壓低了聲音將這幾日的事仔細說一遍。此刻留在殿內的都是那拉氏心腹，自然不用避諱什麼。

「這麼說來，鈕祜祿氏活得好好的了？」

那拉氏的聲音很平靜，但英格卻從這份平靜下嗅出那麼一絲不悅的氣息，連忙惶恐地起身道：「是微臣無能，微臣有負娘娘所託，請娘娘治罪。」

在別人面前不可一世的英格，面對那拉氏時卻極盡小心，不只因為她是長姊，更因為她是皇后，那拉氏一族的榮耀皆要仰仗她。

「起來做什麼，坐下。」在英格忐忑不安地坐好後，那拉氏方才淡淡道：「皇上那邊一直在找鈕祜祿氏的下落，這件事久拖不得，必須得早早抓到鈕祜祿氏，如此本宮也好，你也好，才能安枕無憂。」

「微臣知道，微臣已經讓暗鷹、暗鷲兩組人去找尋鈕祜祿氏的下落，相信很快會誅殺鈕祜祿氏。」英格信誓旦旦地說著。

「不，本宮現在改變主意了。」那拉氏撥弄著袖端散發著柔和光輝的粉色珍珠，冷意在眼底迸現。「她身在宮外還能讓皇上百般惦念，動用密探與大內侍衛滿天下尋找不說，甚至對外宣稱她是出宮祈福，呵，真是能耐得很。這樣能耐的人輕易死了豈非太可惜，英格，你說是嗎？」

那拉氏言語間的寒意令英格悄悄打了個冷顫。那拉氏雖是他親姊，但一來分開多年；二來，那拉氏如今的性子與從前相差太大，陰狠過甚，即便是他，在面對那拉氏時，也經常會有不寒而慄的感覺。「娘娘說的是，鈕祜祿氏狐媚惑君，應千刀萬剮才是。」

那拉氏微微一笑，顯然對英格的話很滿意，展一展袖子又問：「阿瑪的病怎麼樣了，還厲害嗎？」

說到這個，英格忍不住嘆了口氣道：「從年前到現在就沒好過，一直靠那些名貴的藥材養著呢。」

費揚古原本身子頗為健朗，七十歲的人健步如飛，但過年前，因為小孫子纏著他要看馬上射箭的本領，這位老大人一時興起，重新跨上了已經有多年沒騎的馬。馬上射箭既考眼力也極考驗身手，費揚古畢竟年紀大了，在回身射箭時，一個不小心摔下馬來，自此一直躺在床上，再不能起身。

「養著就養著吧，左右咱們家也不缺那點兒錢。額娘早去，就盼著阿瑪能多活幾年，好讓咱們這些做兒女的多盡盡孝心。」在說到費揚古時，那拉氏少見地流露出幾許溫情。

「微臣知道。」

說話間，三福端了盛著鮮紅西瓜瓤的冰碗進來，分別放在那拉氏與英格面前。瓜瓤上一粒黑籽也沒有，皆是在端上來之前就挑乾淨。至於西瓜則是事先放在冰水中浸過，之後又盛在雕有龍鳳呈祥圖案的冰碗中，故絲毫不減涼意。

英格插了一塊西瓜放在嘴裡，清甜之餘透著一股冰涼舒爽，讚道：「娘娘宮裡的西瓜好生甘甜，比微臣在外頭買來的好吃百倍。」

「你若喜歡，待會兒帶幾個回去。」待英格將一碗西瓜瓤皆吃完後，那拉氏又問：「對了，上次讓你找的那個伊蘭找到了嗎？」

英格聞言精神一振，接過孫墨遞來的軟巾拭一拭手，道：「回娘娘的話，已經找到了。這個女子也真是狡猾，她當初賤價賣掉了在蘇州的房子與田地，咱們皆當她是離開了，其實根本不曾，她就在蘇州躲著呢。」

「呵，好一招以虛為實。」那拉氏不以為意地笑笑。伊蘭固然狡猾，但在絕對的力量面前，根本不足為慮。「既找到了，就帶她回來吧，本宮的銀子可不是誰都有資格拿的。」

「是，她那邊一直有人監視著，絕對跑不了。」英格頓一頓又道：「另外，凌柱那邊，微臣也已經安排好了，他雖然小心，但掌管了十幾年的典儀禮制，要尋出些錯來還是有的；再說……」他神祕一笑，續道：「就算真沒有，也可以造一些出來。」

那拉氏眼皮一抬，淡淡地道：「既然都準備好了，那還等什麼？動手吧。凌大人丟了兩個女兒，想必也一心盼著早日能夠團聚呢！」

她要對付的從來不是一個凌若，而是凌若身後的一切。這一次，她要這位礙眼的熹妃連同家族永遠消失！

「娘娘放心，微臣回去後立刻著手此事。」在離去前，英格猶豫了一會兒道：「娘娘，蘭陵的事……」

那拉氏打量著自己放在膝上的雙手，眼也不抬地道：「放心吧，此事本宮心中早有計較，能成為弘時嫡福晉的，只有蘭陵一人。」

聽得那拉氏這句話，英格心中大定，躬身退出了坤寧宮。候在午門外的何晉看到英格出來，忙迎上去喚了聲「大人」。

英格坐上轎子後道：「子林，你立刻飛鴿傳書給暗鷹，讓他不要殺鈕祜祿氏，皇后娘娘要活的。另外，咱們聯絡的幾位御史可以開始上參本了，還有蘇州那邊，都可以動起來了。」

何晉靜靜地聽著，他清楚，這場看不見硝煙的爭鬥將因為英格這番話而被推到最高潮。

就在英格乘轎回府的時候，一個渾身晒得黝黑的人在宮門前勒住累得鼻孔不住冒白氣的馬，此人正是四百里加急趕到京城的劉虎。

劉虎翻身下馬，一瘸一拐地走到宮門前，將自己的腰牌遞過去。在他走過的地方，不斷有血水滴落，卻是左腳的傷口因為日夜奔波而裂開。

「劉大人，您不是出宮辦差去了嗎？怎麼弄成這副模樣？」守在宮門口的四名侍衛，費了好大的眼力勁才認出劉虎來。

「一言難盡啊，我還有要事要面稟皇上，等改日得空再請幾位兄弟喝酒。」劉虎強忍著腿上的痛，頂著當頭烈日來到養心殿前。

守在外面的是四喜，乍一見，他沒認出劉虎，直至對方走到近前方認出來，驚聲道：「唷，劉大人，您怎麼弄成這樣了？」探頭看了一眼劉虎走過的地方，一路皆是血跡。

第五百零四章　疑心

劉虎也知道自己眼下的模樣很慘，苦笑一聲道：「出來再與公公細說，我現在有急事要見皇上，不知皇上是否在裡面？」

「在裡頭，劉大人稍等一會兒，咱家這就替您進去通報一聲。」四喜推開其中一扇雕花朱門走進去，不一會兒從門中探出腦袋來。「劉大人進來吧。」

劉虎趕緊整了整身上散發著汗酸味的衣裳，低頭隨四喜走到養心殿內，於光如明鏡的金磚地跪下磕頭。「奴才給皇上請安，皇上吉祥！」

「你急著見朕，可是已經找到熹妃？」胤禛聲音中帶著一絲不易察覺的迫切。

劉虎暗吸一口氣，壓下面君時的緊張道：「回皇上的話，密探在百里外的青江鎮發現疑似熹妃娘娘的蹤跡，她住在青江鎮的賤民巷中——」

「這個朕都知道，說重點！」胤禛濃眉一皺，毫不客氣地打斷他的話。密探是他所派，任何查到的東西，都會第一時間以祕密管道呈到他的案上。

「是。」劉虎磕了個頭道：「以前在王府時，奴才曾有幸護衛過熹妃娘娘；雖然娘娘臉上塗了泥灰，但奴才還是可以確定那人就是熹妃娘娘。」

「那你們可曾有追上？」胤禛急切地問道。

劉虎慚愧地道：「奴才無能，被娘娘引到布滿捕獸夾的林中，不慎中了機關，未曾追上娘娘。」

聽到這個答案，胤禛心中失落不已，好不容易才尋到凌若的下落，卻又再次失去蹤跡。不過他也沒怪劉虎，只看劉虎被鮮血染透的褲腳還有這一路滴進來的血，就知道其確實是中了埋伏無力再追。

「既是如此，你不繼續找熹妃，進宮來見朕做什麼？」胤禛言語間透著幾分不悅。劉虎去之前，自己交給他的旨意是尋到熹妃，如今人未尋到，他擅自回宮，往嚴重了說，那便是違抗聖命。

劉虎連忙磕頭道：「回皇上的話，那日奴才在追熹妃娘娘的時候，發現娘娘對奴才的出現表現得很驚慌，甚至一見奴才就跑，之後奴才表露身分，告訴娘娘，是皇上命奴才來接娘娘，可娘娘還是很害怕，一直奔跑不肯停下。就在奴才尋到娘娘的前一夜，娘娘暫住的長巷起火，整條長巷都被燒毀；在起火之前，曾有打更人看到幾個形跡可疑的人出沒在長巷附近。奴才覺得事有蹊蹺，所以斗膽請停留在青江鎮的密探查了這段時間的情況，奴才看過後認為事情嚴重，所以特四百里加急，來向皇上奏稟此事。」

他從懷中取出一張四角相疊、背上透著一個個小字墨跡的紙，恭敬地交給四喜，由他代呈胤禛。

胤禛剛打開掃了兩行，面色就為之一變，待得全部看完後，整張臉已是陰沉無比。按密探查到的情況，凌若出現在青江鎮時，受傷非常嚴重，虧得那個叫石生的賤民救了她，之後又養了一個多月的傷才漸漸好轉。至於燒毀了整條長巷的大火，儘管一時查不到是何人所放，但可以肯定，絕對不是意外起火。

因為燒毀最嚴重，也就是起火的原點，並不是在屋內，這樣一來就排除了屋裡的人不小心碰倒火燭引發火災的可能。

有人在通州沒害死凌若，就跟蹤到青江鎮下手，是誰？到底是誰這麼膽大包天，連他的女人都敢傷害！

胤禛眸中寒光閃爍，捏著信紙的手咯咯作響，望著窗外明媚的夏日光芒，勉強壓下心中翻騰的怒意，冷冷道：「你做得很好，朕會傳旨給青江鎮附近的密探，讓他們全力配合你。在查找熹妃下落的同時務必要保護她安全，不可讓任何人傷其分毫，否則朕唯你是問。」

「奴才遵命！」劉虎在答應之後，又有些為難地抬了頭道：「皇上，奴才就怕娘娘受驚之下，與前次一樣，見了奴才就跑。這若是追逐起來，萬一傷了娘娘，奴才就罪該萬死了。」

胤禛沉吟了一會兒，看向四喜道：「朕記得李衛在江陰縣的任職已經滿了是不是？」

四喜忙躬身答：「是，李大人上個月就到了吏部報備，正等著出缺呢。」

「出缺的事暫時先緩一緩，傳朕口諭，讓他隨劉虎一道去尋熹妃。他是熹妃身邊出去的，熹妃對他向來信任有加，有他在，熹妃當不至於像前次一樣，看到人就跑。」

此時的凌若已成了驚弓之鳥，要想讓她放下戒備，李衛無疑是最好的人選。在劉虎準備隨四喜一道離開的時候，胤禛忽地道：「先去太醫院重新包紮一下，傷口處理不好，很容易感染化膿，到時候再醫治就麻煩了。」

「奴才遵旨，謝皇上恩典！」劉虎激動地謝恩退下。

養心殿剛靜了一會兒，就有人走進來，正是與四喜一樣接了李德全位置的蘇培盛。他與四喜差不多年紀，膚色稍白，眉眼間透著精明之色，只見他上前打了個千兒，輕聲道：「皇上，隆大人在外求見。」

胤禛眸光清冷地道：「傳他進來。」隆科多這個時候來見，想必是交代他查的事情有了眉目。

殿門開啟的瞬間，一股熱浪湧進殿內，令原本涼爽宜人的養心殿出現些許熱意，放置在四周的冰塊很快就將這絲熱意化解。

「奴才隆科多叩見皇上！」隆科多大步走到殿中，拍袖行跪拜禮。

胤禛從御案後起身道：「舅舅請起。」

隆科多是孝懿仁皇后之弟，胤禛視孝懿仁皇后為親母，是以登基後，一直尊稱隆科多為舅舅。

隆科多謝恩起身，垂首靜站於殿中。胤禛摩挲著御案上的一只紫檀木匣子，涼聲道：「舅舅可是已經查到了？」

「是。」隆科多的回答不出胤禛意料。「奴才奉皇上之命，連日清點追查各地軍備庫中鎧甲軍服數量，直至昨日，奴才終於發現杭州軍備庫無故短缺了三十餘套軍服，至於是何時短缺，又是被何人拿走，冊子中均無記載，這一時半會兒也查不出來。」

「杭州……」胤禛若有所思地輕敲著匣子，發出「篤篤」的聲音。

軍備庫守衛森嚴，不可能會被人潛入其中而不知曉，能動軍備庫的，只有內部的人，誰呢？又為何要穿著偷來的軍服去通州殺人？若僅為殺人，豈非多此一舉？

第五百零五章　離開

紫檀木匣隨著胤禛手指的撥動而被打開，裡面僅有一小片布料，灰色的料子，上面印了一個似類於「八」的字。布料邊緣不平整，看樣子是被人生生撕下來的。

這塊料子，是在容遠身上發現的，他一直緊緊抓在手裡，而那時他明明已經失去了所有記憶。很明顯，這塊布是他從要殺他之人身上扯下來的，有可能代表對方的身分。

這塊布料上唯一的線索就是那個字，這個「八」比尋常書寫時要短很多，像是什麼字的一部分。而會將字印在衣服上的，胤禛第一個想到的是軍服。可是當夜，京中幾大軍隊，除了他調動的火器營外，並無軍隊出動的情況。何況沒有聖旨擅自出動軍隊等同於謀反，除非是不要腦袋了，否則沒人敢這麼做。

既然軍隊沒有擅自出動，就麼就只有從軍服上著手了。胤禛命隆科多徹查全國所有軍備庫，全國上百處軍備庫一一查下來極為耗費時間，再加上這件事又不能明查，是以隆科多隆隔了一個多月才查到杭州軍備庫有問題。

胤禛沉吟一會兒，驟然抬起頭，一字一句道：「查！一定要把這件事給朕查個水落石出！」他預感這件事背後隱藏著一個極大的陰謀，與凌若有關，與……後宮有關！

「奴才遵命。」隆科多不曉得胤禛為何對丟失軍服的事這麼在意，但既是聖命，他一定會設法查清楚，若實在不行，就親自去杭州走一趟。

大殿很快又恢復安靜，胤禛走下臺階，低頭看著平整光亮的金磚上映出的自己疲憊的容顏以及孤單的身影。這一刻，他無比想念凌若……

不管後宮有多少女子，他的心始終是寂寞空虛的。

若時間可以倒流，他不會負氣地任由她一個人出宮，奔赴危險重重的通州。他會把她牢牢綁在身邊，愛也好，恨也罷，總之從十九年前起，鈕祜祿凌若就是他胤禛的人，終其一輩子都不許逃開他的身邊。

胤禛的心意，凌若無從得知，此刻的她正為了活命而苦苦掙扎。當日在擺脫劉虎一行人後，他們從偏僻的小路偷偷回了青江鎮去找萱兒。

凌若猜測萱兒無處可去，定是回了長巷。果不其然，在已經燒成廢墟的長巷中找到了蜷縮在殘牆邊的萱兒，她很明顯哭過，鼻尖紅紅的，抱著雙膝，就像是一隻被人拋棄的流浪狗，無依無靠，極是可憐。

石生走過去蹲下身道：「萱兒，我準備離開青江鎮一陣子，妳隨我一道走好嗎？」

「跟你走？」黑暗中，萱兒無比諷刺地看了他一眼，脣邊有抑制不住的冷笑。「你就不怕那位淩姑娘不高興？」她沒有忘記剛才淩若說要分開的時候，石生一個字也沒有說。

「不會的，淩姑娘不是那種人，至於剛才……」石生低一低頭，有些話到底不便直說，只能含糊道：「是因為出了些事，所以才會這麼說，往後不會了。萱兒，鄭叔、鄭嬸都不在了，往後讓我照顧妳好不好？」

萱兒看看他，又看看站在不遠處的淩若，目光閃爍不定，不知在想什麼。許久，她站起身，神色冷漠地看著不解其意的石生。「好，是你自己說要照顧我一輩子的，記著，若是將來反悔，我一輩子都不會原諒你！」

石生心中一喜，連忙點頭道：「不會，我絕對不會反悔！」

萱兒卻沒有他那般喜悅，神色一如適才的冷漠，看向淩若的眸中隱隱有一絲挑釁。她不甘心，不甘心十幾年的感情臨到頭卻輸給一個老女人，所以她決定跟在石生身邊。

天亮後，三人離開青江鎮。一路上，石生與萱兒頻頻回首，那是他們從出生就一直居住的地方，一朝背井離鄉，免不了有許多不捨。

站在城外的官道岔口，淩若掙扎很久，這兩條路，一條是去往京城的，另一條則是相反方向。

她真的很想回京城，那裡有她的一切，阿瑪、額娘、大哥……還有她朝思暮想的弘曆。可是她不能，胤禛布下天羅地網誓要殺她，她回京等於自投羅網，除了白白送命，什麼都做不了。

「妳想去什麼地方，又或者哪裡有親人可以投靠？」石生問道。

凌若想了很久，終於道：「去山西吧，我一直很想去五臺山看看。」

以前她還待字閨中時，曾聽到流傳在民間的一個傳言，說當年順治帝並沒有死，而是傷心董鄂妃的死，假死去五臺山出家為僧。

她很好奇，世間，當真有這樣專情如一的帝王嗎？不愛江山愛美人！

順治帝出家時才二十多歲，至今已過六十一年，就算他當年真沒死，如今也可能已逝去化為黃土。他若在五臺山待過，多少會有些蹤跡可尋。

如此，方向定了下來，三人一路往山西行去。為怕被追殺的人發現蹤跡，他們走得極為小心，除卻剛出城時走的是官道之外，其餘時間都走在偏僻無人的小徑中。餓的時候或是啃乾糧，或是摘野果充飢，能不去城鎮中就盡量不去，就算偶爾要去買乾糧，也是石生一人去。

這樣的餐風露宿、辛苦趕路，令萱兒不解。石生解釋說是因為帶的銀兩不夠，所以要省點用，可是這根本說不通。即便沒錢住店，可官道又不收錢，何以要處處避著官道走？山林野路容易遇到野獸不說，趕路的速度也慢，分明是有事隱瞞。

自那場大劫後，萱兒性子沉靜許多，不再像以前那樣活潑外向，事情也更多的放在心中。

如此趕了一個月的路，終於在六月末時，趕到了山西邊境，不過此處距離五臺山還有三、四日的路程。

這一路走來，因為處處小心，所以一直不曾遇到過追襲。三人商量後，決定進城後尋個客棧好生休整一下。上次住客棧已經是六、七日前的事情了，這天氣炎熱無比，日日都要出上一身汗，身上早已是黏膩得難受。

或許是上次受傷虧了底子，又或者身子一直不曾大好，住進客棧的第二日，凌若突然病倒了，開始畏寒，緊跟著高燒不斷，身子乏力，不想吃東西。

第五百零六章　仇恨

石生請了大夫來看，那名大夫稍稍看了凌若幾眼、把了會兒脈後，就說是受了風寒，開方抓藥。可是凌若服了兩天藥不僅沒有好轉，反而熱度更高，渾身燙得驚人。石生拿著僅有的幾兩銀子又請了一個大夫來看，這回大夫看得比較仔細，又仔細詢問發病的過程及症狀，最後診斷凌若得的不是風寒而是更為嚴重的傷寒。

傷寒病程較長，一般得持續二十至三十天，而在這段時間內，必須每日按時服藥，這樣才有痊癒的可能。如果護理不當或中斷吃藥，病人很可能會併發其他病症，嚴重者危及性命。

萱兒照著大夫的方子去藥鋪抓藥，這藥比上次治風寒的藥貴上許多，一包竟要一錢銀子，五天的藥就去掉了五錢銀子。在去掉大夫診金後，他們帶來的銀子只剩下二兩，又住客棧又要吃飯，還要抓藥，根本支撐不了幾天。

銀子……他們到哪裡去找這麼多銀子……

萱兒越想越是心煩，跋山涉水跑來山西是那個女人的主意，現在生病的也是她，當真麻煩。既然吃不消，何苦跑這麼遠？

在這樣的愁煩中，萱兒回到居住的客棧中。為了省錢，他們只租了一間，平日她與凌若睡在裡面，石生睡在門口。

正要推門進去，忽地聽到裡面有說話聲，她一時好奇聽了一會兒，然聽到的內容卻令她臉色大變。因為那些話不是別的，而是關於長巷的那場大火。

石生並不知道萱兒就在外面，一邊替凌若擦著滾燙的手心一邊說：「凌姑娘，妳一定要好起來，千萬不要有事。上次妳傷得那麼重都挺了過來，還有長巷那回，那些人惡毒的人縱火想要燒妳，可妳不也一樣活著嗎？千萬千萬要撐下去。大夫說了，只要妳撐過這段高燒期，病就會慢慢好起來。妳說想去五臺山，等妳病好了，我陪妳一道去，然後再尋一個山青水秀的地方住下來好不好？沒有人能夠找到妳，也沒有人可以再傷害妳。」

他絮絮地說著，忽地聽到門開的聲音，卻是萱兒走進來，手裡還拿著藥包。石生心中一喜，忙迎上去道：「藥抓來了？」

萱兒深深看了他一眼，輕聲道：「是，抓來了，五包藥五錢銀子。」

石生聞言皺了一下眉頭，這些藥的價錢超出他的預期。大夫說按現在的情況，起碼得吃上二十幾天，若每包都是這麼高的價錢，憑他們手頭上的那些銀子，是絕對負擔不起的，看來得趕緊找個法子賺錢才行。

這樣想著，石生去拿萱兒手裡的藥，不想萱兒抓得極牢，絲毫沒有鬆手的意思。「萱兒，藥給我，我去煎，妳累了一天了，坐下喝口水歇歇。」

萱兒低頭，十指緩緩鬆開，猶如夢囈一般道：「好，記著藥要煎透，不可以心急，否則藥效不好。」

「我知道了，妳幫忙照看一下凌姑娘。」石生拿了藥往外走，並沒有注意到萱兒的異常。

石生出去後，萱兒將門緊緊關起來，轉身走到床前，垂目盯著昏迷不醒的凌若，眼神從漠然到凌厲，無盡的恨意迸射而出。

原來……原來長巷的大火不是意外，而是這個女人引來的禍害。是她，是她害死自己的爹娘，是她害自己變成無依無靠的孤女。

一切的一切，皆是拜這個女人所賜！

好恨！好恨！為何，為何她要來青江鎮，為何要闖入自己的世界？先是搶走石生，緊跟著又害死自己爹娘，是自己上輩子欠了這個女人嗎？所以這輩子要這麼來害自己！

這一剎那，恨意壓倒了理智，在滿臉的瘋狂中，萱兒拔下頭上的銅鎏銀鏤空長簪，鋒利的簪尖在這盛夏中閃爍著森冷光澤。

她緊緊握著簪子，將簪尖對準凌若裸露在外的脖子，只要……只要她將簪子用力插下去，這個可惡的女人就會徹底消失，到時候，石生也會重新回到她的身邊！

插下去！插下去！殺了這個可惡的女人！萱兒內心正天人交戰時，門被人推開，石生捧著一包拆開的藥進來。他剛才忘了問這藥怎麼煎，才折回來詢問，不料一進來就看到萱兒舉著簪子，正要刺凌若。這一幕看得他驚駭莫名，連忙上前護住昏迷不醒的凌若，厲聲道：「妳想做什麼？」

萱兒原本舉著簪子的手已有些放下，如今見到石生這番維護的行為，不由得妒火中燒，對凌若的恨意又加深幾分。她重新抬高手裡的簪子，恨聲道：「我要殺了她，殺了這個女人！」

「妳好端端的發什麼瘋？快把簪子給我！」石生想去奪萱兒的簪子，卻反而被她在手背上劃出一道口子。

簪尖的鮮紅令萱兒在痛苦的同時更加癲狂，用力揮舞著簪子大叫：「讓開，這個女人該死，她該死！」

石生只道她是在吃醋，遂道：「萱兒，我在我娘墳前答應過會娶妳，絕對不會食言。至於凌姑娘，是因為她一個人無親無故，我才送她來這裡的，等她安頓下來後，我就會與妳回青江鎮去。」

「到了現在你還不肯與我說實話！」萱兒落下淚來，聲嘶力竭地重複著：「石生，到了現在你還不肯與我說實話，長巷那場火，到底是怎麼回事，說！」

石生聞言頗為震驚，再一想剛才的情況，已然明白，定是之前自己說的話被她聽了去。

第五百零七章　善良

見石生默然不語，萱兒笑意淒然，身子微微晃了一晃，道：「無話可說了？殺人償命，這女人害死了我爹娘，我殺她又有何不對？你若還念著我們相識一場的情分，就給我讓開！」

石生沉聲道：「萱兒，那場火不是凌姑娘放的，是有人──」

萱兒倏然打斷他的話，道：「有人追殺她，所以才縱火燒巷子的是不是？雖然火不是她親手所放，她卻是罪魁禍首！今日，我定要殺了她替我爹娘報仇！」

萱兒眼中的瘋狂令石生害怕，急急道：「萱兒，妳冷靜些，凌姑娘也是受害者，而且她一直被那些人追殺已經夠可憐的了。再說，殺人償命，妳若殺了凌姑娘，自己也要坐牢。」

「我不管！」萱兒大聲叫著。「坐牢也好，償命也罷，我都不管，我只知道她害死我爹娘，我一定要殺了她！」

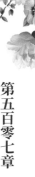

在無盡的瘋狂中，萱兒抓著簪子狠狠朝凌若刺下去，石生顧不得手上的疼痛，用力抓住她的手腕，阻止她做出瘋狂之舉。

「石生，放手。」就在兩人糾纏不下時，床榻上突然傳來虛弱的聲音，卻是凌若，不知何時醒轉了過來。

「凌姑娘……」儘管凌若的聲音很輕，但石生還是聽到了，卻以為她是燒糊塗亂說話，自己若鬆手，萱兒一定會取凌若的性命。

「我叫你放手！」凌若又重複一遍，聲音比剛才大了些許，鼻子裡呼出炙熱灼人的氣息。高燒令她一直處於渾渾噩噩的狀態，直至適才隱約聽到石生與萱兒的爭執聲，努力了很久方才讓自己勉強清醒。

石生遲疑地緩緩鬆開手，不過眼睛依然緊緊盯著萱兒，若她真不顧一切地刺下去，拚著受傷他也要阻止。

凌若靜靜地望著萱兒，眼中充滿憐憫。「我知道，妳心裡恨毒了我，那場火雖不是我親手所放，卻是因我而起，妳爹娘可以說是間接被我害死。」

萱兒慢慢舉高簪子，走到無力起身的凌若旁邊，聲音冷如數九天的寒冰：「那妳還讓石生放開？我真的會殺了妳！」

「呵。」凌若艱難地露出一個笑容，於無言的淒涼中逐字逐句道：「妳以為我會怕嗎？萱兒，與妳相比，其實我才是真正的一無所有啊。被自己愛了十九年的人追殺，像條狗一樣四處逃竄，害了一個又一個幫過我的人。如今的我，活著，僅僅是因為有些事還放不下而已。不過現在已經不重要了，如果殺了我可以讓妳好過一些的話，那妳就殺吧。妳不需要償命，也不會有人去報官，包括石生。」

「妳別以為妳這樣說我就不會殺妳！」萱兒面目猙獰地低吼著，身子因為雙手過於用力而顫抖不止。

石生是第一次聽凌若說起追殺她的那些人身分，萬萬沒想到當中竟會有這等緣由，怪不得她經常於惡夢中驚醒。他不曉得被深愛的人追殺是何等滋味，但想必是痛苦不堪的。

凌若慢慢閉上眼，這一刻，心中並沒有面對死亡時的恐懼與害怕，反而異常寧靜。今日，她固然活著，可代價卻是背負滿身的罪孽痛若。容遠、石大娘以及整個長巷的人，這些就像是沉重的枷鎖，一道道加諸在身上，令她喘不過氣來。

生，從胤禛派人追殺她的那一刻起就已經沒了任何樂趣；若死，可以令萱兒放下心中仇恨，重新開始的話，那麼她願意用死去償還自己造下的罪孽，左右她已經沒有了任何盼頭。

活著，也不過是苟且偷生罷了。

萱兒很矛盾，她恨凌若，可潛意識裡又知道長巷那場火不能怪到凌若頭上，說到底，她也是受害者。

「萱兒，妳不要做傻事。」石生在旁邊緊張地勸著。

「啊！」萱兒突然發出一聲悲憤的低吼，簪子驟然舉過頭頂，然後用盡所有力不及阻止。

氣刺下去。她的動作極快，在石生反應過來之前，簪子已經刺到凌若跟前，根本來

「不要！」石生只來得及發出一聲驚呼。

簪子狠狠落下，卻沒有刺入凌若的身子，而是刺在枕頭上，整個簪身都沒了進去，只有一個鏤空的簪頭露在外面。

被抽乾力氣的萱兒軟軟坐倒在床邊，淚落如珠，不斷滴落在手上。她始終……始終還是沒能狠下這個心。明知道這一簪子下去可以徹底了結這個害她一輩子的人，可在刺下去時，手卻不由自主地避開了。

對不起！爹娘，對不起，女兒沒用，沒能給您們報仇！

凌若睜開眼，看著伏在床邊大聲哭泣的萱兒，心中酸澀而感動。這個女孩始終是善良的，或許有嫉妒、有仇恨，終歸沒能掩蓋她善良的本性，所以她才會放棄這次機會。

凌若吃力地抬起手，撫著萱兒的頭髮，含淚道：「對不起，萱兒，我知道我說再多對不起也彌補不了妳失去至親的痛苦，但是真的對不起。除了性命，我再也找不到任何可以賠償妳的東西，我只剩下這條命了啊！」

萱兒哭得更大聲。之所以在最後關頭放過凌若，不只是因為理智告訴她不可以這麼做，也是因為凌若之前發自肺腑的那番話。

這個女子其實很可憐，她不想害人，卻被迫害了一個又一個的人，她心裡同樣

不好受。

殺了她能怎樣，爹娘就會活過來嗎？時間就可以倒流嗎？除了雙手染滿血腥，以及讓石生恨自己之外，就再也沒有意義了啊！

一場突如其來的風波隨著萱兒的哭泣平靜下來，在那一場近乎發洩的痛哭後，她再沒有提起過報仇兩字。雖然她不怎麼說話，卻幫著石生一道照顧患病的凌若。

隨著日子的過去，石生兜裡的銀子也越來越少，又抓了一次藥及付過前幾日的房費後，就剩下幾個銅板，只能買幾個菜包子。

第五百零八章　碼頭

吃過晚餐後，石生對端了木盆出來倒水的萱兒道：「萱兒，明日我去外頭找份工做，妳留在客棧裡好生照料凌姑娘。」

「你準備去做什麼？」萱兒少有地問了一句。自上次那件事後，她性子更加沉默，有時候一天都說不了幾句話。

石生搖搖頭道：「不知道，不過我身強力壯的，總能找到活幹，放心吧。」

萱兒沒有再說什麼，端著盆去後院，在倒完水後，她並沒有立刻回客房，而是去前頭找了掌櫃。

翌日，石生一早就出去了，一直等到很晚才回來，神色很疲倦，但精神卻極好。他在房中沒見到萱兒，就去了後院找，發現她正在晾衣裳。他笑逐顏開地告訴萱兒，說他找到一份不錯的活計，每日差不多可以賺一錢半；雖說現在既要住店又要抓藥，這一錢半銀子根本不夠用，但凌若的病畢竟是暫時的，只要她身子一好，這每日一錢銀子的藥就不用再抓了。

「萱兒，那份工開工很早，我天不亮就要出去，晚上下工又晚，妳幫我跟掌櫃的說一聲，讓他緩我們幾天交房錢好不好？」石生一邊幫著萱兒晾衣裳一邊商量著，順便將今日領來的工錢交給她。

萱兒接過後，低頭道：「住店的錢你不用管了。」

「為什麼？難道妳已經跟掌櫃的說過了？」石生驚奇地問道。

「昨日你跟我說了後，我去找掌櫃的，跟他說往後我在他店中幹活抵房錢，正好他店裡還缺個人手，就同意了。」

石生一愣，顯然沒料到萱兒會這麼做，隨即又有些擔心地道：「這樣妳忙得過來嗎？」往常萱兒很早就洗完衣裳了，今日拖得這麼晚，必是因為店中雜事繁多，讓她抽不出空來。

萱兒眼中掠過一絲諷意，冷笑道：「放心，不會怠慢了你的凌姑娘，我都是照料好她才去幹活。」

「我不是這個意思。」石生連忙道：「我是怕妳一頭要照顧凌姑娘，一頭要幹活，身子會吃不消。」

萱兒臉色好看了些許，不過聲音依然冷冰冰的：「我的事不用你操心。倒是你……」她咬著下唇，用輕不可聞的聲音說道：「早出晚歸的，自己當心一些。」

「我會的。」聽到這句話時，石生心裡一下子變得很快活，連帶著那份疲累也輕了不少。

因為不需要付房錢，是以石生賺來的銀子足夠開銷了。不過他做的是什麼工，萱兒始終不知道，只知他早出晚歸，每次回來都是一臉疲倦，有時候甚至不沖涼，直接倒頭就睡。問他晚餐，總是說在外頭吃過了。不過每日一錢半的銀子卻是絲毫不少，有時甚至有兩錢，但相對的，石生的臉色越來越難看，原本還算壯實的身子也消瘦了一圈。在連著服了近二十天的藥後，凌若的燒終於退下去，人精神了許多，也可以下地了。只是她胃口尚且不佳，勉強才能吃下一碗粥。

她醒了之後，連續幾天沒看到石生人影，忍不住在萱兒端藥進來的時候問起了石生。萱兒拿勺子徐徐撥弄著黃褐色的湯藥，好讓它涼得快一些。

「妳病著的時候，咱們的銀子用光了，所以他去外頭找了份工賺銀子，每日都要很晚才回來。妳若想見他，就得晚些睡。」

「那是什麼差事，要做到這麼晚？」每日自己醒來的時候，石生就已經不在了，可見出去很早，這麼一算，每日上工時間起碼八、九個時辰。

「他沒說。」萱兒剛說這麼一句，就聽得外面店小二叫：「萱兒，有人結帳不住了，妳趕緊過去收拾一下。」

「哎，我馬上就來。」萱兒趕緊答應一聲，將藥往邊上一放道：「藥差不多涼了，快喝吧。等我把事做完，再給妳煨粥去。」

「萱兒，謝謝妳。」凌若由衷地說著。萱兒在客棧幫忙幹活抵房錢的事，她是知道的，此番生病，若非石生與萱兒兩人，她根本熬不過來。

萱兒腳步一滯，卻沒有回頭也沒有說什麼。心裡的死結雖說是放下了，但終歸還有些疙瘩，更不要說中間還橫著一個石生。

這夜，凌若等到很晚，終於見到石生，這一見之下可是將她嚇了一跳。石生的模樣比以前憔悴許多，眼眶凹陷、眼圈發黑，腳步亦有些發虛，很明顯是疲累過度；可不論凌若怎麼問，他都不肯說做的是什麼工，只說自己還撐得住，差事也不是很重，讓凌若不必擔心。

凌若哪會信他的話，待石生出去後，與萱兒商量一番，兩人決定第二日一早跟著石生去他上工的地方。因為留了心，所以門外剛有點響動凌若就醒了，萱兒也差不多，兩人輕手輕腳地穿好衣服，遠遠跟著石生出門。

凌若身子終歸不曾大好，走了一段路就覺著累了，幸而有萱兒在一旁攙扶，倒也還能支持。

在他們所住的小鎮旁邊有一個頗為繁華的碼頭，每日都有許多漕運船來此，卸下許多貨物；而每次漕運船到的時候，就會有許多精壯的漢子湧到碼頭上，將卸下來的貨物搬運到專門的倉庫中。每搬一趟，都可以得到相應的工錢，只要肯吃苦，在這裡每日可以賺到一、二錢銀子。

石生就夾雜在這些漢子當中，接過船上搬下來的一袋米糧負在背上，沉重的米糧令他有些不堪重負地彎下腰。如此來回五、六趟，每次都是一袋六、七十斤的米糧，待這條船上的貨物被搬運一空時，石生方抽空去管事的地方領了兩個粗餅，就著一碗涼水吃起來，這就是他一日三餐所吃的東西。

他正吃著，兩個同樣來領粗餅的漢子走過來，笑道：「石生，管事的可說了，上一個月工錢拿最多的就是你了，這算下來，起碼有四、五兩銀子，連肉都吃得起了，還天天在這裡啃粗餅，可是夠省的啊！」

石生抬起頭憨憨一笑道：「沒辦法，家裡有用銀子的地方，不省著些不行啊。」

「話是如此沒錯，不過每日吃這種粗餅，也就能飽腹而已，怎夠身子消耗，再怎麼著也得顧著身體，否則在這裡可是做不長的。若真有什麼解決不了的困難，不妨與我們說說，能幫的一定幫。」其中一人好心提醒。他們這些人沒讀過什麼書，卻一個個都是熱心腸，平常有什麼事都是互相幫襯。

「多謝牛哥，不過也沒什麼大不了的，多跑幾趟、多賺些銀子就可以了。」見石生這麼說，牛哥兩人也不便再說，搖搖頭去一邊吃東西了。

將兩個粗餅吃下肚後，石生正喝著水，發現面前多了兩道人影，忙抬起頭問：「可是又有活計了？」

當石生看清面前的兩人時，頓時愣住了，下意識地道：「妳們……妳們怎麼會在這裡？」

「如果我們不跟著你來，你還準備瞞我們到什麼時候？」

第五百零九章　緣分

「我……」石生有些手足無措地站起身。「我不是故意瞞著妳們，只是不想讓妳們擔心。」

「你不說，我們才會擔心！」烈日下，萱兒的聲音裡帶著幾分怒氣。她知道石生的差事苦，卻沒想到會是在碼頭搬運，這樣的天，一日搬運八、九個時辰，豈不是要命嗎？

「我沒事，萱兒妳看，我身子好著呢，就算一天十二個時辰不停地搬也不礙事。」石生生怕萱兒不信，挽起袖子指著自己結實的胳膊。

萱兒咬著嘴唇不說話，凌若卻是淡淡地道：「石生，一日八、九個時辰的透支體力，吃的卻只是早中晚六個粗餅，你以為你可以堅持多久？十天還是一個月，又或者兩個月乃至一年，那麼在這之後呢？你又該怎麼辦？不要這具身子了嗎？」

她的聲音沉靜如水，沒有一絲波瀾，卻令石生漲紅臉，半晌方道：「咱們沒有銀子，我除了一身力氣就沒別的能耐，只能在這裡上工，雖說苦了點，但每日可以拿到一錢多的工錢。我原想著，等妳病好了，再攢一點兒錢就不做了。」石生心裡也清楚，長期這樣做下去，身子肯定吃不消。只是他肩上頂著壓力，哪怕再苦再累也要咬牙堅持下去。

「石生……」凌若聽出他言語間的關切，蹲下身動容地道：「謝謝你與萱兒都待我這麼好，讓我在追殺逃亡中還能感受到人與人之間的真情。不過，真的夠了，若你跟萱兒再因為我出什麼事，我這一輩子都不會心安。」

說到這裡，她笑了笑道：「你瞧，我的病已經好得差不多了，不需要再吃藥了，往後我可以照顧自己，而你……」她望著一言不發的萱兒道：「帶著萱兒回青江鎮，去過屬於你們的日子。」

石生知道她這是在與自己告別，心中生起濃濃的不捨，但他也曉得，天下沒有不散的筵席，始終會有分開的那一天。

「至少……讓我送妳上五臺山，我也想去那裡看看的。」石生聲音透著幾許低落，卻沒有過多挽留。在這段日子裡，他已經明白，這個猶如仙子一樣的女子，並不是自己所能擁有的。

只是他真的不明白，這麼美好的一個女子，她傾心相愛的那個人怎麼狠心到派人追殺，非要她命不可？

「好。」凌若同樣有著不捨。人非草木，孰能無情，雖然不能接受石生的感情，但在她心中，石生已與親人一般。

「回去吧，這活雖然來錢多，但太傷身子，今日起就不要再做了。」

在淩若的勸言下，石生沒有再堅持，去管事處領了剛才那一趟的工錢就與她們一道回去。

路上經過市集時，萱兒無意中看到一個小攤子上擺著一對玉兔耳墜子，雖然玉質算不上好，但勝在做工精緻。那一對玉兔栩栩如生，萱兒看了半天很是喜歡，只是這麼一對小墜子就要一錢銀子，且攤主說什麼也不肯便宜賣，左思右想終歸是捨不得這個錢，咬一咬牙把耳墜放回攤子上。

萱兒走得極快，彷彿是怕稍微慢一些，自己就會忍不住折回去。

石生也看到了那對墜子，原是想讓萱兒買下的，雖說有些貴，但難得有萱兒喜歡的東西。這些日子，她這般辛苦，就當犒勞一下，哪知他還沒來得及開口，萱兒就已經走了。

走在石生旁邊的淩若意味深長地笑道：「緣分往往在不經意間來到，又在不經意間離開，當緣分到來的時候，一定要緊緊抓住，小心將來後悔。」

當局者迷，旁觀者清。她可以看得出石生對萱兒並不是沒感情，只是十幾年的朝夕相處，令這份感情變得極為模糊，分不清是愛情抑或是親情。

但萱兒無疑是最適合石生的；且當日在那樣的情況下，她都沒有狠下心殺自己，反而這些日子對自己多加照料，足見萱兒是一個心地善良的姑娘。這樣好的兩個人，凌若自是希望他們可以幸福。

「緣分……」石生若有所思地重複這兩個字。

凌若也只能說到這裡了，能不能想通，去接受萱兒，就要看石生自己了。

三人先後回到客棧後，因為凌若與萱兒一早就出去，沒吃過早餐，此刻時間已晚，再煮粥顯然來不及了，所以讓小二送幾個包子到客房中。

萱兒與小二說過後，就轉身上了樓，隨即聽到小二迎客人進來的聲音以及掌櫃熱情的招呼聲。

「這位是客官是要住店還是吃酒？」

「掌櫃的，我問你，最近可曾有一男一女來你這裡投宿？」緊跟著掌櫃聲音響起的是一個略顯陰冷的男子聲音。

萱兒背部一僵，不由自主地放緩腳步，這人……難道是要找凌姑娘？

掌櫃有些為難地道：「這位客官，像您說的這樣的客人，可是多了去了，您可否描述得再詳細一些。」

男子從懷裡取出一幅畫像，「啪」地放在櫃檯上，冷聲道：「看清楚，這就是那個女人的畫像。」

掌櫃剛打開一看，就露出恍然之色。「哦，原來客官說的是她啊，不錯，她就住在本店，已經有好些天了。不過他們並不是一男一女，還有另一個姑娘。他們沒錢付房錢，那個姑娘就求我讓她在店裡做雜活以補償房錢。」

聽到這裡，萱兒已經可以肯定，他們要找的必然是自己幾人。都已經離開青江鎮這麼遠了，他們竟然還是追來了。不行，得趕緊離開這裡才行。

萱兒不敢停留，「登登」地跑到客房中，在用力將門關起後，低聲道：「他們……他們追來了，此刻就在樓下。」

「什麼？」凌若陡然一驚，起身來到正對著樓下的窗前，小心推開一條狹小的窗縫，自那裡看下去，正好看到一個黑衣男子上樓。

在凌若目光停留在他身上時，他似乎有所感應，抬頭往凌若的方向看來。那種陰冷如毒蛇的眼神令凌若很是不舒服，連忙關了窗子。

第五百一十章　再遇

凌若雖然不認識那個人，但那種氣息令她很是心悸不安，千方百計的躲避，終還是沒能躲開。

看到凌若一臉驚慌地關上窗，石生問：「果然是他們嗎？」

「應該是不會錯了。」凌若沉沉說道：「我們要趁天黑之前離開這裡，否則就來不及了。」

「可是他們既然曉得咱們住在這間客棧，必定會讓人看住各個出口，甚至現在已經有人守在咱們客房門口了，要怎麼離開？」

萱兒話音剛落，凌若就發現門口多了一個黑影在徘徊，看樣子，他們是準備守住自己幾人，然後等天黑動手解決。

就在凌若緊張地思索對策時，另一撥人也到了這間客棧，其中一人赫然就是李衛。

這一上午，凌若幾人都沒有出過房門，連午餐都是小二送上去的。小二剛進去沒多久，就聽到裡面傳來叫嚷聲，緊跟著門被打開了，石生一臉憤怒地揪著低頭不說話的小二喝罵，飯菜均被掃落在地。

「好你個店小二，我們又不是沒付你飯錢，你居然拿摻著石子的劣等米飯來糊弄我們，真當我們好欺負不成，走！一道去見你們掌櫃的說理去！」說著，石生揪著店小二就走，旁邊還跟著萱兒，三人一道往樓下走去。

在外頭徘徊的黑衣人看了他們一眼，並沒有跟上去，他們的目標是鈕祜祿凌若，不相干的人走了也就走了，礙不了什麼事。

就在他們下樓梯時，黑衣人瞳孔微微一縮。適才小二上樓時，他記得衣服很是合身，長短也剛好，可是眼下，這身衣裳卻顯得有些空蕩蕩，下襬還拖了地。

難道……黑衣人目光一冷，迅速推開石生他們住的那間客房，只見一個被綁了手腳、只穿一身裡衣的男子正努力從床底下探出頭來。他嘴裡被塞了布團，只能發出嗚嗚的響起。

黑衣人認得這人，是剛才那個店小二，如此說來，出去的那人……

「不好！」黑衣人驚呼一聲，目光牢牢鎖定已經走到樓下的那幾人。很明顯，那個裝扮成店小二的人，應該就是他們此行的目標——鈕祜祿凌若。

好一招瞞天過海，險些就讓他們在眼皮子底下溜走了。黑衣人眸中掠過一絲戾氣，迅速跟下去，並指著已經走到客棧門口的石生幾人道：「快！攔住他們！」

他這一喊，原先隱藏在客棧內外的同夥頓時動了起來。他們彼此配合多年，早有了默契，憑著這一聲就知道他們要找的人必然在那裡。

凌若見身分被識破，忙與石生他們快跑離開客棧。若被困在裡面，只有死路一條，唯有逃到外面才有生機。

這邊的動靜同樣驚動了李衛等人，凌若沒有看到他，但他卻在凌若跑出去時，隱約看到了她的側臉。是主子，是他們找了許久的主子！

正當李衛高興之時，看到幾個不明身分、黑衣打扮的人跟在凌若他們身後追出去。

李衛突然想起劉虎與他說過的事，這一路上很可能有另一撥人在追殺流落宮外的主子，莫非就是這夥人？

想到這裡，李衛哪還待得住，對跟在旁邊的劉虎急聲道：「劉大人，我想我看到主子了，快，咱們快跟上去，要是晚了，只怕主子有性命之憂！」

聽到這個，劉虎哪敢怠慢，連放在桌上的銀子都不要了，帶著人快步追上去。這次尋了一個多月好不容易才追上，可是不能再出事了。

暗鷹等人先追上凌若，不過這一次他沒有機會動手，因為李衛與他們相差不過一會兒罷了。

本已經絕望的凌若，看到突然出現的李衛，心頭劇震。怎麼會有兩撥人？最重要的是，李衛居然在上次追自己的那群人裡面，難道他也是胤禛派來殺自己的？

這個想法剛一出現就被否決了，且不說李衛對自己的忠心，就說李衛本身只會一些粗淺的拳腳功夫，與那些大內侍衛相差太遠，讓他來殺自己，這怎麼也說不通。

還有，如果李衛他們是胤禛派來的，那夥黑衣人又是何人所派，為何要一路追殺自己？

難道，是自己誤會胤禛？可通州之時，刀疤臉將軍明明說是奉胤禛之命誅殺自己！

在這樣的疑惑裡，劉虎等人已經與暗鷹一夥對上了，儘管暗鷹等人很強，但劉虎這些大內侍衛同樣不弱，雙方刀來劍往，互不相讓。

暗鷹見久攻不下，心中著急。他們的身分是不能見光的，否則會牽連整個那拉氏，而且他也怕劉虎等人還有援兵。

看來，今日是不可能取鈕祜祿氏性命了。暗鷹在心裡嘆口氣，朝手下做了個撤退的手勢。

在暗鷹一夥人退去後，李衛滿心激動地走過去，雙膝跪地，近乎哽咽地道：「主子，奴才終於找到您了！」

劉虎領著一干喬裝打扮的大內侍衛緊跟在李衛之後下跪。「奴才們給夫人請安，夫人萬福。」

他們心中皆是激動難言，追了這麼久，找了這麼久，終於找到熹妃娘娘，真是不容易啊。虧得這一次皇上讓李大人一道來了，否則娘娘看到他們，非得跟上次一樣轉身就跑不可。

「你們……」凌若怔怔地望著跪了一地的人，一時不知該如何是好。

石生與萱兒兩人看傻了眼。他們不是來追殺凌姑娘的嗎？怎麼先是與另一撥人打起來，如今又向凌姑娘行跪拜禮？

許久，凌若似乎明白什麼。「是他讓你來找我的？」

「是，老爺很擔心夫人，命奴才等人一路追尋。前次，劉虎在青江鎮遇到主子，卻見主子驚惶失措，料知當中有古怪，所以回稟老爺之後，老爺讓奴才隨劉虎一道來尋主子。」李衛含淚說著。

若非當日四喜奉胤禛之命，命自己隨同劉虎尋熹妃，他尚不知道主子竟出了這麼大的事。這一次，他更親眼看到有人意圖取主子性命，虧得自己等人及時趕到，否則後果不堪設想。

第五百一十一章　不願回

「那些是什麼人？」既然李衛他們是胤禛派來的，那麼之前的黑衣人身分就有待思索了。

劉虎忙回道：「尚不知曉，不過老爺已經派人在查了，請夫人相信，老爺絕對沒有要殺夫人的意思。奴才等人出來時，老爺都是千叮萬囑的，一定要平安將夫人帶回去，不容有半點閃失。」

見凌若不說話，李衛亦道：「主子，劉虎沒有撒謊，老爺確是如此吩咐。」如今是在宮外，他們不敢貿然暴露凌若的身分，只以夫人相稱。

「我知道了。」沉寂半晌，凌若的聲音才在燥熱的夏風中響起。

李衛與劉虎等人都眼巴巴看著凌若，然她只說了這麼一句就再沒了聲音。劉虎心下微微發急，忍不住用手肘輕輕捅了一下李衛，讓他趕緊跟熹妃說回宮的事。

李衛會意，只是他跟在凌若身邊多年，較之劉虎更懂得揣測凌若心思，覺得此刻提這個並不恰當，遂改口：「主子奔波一路也累了，不如先回客棧歇息如何？」

凌若微微點頭，回頭對一臉茫然的石生與萱兒道：「走吧，我們回客棧，應該不會有危險了。」

李衛他們的出手令石生兩人咂舌，竟然包下了整間客棧！不過他們倒是沒有強行趕人，只是以雙倍價錢請住著的人去其他客棧住宿，沒有人會將送到跟前的銀子往外推，都欣然收了銀子離開。

他們個個身手不凡又出手闊綽，卻自稱是凌姑娘的奴才，凌姑娘究竟是何身分？頭一次，石生對他救回來的這名女子起了好奇心。

在將凌若單獨迎至一間上等客房後，李衛與劉虎重新見禮。「奴才們給熹妃娘娘請安，娘娘萬福金安。」

「我已經不是宮中的娘娘，你們不必行如此大禮，而且我也不會跟你們回去。」凌若望著跪在自己跟前的兩人，神色淡然地道。

當日在南書房中，胤禛遷怒於她對容遠的求情，親口剝奪她的位分，再加上通州的屠殺及容遠的死，不論廢位的旨意是否傳曉六宮，她都不會再將自己當成胤禛的妃子。

熹妃，早在通州時就已經死了……

劉虎一聽這話立時急了。這誤會不是都解開了嗎？怎麼娘娘還不肯跟他們回去？若是她不回，那自己等人該如何向皇上交差？

「主子，通州屠殺一事，並非皇上旨意。」

李衛突然冒出這麼一句，令凌若詫異不已，劉虎也是一臉愕然。他只奉命尋找失蹤的熹妃，對於在通州發生的事並不清楚。

「你說什麼，再說一遍？」凌若驟然抓住扶手，神色緊張之餘又有一絲期望，這種名為期望的東西，她已經很久沒有過了。

「此事是喜公公來傳旨時與奴才說的，當日娘娘去往通州後，皇上確實盛怒難耐，命火器營統領調集所有火炮轟擊通州城，但是在炮轟之前，皇上又改變了主意，撤回火器營，並且命他們進通州城尋找主子。可是當火器營諸人進去的時候，卻發現通州已經變成一座死城，裡面的人全部被人用利刃殺死，只有徐太醫一人生還。」

「徐太醫還活著？」聽到李衛最後那句話，喜悅如閃電一樣劃過凌若的腦海，聲音裡帶著顫抖，急切地想要從李衛口中得到更確切的消息。

「是，徐太醫沒有死。聽喜公公說，徐太醫當時用銀針封住自己周身大穴，雖然受傷嚴重，命卻保住了；不過徐太醫醒後，對於以前的事都不記得了。太醫說是之前傷了頭部的緣故，至於徐太醫什麼時候能想起來，又能想起多少，就不得而知了。」

容遠……他沒有死，他真的沒有死！

無盡的透明液體從凌若眼中湧出，化為滴滴淚珠落在地上，不過這一次卻是因歡喜。

她此生最對不起的人就是容遠，近三十年無怨無悔的守護，通州被追殺之時，他更是為了救她而被圍攻。

原以為自己一輩子都要背負這個包袱，沒想到上天開眼，容遠竟然沒有死。雖然失去了記憶，但還有什麼能比活著更重要？

「主子，奴才所說句句屬實，要殺您的確實不是皇上。您不在宮中的這些日子，皇上只說您是出宮為大清祈福去了。」

「我知道了。」凌若緩緩止了淚道：「他沒殺我，卻曾起過殺心，是不是？」

這一句話問得李衛啞口無言。是啊，若皇上不曾起過殺心，就不會在主子去通州後調集火器營圍困通州，在發炮前才堪堪改變主意。

望著啞口無言的李衛，凌若深吸一口氣，逐字逐句道：「事情我已經清楚了，往後，我不會再誤會；但是同樣的，我也不會再回宮。」

「主子……」一聽這話，莫說劉虎，就是李衛也急了。

「李衛，你是從我身邊出去的，該知道我是什麼樣的性子，既然說了就不會再改。我很感謝皇上饒我一命，但是……」她沒有繼續說下去，然眸中卻有無盡的哀涼。

胤禛從來就是不信她的，這一次，他放過她，那麼下一次呢，下下一次呢？胤禛還會放過她嗎？

伴君如伴虎，這句話不只是對臣子說，也是對後宮無數妃嬪而言。她心寒了，真的心寒了，怕將來再有一次，待到那時，她不知道自己是否還有勇氣面對，又是否會被逼得發瘋。

「主子，奴才知道您心裡的難過，可是讓您回去是皇上的旨意，您若不回宮，豈非抗旨？再說，還有四阿哥在宮中日夜盼著您呢。」李衛情急之下，將弘曆搬了出來。

弘曆……凌若仰頭望著頂上的梁木，眼中流露出無比的眷戀。深宮之中，唯一令她放不下的就是弘曆。

「他還好嗎？」她問，言語輕柔而慈和。

李衛精神一振，忙回道：「四阿哥一切皆好，只是極為思念主子，日夜盼著主子回去。」

「回去……」凌若淒然一笑，搖頭道：「我不會回去的。」

李衛沒想到會是這麼一個答案。之前聽主子問起四阿哥，以為她態度有所軟化，哪料還是這般。「主子您不想見四阿哥嗎？」

「世間哪有做額娘的不想見自己孩子的道理，只是我回去真的好嗎？李衛，後宮是什麼樣的地方，你應該很清楚，那裡牽一髮而動全身。這一次，皇上對我尚有餘情，是以沒有連累弘曆，那下次呢？你告訴我，下一次還會這麼幸運嗎？」她問，神色淒涼傷感，隱在袖中的指尖不住發抖。她低頭，對著垂頭不語的李衛道：

「與其將來連累弘曆，倒不若永不回宮，如此，皇上或許還會垂憐弘曆一二。皇上不是對外宣稱我出宮祈福嗎？那就讓這話成為現實吧。」

她對胤禛已經徹底失望了，若十九年的感情依舊換不來一世不疑的話，那麼還有什麼是值得期盼的？

這一生，終歸是錯付了……

第五百一十二章　抓人

「主子您……」李衛言語間透著重重驚意。

「五臺山上有不少尼姑庵，我會擇一間在其中修行，祈求大清國泰民安、百世昌隆，也祈求皇上龍體安康，四阿哥平安健康。」

在許久的沉默後，李衛出言道：「既然主子心意已定，奴才不敢再勸，只是奴才好不容易才得幸見到主子，還請主子恩准奴才留在這裡，伺候主子幾日。」

凌若默許了。在從屋中退出來後，劉虎有些嗔怪地道：「李大人，剛才你為什麼不再幫著多勸勸娘娘，讓她隨咱們回宮？」

李衛拍著他的肩嘆道：「劉大人，娘娘對皇上的誤會看似解開，其實心中仍然有結，這不是咱們所能解開的，勸再多也無用。」

「那怎麼辦，難道真由著娘娘在五臺山出家嗎？」劉虎苦著臉問。

「自然不是，解鈴還須繫鈴人。」在說完這句話後，李衛咬牙道：「我立刻寫奏摺將這裡的事用四百里加急稟告皇上，娘娘的事就由皇上決定吧。至於咱們，眼下能做的就是在聖意下來前看好娘娘，莫讓她再離開。」

「知道了。」劉虎點點頭。也只有這個辦法了。

就在李衛將寫好的奏摺交由驛站四百里加急送往京城的同時，另一夥人也來到了擁有「上有天堂，下有蘇杭」美譽的蘇州。不過他們來這裡可不是為了遊山玩水，而是為了抓一個人。

蘇州以山水秀麗、園林典雅而聞名天下，不過這些人對秀美山水顯然沒什麼興趣，逕自來到位於城西的一處三進院子。

隨著叩門聲響起，一個中年婦人過來應門，她在門後探出半張臉，警惕地看著這群黑衣黑靴、不知從何處來的人。「你們找誰？」

領頭的那個黑衣人冷冷瞥了她一眼，抬腳就將半掩的門踹開，堂而皇之地走進去。

「快來人啊，有強盜！有強盜！」僕婦倒在地上驚惶失措地大叫著，黑衣人對她的聲音置若罔聞，自顧自走進去。

隨著僕婦的喊叫，從裡頭奔出好些個手拿棍子的壯漢來，皆是宅子主人花錢請來的護院好手。他們如臨大敵地盯著一步步靠近的黑衣人，大喝道：「你們想做什麼？不想死的話就趕緊站住，否則休怪我等不客氣！」

「滾開。」

護院們剛聽清楚這兩個透著徹骨冷意的字眼，就感覺身子騰空飛起，然後狠狠砸落在堅硬的青石地上，疼得一個個齜牙咧嘴，哀號慘叫。

「出什麼事了？」屋裡傳來一個女子的聲音，顯然是聽到外面的響動。女子點燈出來察看，當看到自己高價請來的護院躺了一地時，神色一下子變得極難看，盯著那群幾乎與黑夜相融的黑衣人，厲聲道：「你們是什麼人，為何要闖到我家中來？」

「奉我家主人之命，請伊蘭小姐回京城。」當先那個黑衣人冷冷說出一句令女子渾身發冷的話來。

這群黑衣人正是英格派出來的死士，領頭者是那拉氏一族的死士頭領之一的隼，奉命來抓躲藏在這裡的伊蘭。

在最初的驚訝過後，伊蘭面若死灰。她沒想到自己躲藏得那麼小心，居然還是被這些人找到了，不必問，他們定是皇后派來的。

當日，她與阿瑪、額娘鬧翻離開京城後，就已經想到皇后可能不會輕易放過自己。五萬兩銀子可不是一筆小數目，就是身為皇后的那拉氏想拿出來也是傷筋動骨。

所以，她到了蘇州後，就立刻以比市價便宜三成的價錢將那間宅子與田地賣出，然後假意離開，實際是在不起眼的地方買下如今住的三進宅子，作為棲身之所。

最危險的地方往往就是最安全的地方，皇后一旦追查，發現她賣了宅子與田地，定會以為她早就帶著銀子離開蘇州，絕不會想到她還躲在這裡。而她如今用的銀子，都是賣宅子與田地所得來的，皇后給的那些銀票分文未動，就怕皇后在銀票上動手腳，自己一去銀號就會洩漏行蹤。可是千算萬算，卻還是被尋上了門。

其實伊蘭的種種算計並沒有錯，但是她忘了最重要的一點：在皇后背後，還有龐大的那拉氏一族，憑他們的能力手段，想要查一個人，絕不是難事。

「你們帶我去京城做什麼？」

伊蘭努力讓自己鎮定一些，但身子還是不住顫抖。

怎麼辦？她該怎麼辦？能逃得了嗎？若是一個人還好些，可是她現在……

她的手不自覺地撫上腹部，儘管那裡還很平坦，但有一個小生命正在蓬勃地成長。

十年，她嫁入李家十年有餘，一直沒有孩子，最後更因為這個原因而被李家休棄。豈料就在離開李家後沒多久，她發現自己懷了孕，盼了十年不至的孩兒，早在那一場大鬧時就已經悄悄來到她腹中。

也許，這就是天意吧，上天註定要她與李耀光分開……

儘管這個孩子來得不是時候，但並不妨礙伊蘭對他的喜愛，打算等孩子生下來後，一個人將之撫養長大，不想這些人突然尋上門，打亂她的計畫。

此刻她沒別的想法，只盼可以保住這個孩子，不要讓他在腹中就夭折了。

「帶妳去一家團聚。」

暗隼冷冷回了一句，隨著他話音落下，立時有兩個人走到伊蘭身邊，一左一右強拉著她往外走，根本由不得伊蘭反抗。

暗隼在抓了伊蘭後，立刻經由水路再轉陸路回京。伊蘭一路上提心吊膽，唯恐他們會殺了自己。

第五百一十三章 大牢

踏進京城後，伊蘭一顆心更是提到了喉嚨，時時刻刻都處在驚惶害怕之中。她最擔心的不是自己，而是腹中那個好不容易得來的孩子。

幸好暗隼沒有殺她，只是將她帶到刑部大牢。那裡早有人等候在門口，看到暗隼帶了伊蘭過來，微一點頭，帶著他們走進牢中。

「她就是鈕祜祿家的小女兒嗎？」那人低聲問著。

暗隼默默點頭，並沒有開口的意思。那人也不再追問，舉著油燈，將他們帶到最裡面的一間牢房，拿燈照了一下幽暗的牢房後，道：「喏，就這裡了，把她關進去吧。」

伊蘭被野蠻地推進去，幸好裡面有人扶了她一把。抬頭藉著油燈微弱的光芒，她看到了扶自己的那個人，愕然道：「大哥？」

「是我。」榮祿點點頭。

伊蘭在他身後還看到凌柱夫婦以及榮祥他們，除卻凌若之外，竟是全部都在裡面。

「到底出什麼事了，為什麼你們都被關在這裡？」伊蘭沒想到她與家人的再見面竟然是在牢房中。

「有人聯名在皇上面前參了阿瑪一本，說阿瑪在皇上登基大典時，錯漏了好幾處儀制，還有皇上登基時所穿的龍袍，事後發現好幾處絲線斷裂；而在阿瑪呈上去之前，一切都還是好的。」榮祿沉聲說著，眉頭鬱結不展。為著這事，他們全家已經被關在大牢中好些天了。

儘管伊蘭不太懂朝政的事，但也曉得阿瑪不過是一名從四品典儀，皇上登基大典，他雖有參與，卻不過是聽照禮部尚書的吩咐辦事罷了，若真要追究也該是追究禮部尚書才是；還有那龍袍，就更讓人匪夷所思了，龍袍是內務府準備，阿瑪無非就是過一下手而已，竟然也怪責到阿瑪頭上？

榮祿又說了一次：「他們參的是阿瑪。」

伊蘭倏地打了一個激靈，突然明白過來，轉頭盯著還站在牢外的暗隼。這件事擺明是有人故意針對，照此看來，最有可能的就是……

就在這個時候，暗隼突然開口了：「凌大人，你是不是很好奇，為何你們一家出了這麼大的事，你那大女兒卻連面也不露，就連你派人送信入宮也沒有消息？」

原本坐在角落裡，連看到伊蘭也沒有起身的凌柱聽到這話猛然站起來，衝到牢房門口，握著手臂粗的欄柵死死盯著暗隼，道：「你怎麼會知道這些？你是什麼人？」

早在他們過來的時候，附近的獄卒就已經被遣了開去，就連陪著暗隼一道過來的那名男子也退到遠處，這附近便只有他們幾人。

「我的身分你無須過問，只問你想不想知道是為什麼？」暗隼在與凌柱說話，目光卻落在伊蘭身上，令伊蘭感覺到一種令血液凝固的冷意。

「為什麼？」凌柱明知道這個人絕不會那麼好心地來與自己說這些，卻依然忍不住追問。他很清楚大女兒的性子，家中出事，她絕不會不聞不問，可是至今依然沒有半點消息傳來，實在是令他很不安。

凌若出宮去通州一事，還有胤禛謊稱其出宮祈福，很少有人知道，流傳範圍也僅限於後宮之中。

「因為她現在自顧不暇。」在凌柱的注視下，暗隼一字一句道：「有人將她與徐太醫的事告訴皇上，而說出這一切的人，正是你身邊的小女兒。」

伊蘭！剎那間，所有人的目光皆集中在渾身僵硬的伊蘭身上，帶著難以言喻的震驚詫異。

暗隼走了，然他一手造成的風暴才剛剛開始。

「阿瑪，我——」伊蘭被凌柱盯得心裡發毛，緊張地絞著手指，剛說了幾個字，就感覺耳邊一陣疾風掠來，隨即臉頰狠狠捱了一巴掌。

「孽障！」凌柱大罵一聲，怒意令他胸口猶如拉風箱一樣不斷地起伏，對這個女兒實在是失望到極點。儘管他不曾踏足後宮，卻也曉得後宮之中權力傾軋，恩寵爭奪是何等殘酷，稍一不慎就會招來殺身之禍；再加上胤禛又是一個很多疑的君主，尋常無事都可以疑人三天，更不須說是確實曾有過的事。伊蘭這麼做，簡直就是親手將凌若推往萬丈深淵。

臉上的疼痛將伊蘭心底的委屈與痛恨全部勾了出來，她捂著通紅發燙的臉頰，尖聲叫：「是，我是孽障！在你眼中，只有鈕祜祿凌若，她什麼都好，而我就什麼都不好！」

「還敢頂嘴！」本就在盛怒中的凌柱聽到她這般不知悔改的話，當即又是一巴掌摑下去。不用想也知道，自己此番莫名的入獄，必與凌若一事有關。

伊蘭被打得髮鬢凌亂、珠釵掉落，然神色卻更加痛恨，衝著凌柱大叫：「你打啊！左右你已經不將我當成女兒看待，乾脆將我打死在這裡得了！」

「你！」凌柱恨怒難耐，指著伊蘭的手顫抖不止，一張老臉漲成醬紫色，呼吸急促不勻。許久，他憤然道：「好，我今日就打死妳，權當沒生過妳這個孽障！」

「阿瑪！」榮祿見狀，趕緊隔在兩人中間，擋住盛怒中的凌柱。「您先不要動氣，興許伊蘭是有苦衷也說不定。」

凌柱餘怒未消地道：「她能有什麼苦衷？定是為了貪那幾萬兩銀子。現在好了，害人害己。」

富察氏亦走了過來，這一次連她也不幫著伊蘭說話了，痛聲道：「蘭兒，熹妃可是妳的親姊姊，妳怎麼能夠如此狠心地去害她！」

「是，我狠心，我毒辣，我沒有良心，好了嗎？」伊蘭面目猙獰地大叫：「當年若不是她不肯讓我入王府，還逼著我嫁給李耀光，我會落得被人休棄、顏面盡失的下場嗎？不會！」她恨恨地一揮手道：「若她當時肯鬆口，此刻，我早已入宮，成為皇帝的妃子，成為與她一樣高高在上、享盡榮華富貴的妃子，鈕祜祿氏一族也會因我而榮耀滿門。可是她不肯！她不肯讓我這個親妹妹享有與她同樣的榮耀，她嫉妒我，她害我！」

第五百一十四章　後悔

「姊姊若要害妳，妳根本活不到今日！」榮祥從黑暗中走出來，多年的軍中歷練令他身上帶了一種軍人獨有的鐵血氣息。他漠然盯著大叫不止的伊蘭。「何謂恩將仇報，我今日總算是親眼見識到了。有妳這樣的姊姊，是我一生之恥！」

伊蘭吃吃一笑，淚水從眼中滑落，即便早在心裡與榮祥他們斷絕關係，但親耳聽到這些話，心裡依然忍不住一陣抽痛。她口中道：「照你這般說，我豈非還要感謝她，真是可笑。」

「若兒從不曾想過害妳。」榮祿沉沉嘆了口氣。「王府、後宮，哪一處不是充滿著算計爭鬥，生活在那裡的女人不只要有美貌、心機，還要會忍耐，能忍尋常人所不能忍，哪怕對方害得妳失去孩子、失去所有恩寵，變得一無所有，也要繼續忍著，直至可以雪恨的那一天。伊蘭，憑妳的性子，妳以為自己可以忍到那等地步嗎？」

伊蘭眼皮一跳，口中卻道：「鈕祜祿凌若可以做到，我自然也可以做到。」

「不可能！」榮祿毫不猶豫地搖頭。「看看妳，現在不過是受了些許委屈就已經怒形於色。伊蘭，妳這一輩子過得太順，阿瑪、額娘寵著妳，事事依著妳，所以令得妳事事以自己為中心，稍不如意，就覺得是別人虧欠妳，記恨於心。嫁給了李耀光後，他同樣寵妳敬妳，十年間即便妳無所出也不曾納過一個妾室。後來的事，雖說李耀光有錯，但妳毆打婆婆更是大錯特錯。」

「妳連個妾室都忍受不了，又如何去忍受皇上的三宮六院，妃嬪無數？伊蘭，妳的嫉妒心太強。不錯，當年若兒如果沒有逼妳嫁給耀光，而是由著妳入雍王府，今日妳或許可能居於高位，成為一宮的娘娘；但更大的可能是妳已經死在層出不窮的明爭暗鬥中。嫉妒，會將妳帶入萬丈深淵。」

榮祿語氣冰冷，待到後面，已是寒意湧動，在這陰暗潮熱的牢房中聽來格外人。

伊蘭臉色慘白地盯著榮祿，嘴脣不住顫抖著想要反駁，但終歸是沒有任何聲音發出。

她不得不承認，榮祿說的很對。她嫉妒，她嫉妒任何一個分走丈夫寵愛的女子，所以當初在李家大鬧一場，寧可被休棄也不肯答應李耀光納妾。

如果換了胤禛……

伊蘭突然打了一個寒顫，冷意從腳底湧上來，將血液一點一滴凝結成冰。且不說胤禛會如何處置，皇后就絕不會放過自己，那個女人太過可怕，沒有人可以鬥得過她。

驀然，伊蘭想起許多年前凌若曾經對自己說過的話——

「妳是姊姊唯一的嫡親妹妹，姊姊怎麼捨得妳受這個委屈，要嘛不嫁，要嫁便嫁為正妻，三書六禮，明媒正娶。」

當時她只覺得姊姊很虛偽，口是心非，表面上說是為她著想，實際上根本是不想她入府分了胤禛的恩寵。

然眼下再回想起來，她卻突然明白了，姊姊了解她的性子，驕縱自我，不適合為人妾室，所以千方百計為自己擇了李耀光為夫婿。

十年夫妻，李耀光待她確實很好，溫柔體貼，事事以她為主。若非當日她動手打了李母，李母以死相逼，他根本不會寫下那紙休書。

生平第一次，伊蘭後悔自己所做的事。可是太晚了，阿瑪他們不會原諒自己，耀光……

想到這個男人，伊蘭鼻間一酸，如果時光可以倒流，她一定不會那麼任性妄為。這輩子應該不會再見了吧，只可憐了她的孩子，即便是有機會生下來，怕是也沒機會見他的父親了。

「吃飯了！」牢房中沒有日夜之分，永遠都被昏暗籠罩，獄卒每日會送來兩頓牢飯，一大盆糙米飯與一碗只能看到幾片鹹菜葉子的湯，勉強能夠飽腹。

榮祿從欄柵中接過獄卒打好的飯跟湯，道：「阿瑪、額娘，吃飯了。」

凌柱看到蜷縮在對面牆角的伊蘭就氣不打一處來，恨聲道：「不吃，我已經氣飽了。」

「老爺。」富察氏輕輕推了推他道：「你再生氣也不能跟自己身子過不去，再說你不吃，榮祿他們又怎敢吃。」

她勸了半晌，凌柱方勉強壓下怒意，接過榮祿遞來的飯吃了起來。每個牢房中都會放著幾個破瓷碗跟筷子，供人分食米飯用。

在替每個人盛了一碗後，榮祿猶豫了一下，端起自己那碗放到伊蘭面前，低聲道：「在這裡就只能吃這個，好歹能填飽肚子。」

他這個舉動自然被凌柱看在眼中，冷哼一聲道：「還管她做什麼，這種人由著她餓死正好！」

伊蘭自雙膝中抬起頭，直至這個時候，榮祿才發現她臉上掛著未乾的淚痕，神色淒涼。畢竟是自己打小看著長大的妹妹，見她這樣，榮祿心裡也不好受，拍拍她的肩膀道：「阿瑪只是說說氣話，莫要當真，趕緊吃吧。」

自被關進來後，伊蘭就不曾吃過任何東西，腹中早已飢餓不堪，然卻沒有立刻去拿，而是目光複雜地看著榮祿。許久，微弱的聲音自那張沒有血色的脣間逸出：「你不怪我害了熹妃嗎？」

「妳開心嗎？」榮祿將長短不一的筷子塞到伊蘭手中，望著默然不語的伊蘭道：「妳告訴我，害了熹妃之後，妳真的開心嗎？」

伊蘭曾以為將凌若自高高在上的熹妃寶座上拖下來後，自己會很開心，但原來不是。在蘇州的那兩個多月，雖然衣食無憂，但她並不開心，反而常常感覺到孤獨。那時，她最喜歡做的事就是回憶，回憶小時候一家人在一起的日子。

以前的自己總覺得那段日子太苦，可後來發現，那才是自己一生中最快樂的日子，沒有悲傷、沒有難過，只有家人的百般呵護。還記得每到冬天的時候，姊姊都會拿幾個燒剩下的炭放在一個暖爐中，然後用舊衣裳做成的套子裹好，提前放在她被窩裡，這樣睡覺的時候，被窩就是暖烘烘的，一點兒也不涼。

夏天炎熱，她怕熱，睡不著，姊姊就拿著扇子替她搧涼，一直等她熟睡了才停下來。後來嫁到李家，李耀光知道她怕熱，家中用不起冰，就提來井水放在各個角落裡，使得屋中可以稍稍陰涼些許。每日不管翰林院裡的事情再多再忙，他都會按時回來，拿著一把蒲扇坐在床邊替她驅趕炎熱，好讓她安然入睡。而他為了前一日不曾忙完的事，往往第二天天不亮就要起來趕去翰林院，經常連早餐都顧不上吃。

十年歲月，她早已對這一切習以為常，直至離開李家、離開京城，才發現孤獨好可怕，一個人好可怕，她只能靠回憶來填補心中的空虛寂寞。若非腹中意外來到的孩兒，她早已沒有了任何念想。

驀然回首，原來，她對李耀光並非無情，只是不曾那般轟轟烈烈，所以連她自己也沒發現。

第五百一十五章
知錯

「我一直以為榮華富貴、出人頭地才是最重要的，可是當我有著這一輩子都花不完的錢時，我現自己一點都不開心。大哥，我不開心，真的很不開心……」說到最後，伊蘭已是泣不成聲，所有悔恨皆化為淚水落在骯髒不堪的牢房中。她害了姊姊，害了阿瑪、額娘，害了所有人。

凌柱把碗一摔，怒指著抽泣不止的伊蘭罵道：「妳還有臉在這裡哭，若非妳，我們一家老小怎會被關在這裡，熹妃又怎會惹來一身麻煩！」。

榮祿怕他再打伊蘭，忙勸道：「阿瑪，算了，事情已經發生了，再說也無用，何況蘭兒已經後悔了，您就不要再罵她了。」

「後悔能有什麼用！」凌柱瞪了他一眼後對伊蘭道：「若這次熹妃娘娘沒事便罷，否則，就算去到九泉之下，我也不會原諒妳這個孽障！」說罷，他也不吃飯了，怒氣沖沖地回到角落裡坐下。

在榮祿等人的記憶中，凌柱是很和藹的父親，少有對子女發火的時候，如今說出這樣的話來，顯然是氣極了伊蘭。

富察氏在一旁暗自抹淚，伊蘭的所作所為實在是令她傷透了心，虧得她以前還一直在凌若面前幫著伊蘭隱瞞、說情。

「不要哭了。」榮祿低身拭去伊蘭不住落下的眼淚。「知錯能改，善莫大焉，等阿瑪氣消了就沒事了，始終，咱們都是一家人。」

再次聽到「一家人」這三個字，伊蘭哭得更加凶。兜兜轉轉了半輩子，一直在努力追求自以為珍貴重要的東西，卻原來，最珍貴的東西一直在自己身邊，是自己不懂得珍惜。

「好了，不哭了，快吃吧。」

在榮祿的催促下，伊蘭抽泣著止住淚，端起地上的破碗，剛扒了一口，又有些擔心地問：「大哥，姊姊她……會沒事嗎？」

榮祿沉重地搖搖頭。「咱們現在被關在這裡，什麼都不知道，唯一能做的就是祈求蒼天開眼，保佑若兒平安無事。」他還有一句話沒說，凌若沒事，則一家皆會沒事，否則……

榮祿突然想到一事，忙問：「伊蘭，妳老實告訴我，當日是誰給妳銀子，讓妳說出若兒與徐太醫的過往？還有剛才來的那個人又是誰？」

伊蘭心中一跳，沉寂半晌後方道：「這件事等我們能活著從這裡出去的時候再說吧。」

經過這件事，伊蘭已經深切意識到皇后的可怕。自己躲得這樣小心，她都能找到自己；還有那群黑衣人，一個個身上都帶著令人窒息的寒意，神祕無比。此刻將皇后的名字說出來，根本沒有任何益處，反而容易帶來不必要的麻煩；再說，如果他們連這間牢房都出不去，知曉仇人的名字也無用。

榮祿沒有再追問，而伊蘭在吃了半碗糙米飯後，將碗遞給他。「大哥，我吃飽了，剩下的你吃吧。」

「才半碗而已，哪裡會飽，儘管吃妳的，不用擔心大哥。」榮祿哪會不曉得她這點心思。伊蘭是怕自己沒飯吃會餓著，所以只吃了一半。

「我真的飽了，大哥你也吃點。」伊蘭說什麼也不肯再吃，半碗米飯在兩人之間推來推去。

榮祿今年剛滿六歲的兒子捧著一個缺了小半邊的碗過來，脆聲道：「阿瑪，逸兒和娘都吃完了，這些飯給阿瑪吃，這樣姑姑和阿瑪就都有飯吃了。」

「逸兒真乖。」榮祿感動地揉著兒子的腦袋。

昏暗中，江氏正盈盈望著他，當她與榮祿的目光在半空中相會時，彼此皆露出會心一笑。不管前路多麼艱難絕望，只要一家人在一起，就會有勇氣去面對。

伊蘭怔怔地望著，她突然無比羨慕大哥。當年大嫂進門的時候，她還頗有意見，認為大哥身為朝廷命官，好好的大家閨秀、貴族千金不娶，卻非要去娶一個被人休掉的棄婦，實在是有辱身分。所以即便後來江氏進門，她偶爾回娘家小住時，對江氏的態度也不是太好。

直至此刻，她方才明白了大哥與江氏之間那種不離不棄的愛。若自己與李耀光沒有分開，不知他是否會顧念著夫妻情分來牢中看自己？還是說像有些人一樣，大難臨頭各自飛？

伊蘭正在怔忡間，牢房前頭隱約傳來說話聲，緊跟著一個人影往她這邊走來。牢房很暗，燈燭又在遠處，乍一眼看不清樣子，只覺得那身影瞧起來有些眼熟。直到來人蹲下身，伊蘭方才勉強看清他的模樣，這一眼，頓時令她整個人如遭雷擊，僵在原處。

他……他怎麼會來這裡？難道他知道自己被抓回來關到牢中，所以特意來羞辱自己嗎？

不，他不是這種人，再說自己入牢不過是今天的事，他又怎麼會知道？可若不是這樣，他為何會出現在這裡？

一時間，伊蘭心亂如麻，理不出一個頭緒來。面對李耀光，她既想見又害怕，心情很是矛盾。

李耀光並沒有發現伊蘭也在牢房中，他像往常一樣將東西一樣樣自欄柵中遞進去，口中說道：「岳父、岳母，這裡有些饅頭，雖說淡得很，但好歹要比那糙米飯好下嚥一些。另外這是幾件衣服，如今天氣悶熱，但牢房潮溼，夜間還是有些涼冷。這些衣服儘管不新，但拿來蓋蓋還是可以的。還有上次我見逸兒的鞋子破了，給他買了雙新的，趕緊試試，若是不合腳，我再拿回去換。」

「耀光。」在面對他時，凌柱的神色出奇溫和。「都與你說了，不用再來。每一次來，這上上下下打點都要花好多銀子，你俸祿本就不高，何必再花這些冤枉錢。」

「岳父千萬不要這麼說，此事費不了多少銀子，再說小婿也不覺得花得冤枉。」李耀光不以為意地笑笑，他帶了很多東西過來，吃的、用的皆有。「小婿沒用，也只能做到這些了。」自上次被彈劾之後，麻煩就一直沒斷過，連他稱病在家也不能完全避過，眼下官職雖還掛著，但隨時有被罷黜的可能。

第五百一十六章 不離不棄

「唉，你這聲岳父叫得老夫實在汗顏。」凌柱突然冒出這麼一句話來。

富察氏在旁邊跟著道：「其實你已經休了伊蘭，完全沒必要再這樣稱呼我們，也沒必要經常來這裡。」

兩人皆沒有提伊蘭此刻就在牢中的事，許是不願兩人見面尷尬，又或者不知該如何提。至於李耀光這邊，牢房光線本就不好，伊蘭又縮在角落不出聲，不是刻意留心去看，根本發現不了。

「岳父、岳母千萬不要這麼說，當日休棄伊蘭，是我對不起她，之後一直尋不到機會與她說清楚，如今也不知她在哪裡，過得是否安好。」

「伊蘭目無尊長、毆打婆婆，難道你一點都不怪她嗎？」榮祿突然這般問著。

縮在角落中的伊蘭緊張地盯著李耀光，她明白，大哥這是在幫自己問。

李耀光沉默了一會兒道：「要說一點也不怪，那無疑是騙人的。母親含辛茹苦養育我長大，又供我讀書科舉，我與伊蘭本該侍奉左右，孝敬母親才是。不過這件事歸根結柢，還是錯在我身上。若我當時堅定一點，拒絕母親為我納妾的提議，伊蘭就不會與母親起衝突，也不會有後面那些事。」

「男人三妻四妾很是平常，伊蘭不許你納妾，本身就是犯了妒行，休棄是理所當然之事，你無須再替她說話。」榮祥走過來插了一句，在說話時，眸光有意無意地掃過神色極其緊張的伊蘭。

李耀光覺得有些奇怪地看了榮祥一眼，道：「話雖如此，但也有許多人一生只娶一人，譬如岳父與大哥，皆不曾納過妾。我始終覺得，既是娶了妻子，便該一生一世待她好，永不相離，所以在這件事上，確實是我對不起伊蘭，不曾好好待她，令她傷心之餘，更承受著被夫家羞棄的恥辱。她是一個心高氣傲之人，怎能受得了這等打擊……」說到最後，他忍不住又嘆了口氣，神色怔忡失落。這些日子他找遍了京城也沒有發現伊蘭的蹤跡，心中實在掛念得緊。

伊蘭死死地捂住嘴巴，不讓哭聲逸出，然眼淚卻如斷了線的珍珠，一顆接一顆地落下。這些話李耀光從沒與她說過，但十年間，他一直是這樣做的。其實，他心裡有自己就好，何必一定要計較納不納妾，她真不知自己當時是不是被豬油蒙了心，竟然做出那等愚不可及的事，現在悔之晚矣。

「其實，我一直想尋機會告訴伊蘭，她離開後，我並沒有納秋菊為妾。事後我勸了母親很久，終於令她勉強答應暫緩納妾一事。母親當日只是急著想抱孫子，對伊蘭並沒有惡意，至於後面發生的事則有些始料未及。」

「當日我見母親情緒激動，以死相逼，怕她真的有什麼三長兩短，才被迫寫下那封休書安撫母親。其實這不過是權宜之計罷了，我從來沒想過要休棄伊蘭，她是我的妻，一生一世的妻，我絕不會拋下她去娶別的女人。可惜伊蘭不肯聽我解釋，只當我是那個喜新厭舊的負心人。」

聽著他這些話，凌柱既羞愧又沉重。「能嫁給你是伊蘭幾輩子修來的福氣，可惜這丫頭身在福中不知福，也怪我們兩個老的沒有將她教好。」

「岳父莫要這麼說，是小婿無能，這些年一直苦了伊蘭。小婿如今別無所求，只盼岳父一家可以早日洗脫冤情，脫離牢獄之苦。」他頓一頓又道：「之後，小婿會盡此餘生，將伊蘭尋回來，求她原諒。並且我會告訴她，即便這一生不能有自己的親兒，我李耀光也絕不會有負於她。」

這番情真意切的話，令眾人為之動容。沒有想到在這個香火為重的朝代，他可以說出這般言語。

沒有轟轟烈烈的愛戀糾葛，沒有抵死纏綿的山盟海誓，卻有夫妻之間相濡以沫、不離不棄的情義。

聽到這裡，伊蘭終於忍不住哭出來，哪怕雙手捂得再緊，也有一絲一縷的哭聲從指縫中逸出來。

聽著牢房中斷斷續續的哭聲，李耀光正想問是誰在哭，突覺得這哭聲有些耳熟，側耳聽了一陣子後，神色倏地一變，用力抓住欄柵，朝哭聲傳來的方向大聲道：「伊蘭！伊蘭，是妳對不對？」

隨著他的話，一個人影慢慢自黑暗中走出來。藉著遠處微弱的光芒，李耀光終於看清她的臉，是伊蘭，真的是她！

「伊蘭，真的是妳，妳怎麼也被關在這裡？」李耀光既驚又喜，他怎麼也沒想到自己尋了數月的伊蘭會突然出現在這裡。

「對不起，耀光，對不起！」伊蘭跪在欄柵前泣不成聲。時至今日，她才知道自己錯得有多離譜，能嫁給李耀光是她此生最大的福氣！

淚水如決堤的河水，不斷湧出眼眶，宣洩著她心中強烈的悔恨。她錯了，真的錯了……

見她哭得這麼凶，李耀光有些手足無措地安慰道：「不要哭了，哭多了眼睛會腫的，到時候就不好看了。再說如今天熱，哭多了，身子熱容易起痱子，這裡又沒有冬瓜盅。」

他不說還好，一說伊蘭哭得更凶了。以前在李家時，她只要稍微紅一下眼，李耀光就會這樣哄她，然後親自下廚做一盞消暑可口的冬瓜盅給她吃。

夫妻十年，自己不知使了多少回小性子，每一回都是他溫言軟語地哄自己開心，若是她與李母鬧了彆扭，他就哄了這個再哄那個。

他確實遠遠不及坐擁天下的胤禛，自己也及不上位列四妃的姊姊，可是李耀光待自己的一心一意，卻是姊姊永遠不可能擁有的啊。

「你為什麼要對我這麼好，明明我不值得你如此。」淚眼朦朧中，她這樣問道。

「因為妳是我的妻子。」李耀光的回答很堅定，沒有任何猶豫。對他來說，既然伊蘭嫁給他，那麼他就有責任一生一世待伊蘭好。這一點，從掀開伊蘭紅蓋頭那一刻就已經決定了。

伊蘭淚落不止。曾經，她認為這一切理所當然，所以對此不屑一顧。待到如今回想起來，方知這才是人世間最彌足珍貴的東西。

她何其有幸，可以嫁予這樣溫良專情的夫君；她又是何其有幸，可以擁有這樣一心一意替自己著想的姊姊……

這一場大哭，直將伊蘭所有的力氣與淚水都哭盡了，榮祿等人皆默默地看著，沒有說話，連凌柱也沒有再喝罵她。

伊蘭是真的悔了，儘管她改變不了自己曾經做下的錯事，但是，至少……她知道自己做錯了……

第五百一十七章 清涼寺

養心殿，靜寂無聲，唯有放置在大殿角落裡的冰塊在融化成冰水滴落於銀盤時，會發出一聲泠泠脆響。

胤禛閉目坐在御座中，好看的眉毛緊緊皺起，在他面前的御案上放著一本黃綢封面的摺子。

四喜安靜地垂目站在一邊，自從皇上看過那封摺子後，他一直維持這個姿勢。摺子是李大人四百里加急送上來的，他猜這摺子上的內容必然與熹妃娘娘有關，卻不曉得具體說了什麼，令皇上看起來很是為難。

就在四喜暗自揣測的時候，胤禛突然睜開了眼。

「四喜。」

「奴才在。」四喜趕緊斂了心思，上前恭謹地應答著。

胤禛雙手在案上一撐，站起身子沉聲道：「準備一下，隨朕一道微服出宮。

另，即刻傳怡親王允祥入宮。」

「啊？」四喜一臉愕然。微服出宮？皇上無端端地出宮做什麼？

「還不快去！」胤禛有些不悅地看著張口結舌的四喜，後者被他這麼一喝，頓時回過神來，趕緊小跑下去傳旨。

在四喜出去後，胤禛長出一口氣，緩緩坐回寬大冷硬的椅中，拿起那封摺子又重新看了一遍，臉色變幻不定。

凌若，她不肯隨李衛他們回宮，即便已經清楚追殺她的人並不是自己所派也不願回。她……這是在怪自己，怪自己曾對她動了殺心……

只是，當日她為了一個徐容遠這樣恣意妄為，與自己針鋒相對，又如何能怪他狠心？何況到最後他並沒真的狠下心殺她，如此她還有什麼好怨的？

既然她不肯隨李衛回來，那麼他就親自去將她帶回來！

什麼祈福，什麼出家，他胤禛的女人，除卻紫禁城之外，哪裡都不許去！

在允祥入宮後，胤禛將一應國事皆交付於他，並且命他代為主持朝政。其中，特別提及凌柱一家下獄之事，囑其等自己回來後再細審，在此期間，不論有何關於此事的摺子遞上來，皆先行壓著。

交代完這一切後，胤禛帶著四喜與幾名貼身侍衛微服出宮前往山西。

民間有傳言，說順治帝未死，在五臺山清涼寺出家，至於真假則無人知曉。倒是清涼寺，因為這個真假莫辨的傳言而香火大旺，成為五臺山上香火最為鼎盛的大寺。

七、八月分正是夏秋交接之時，炎熱灼人，唯有早晚尚有那麼一絲涼意。

這日清晨，凌若等人出現在清涼寺外。此時已經有許多善男信女來此上香，一個個帶著最虔誠的信念而來，祈求佛祖可以保佑他們。

遠遠的，有晨鐘自寺內傳來，那一聲聲沉重而舒緩的鐘聲隱含著悠遠禪意，令人感到寧靜明徹。

「咱們進去吧。」凌若輕輕對隨她一道來的石生與萱兒說道，在他們身後還跟著李衛與劉虎。自那日之後，兩人就一直跟在凌若左右，寸步不離。

清涼寺建於北魏孝文帝延興二年至太和十七年，坐東朝西，五層大殿，禪堂、配殿左右對稱，布局甚是嚴謹。

建寺雖有一千多年，但期間常有翻新，特別是在香火旺盛之後，寺廟出銀修整，重塑佛祖金身，是以凌若一路走來，並沒有看到任何陳舊之態。

凌若接過李衛點好的香，跪在杏黃色的蒲團上，閉目誠心祈求。盼佛祖保佑阿瑪、額娘身體康泰、無病無痛。保佑弘曆……保佑弘曆……

想到弘曆，凌若心口一疼，忍不住睜開眼來。她不回宮的決定是否太過自私了？畢竟弘曆才只有十一歲，沒有親娘在身邊，又身在爭鬥最殘酷的後宮，日子定然不好過。

只是，自己回去對弘曆就好嗎？

不會。胤禛這次在最後關頭收手沒有殺自己，那麼下一次呢，下下一次呢？他還會收手嗎？

當「一世不疑，一世不相問」的話徹底淪為一場笑話時，凌若已不敢再相信胤禛。那一日、那一夜，瀰漫在胤禛心中的殺意，徹底將她心中所有的希望與信任都磨滅了。

皇后可以令胤禛對自己起疑一次，就可以起疑第二次，待到那時，自己還會有今日的幸運嗎？而弘曆，他的日子只會比眼下更悲慘。皇后不會放過他，年貴妃不會放過他，任何一個覬覦太子之位的人都不會放過他，他們會聯手將弘曆推進萬丈深淵之中，讓他一輩子都爬不出來。

她能做什麼？她只能眼睜睜看著弘曆被自己連累，失去一切，乃至……性命！與其如此，倒不若讓弘曆一開始就沒了爭逐太子的資格，平庸一點地活著。

她不回宮，弘曆就不會擁有被立為太子的資格。從沒聽說過，哪朝哪代的太子生母是出宮在外修行的。

想當初，先帝末年，九龍奪嫡，八阿哥就是因為有一個辛者庫出生的額娘，生生被康熙奪了繼位的資格，終其一生也無染指江山的可能。

抬頭，望著佛祖慈悲的容顏，凌若的心緩緩靜了下來。往後她雖不能再見弘曆，但只要他好端端地活著，就已經是她最大的安慰。

凌若起身將香束插在三足純銅香爐中，石生與萱兒也跟著插好。

「你許了什麼願？」萱兒在一旁問著，她很少會這樣主動與石生說話。

石生雙手合十又朝佛像拜了幾拜後，方答：「我向佛祖祈求，保佑我娘早日投胎轉世，不要再受烈火灼身之苦。」說完，他望著萱兒道：「那妳呢，妳又求了什麼？」

萱兒神色一黯道：「與你一般，求佛祖保佑我爹、我娘早日轉生。」

「會的，鄭叔、鄭嬸是那麼好的人，佛祖一定會保佑他們的。」石生的話令萱兒稍稍展眉，但仍有愁苦之心。

她其實是想替爹娘做一場法事的，但法事要請有德高僧唸經超度，憑她一個賤民女子根本負擔不起，所以只能將這個想法放在心底。

正當萱兒以為這件事不可能實現時，忽地聽到凌若對李衛兩人道：「當日長巷起火，燒死了許多人，那場大火因我而起，所以我想在這裡做一場法事，超度死在大火中的亡魂。你們與住持商量一番，看看他何時方便，盡早安排法事。」

第五百一十八章　老僧

李衛與劉虎跟了凌若這麼多日，尚是第一次得她吩咐，哪有不遵之理，忙道：「奴才們這就去辦，只是法事超度必須有亡者姓名才可，不知主子是否知曉？」

「這個你問他們吧。」凌若一指有些發愣的石生兩人，待李衛答應後，她走到石生與萱兒跟前，誠摯地道：「這是我唯一能替你們做的，希望你們不要拒絕。除卻石大娘與鄭叔、鄭嬸之外，你們若還曉得有什麼人死在那場大火中，就一併告訴李衛。」

「謝謝。」沉默半晌，萱兒輕輕吐出這兩個字，而這，也是她向凌若說的第一聲謝謝。至於石生，他自不會有什麼意見。

聽到萱兒這一聲謝謝，凌若眼中浮現出一縷笑意。「好了，你們與李衛慢慢說吧，我去後面走走。」

拒絕了劉虎的跟隨，凌若獨自一人繞過前殿，來到清涼寺後面。相較於前面，這裡清淨不少，沒什麼人，僅有一個灰衣僧人彎腰站在一棵高達十數丈、樹幹粗壯的大樹下，似在撿什麼東西。這棵樹的年歲看起來很大了，樹身蒼勁多節，有無數藤蔓纏繞其上。即便多日不曾下雨，每一片樹葉依舊泛著幽綠的光澤，看不見一絲塵灰。

待得走近了，她方看清灰衣僧人確實是在撿東西，不過他撿的是大樹飄落在地上的樹葉，一片一片地撿著，而他手上已經捧了厚厚一疊。

「大師，您為什麼要撿樹葉？」凌若好奇地問。從她所站的地方可以看到僧人的側臉。他很老了，臉上都是皺紋，一道道就像是刀刻上去的一樣。

「施主認識這棵樹嗎？」老僧的聲音同樣垂垂老矣，他沒有回頭，依然不停地撿著一片片脈絡分明的樹葉。

凌若認真地打量一下大樹，不太確定地道：「這樹我從未見過，不過瞧著有些像書中所說的菩提樹。」

「施主可是從北方來？」老僧已經將落下的樹葉差不多撿光了，只剩下四、五片尚未撿起。

「大師如何知曉？」凌若好奇地盯著老僧，他甚至不曾看過自己一眼，怎就知道自己是從北方而來？

老僧將最後幾片樹葉撿起，艱難地直起身。對於他這個年紀來說，彎腰已經成了一件很困難的事。「因為這菩提樹只適合長在南方，北方很少得見。」

一陣疾風吹過，拂動老僧身上寬大的僧袍，隱約可見僧袍下瘦骨嶙峋的身子，彷彿除卻那一層皮外，就只剩下骨架。

「那大師為何要撿這菩提葉？」

菩提樹梵語原名為「阿摩洛珈」，意為覺悟，相傳釋迦牟尼就是在菩提樹下悟道。菩提樹，其葉從不沾塵，其花可入藥，其果可祛疾除病，在佛家一直被視為聖樹。

「貧僧撿的並不是菩提葉，而是輪迴。」適才那一陣風，令得菩提樹再次飄下樹葉來。

「輪迴？這只是樹葉而已，何來輪迴一說，小女子不明白大師的意思。」見老僧又要彎腰，凌若心中不忍，上前替他將零落四散的葉子一一撿起。

老僧沒有拒絕她這個善意的舉動，蹣跚幾步走到樹前，輕撫著藤蔓纏繞的樹幹道：「一花一世界，一葉一菩提。每一片菩提葉都代表著一場輪迴，只是世人看不見而已。貧僧在這裡守候六十餘年，就是盼著有朝一日，可以在菩提葉間得見輪迴。」

「那大師想見的是怎樣的輪迴？」凌若將樹葉交到老僧枯瘦的手上。

「多謝施主。」老僧垂首致謝，卻在抬頭的那一瞬間如遭雷擊，整個人怔怔地站在那裡，渾濁無神的雙眼驟然亮起，牢牢落在凌若臉上。

一片片形態優美、碧綠無塵的菩提葉從他掌中飄落，重歸於大地，而這一切老僧並無所覺，只是盯著凌若，彷彿這世間、這天地，只剩下她一人。

「妳……妳叫什麼名字？」許久，顫抖的聲音自老僧口中響起，他的神色看起來很是激動。

凌若不明白何以老僧看到自己後會露出如此異常的神色，微微低頭道：「小女子姓凌，單名一個若字。」

「凌若……凌若……哈哈哈！」老僧喃喃重複了幾遍後，突然仰頭大笑起來，蒼老的笑聲自喉嚨裡迸出，透著無盡的歡喜。

在這樣的大笑中，渾濁的淚自眼角滾落，劃過一道道深如刀刻的皺紋。六十多年了，在清涼寺出家六十多年，他還是第一次笑得這般痛快淋漓。

許久，他止了笑聲，目光出奇柔和地望著凌若。陽光穿過菩提樹枝椏間的縫隙，照落在老僧臉上。「貧僧想見的輪迴已經見到了。」

「我不明白大師的意思。」凌若奇怪地望著這個又哭又笑、舉止怪異的老僧。

老僧笑著，沒有就這個問題繼續說下去，轉而道：「施主有沒有興趣聽貧僧講一個故事？」

「大師請講。」凌若扶著他到石凳坐下。那陣大笑耗盡了老僧的力氣，令他本就孱弱的身子更加不堪，連簡單的站立都有些困難。

「我替大師將菩提葉撿來。」

凌若剛要過去，就聽老僧道：「不必再撿了，六十多年的菩提葉已讓貧僧得見輪迴，從今往後都不必再撿了。」

老僧言語間始終不離輪迴，撿樹葉是因為他想見輪迴，可一陣大笑後又說見到了輪迴，真是好生奇怪，到底這輪迴在何處？

「施主可知順治帝？」老僧突然問了一句。

「順治皇帝是咱們大清入關後的第一位皇帝，自是知曉。他六歲登基，在位十八年，勵精圖治，推行滿漢一家，只可惜二十四歲就駕崩了。」正是因為順治英年早逝，康熙才會八歲就登基為帝。

老僧不知想到什麼，望著菩提樹出神。凌若等了一會兒，試探道：「大師所說的故事，莫非與這位皇帝有關？」

老僧笑一笑，抬起重新又變得渾濁的雙眼，道：「若貧僧告訴妳，順治皇帝並沒有死，妳相信嗎？」

第五百一十九章 輪迴

凌若將被風吹散的髮絲捋到耳後，沉吟道：「民間一直有傳言說，順治帝因為孝獻皇后的死，悲傷欲絕，不願再為帝，而是……出家為僧。更有傳言說，順治帝出家的地方就是這五臺山，不知大師可知曉一二？」

「貧僧聽聞的故事與施主說的不盡相同，順治帝確實是在這五臺山出家，卻不是因為孝獻皇后，而是因為另一個女子。」隨著老僧蒼老的聲音，一個名為赫舍里清如的女子的一生在凌若面前徐徐展現。

首輔索尼的女兒，聰慧美貌，集天下美好於一身，卻因為另一個女子的出現，令她的人生蒙上一層陰影，不管是初入宮時的冷落誤解，還是後來的盛寵封妃，這層陰影始終籠罩在她身上。

福臨給予她的所有寵愛，皆是因為已經死去的孝獻皇后之故，一個「宛」字，一句「宛如生」，造就了赫舍里清如悲劇的一生。

等最後一切清晰的時候，她已經失去一切，連好不容易得來的孩子也沒了，且是被自己最愛的人生生打掉。

當自己的一生已經成為一場笑話，一切都不再是她所求，縱然是皇貴妃的高位也不能令她留戀半分。所以她在冷宮中服毒酒自盡，並讓人告訴福臨，金冊除名、玉牒除名，將自己的名字徹底從歷史痕跡中抹去。

而福臨，終於在她含恨自盡後，明白了自己的心意，拋棄高高在上的帝位，來這五臺山出家。

當老僧講完這個故事的時候，凌若已是淚眼婆娑，心中充滿了難以抑制的痛。彷彿……故事中的赫舍里清如就是自己，每一次傷痛都感同身受。

「這個故事是真的嗎？六十多年前真的存在過赫舍里清如這個人嗎？」

老僧拂著身上寬大的僧袍，淡淡道：「故事只是故事，真假與否哪個又說得清。」

「那順治帝呢？大師可知他在五臺山哪家寺院出家？」凌若繼續追問。

「六十多年過去了，就算順治帝當時沒死，如今也已化成一抔黃土，哪裡還能尋見。」

在他們說話的時候，李衛與劉虎尋了過來。超度法事他們已經與住持說好了，後日就可開始，連做七日。

凌若點點頭，又朝老僧欠身道：「大師，我先回去了，改日再來看您，不知能否告知大師法號。」

老僧眸中泛起一絲波動，旋即又平靜如初，雙手合十還禮。「貧僧法號行痴，施主請慢走。」

凌若與李衛等人離去，她並不曉得，那個老僧的目光一直追隨在身後，久久不曾收回……

幾日後，凌若再來清涼寺，想找那位名為行痴的老僧，遍尋不至。菩提樹下葉落紛繁，綴地如玉，卻再也不見撿葉老僧。

尋了許久，凌若遇到一名小沙彌，問起那位老僧，卻聽小沙彌說老僧前幾日就圓寂了，算起來，恰好是她遇到老僧那天，這兩日他們正在收拾老僧房中的東西。

世事無常，不過數日工夫，人就已陰陽相隔。不曉得為何，凌若對那位老僧甚是親近，一面之緣，卻似許久前就認識了一般。得悉其圓寂的消息，她心中無端生出幾許難過。「不知行痴大師的墓地在哪裡，我想去拜祭他。」

「行痴師父沒有墓。」小沙彌的回答令凌若訝異。「行痴師父很早的時候就說過，他死後留下的軀殼火化，然後與他每日對著唸經的那罈骨灰一道撒在山前的湖裡，塵歸塵，土歸土。」

「行痴師父為何要對著一罈子骨灰唸經？」凌若好奇地問著。

小沙彌想了想道：「這個小僧也不知道，只是聽寺裡的大師父說，行痴師父來的時候就是帶著這罈子骨灰。這幾十年間，他每日都會對著那罈子骨灰唸經誦佛。」

聽到這裡，凌若猛然想起那日老僧對她講的故事。在故事的結尾，順治帝就是帶著赫舍里清如的骨灰出家，難道……

一個驚世駭俗的想法出現在腦海中，她忙問：「小師父，你可知行痴師父出家前的名字？又或者他是哪一年來這裡出家的？」

小沙彌撓著腦袋道：「這個小僧真不知道，行痴師父在這裡從不提俗家之事，只知康熙初年的時候已經在了，算起來應該有五、六十年了吧。對了，行痴師父來的時候倒是有一個人陪著一道出家，不過十幾年前圓寂了，聽說那人還有一身不錯的武藝。」

在小沙彌離開後，凌若望著那棵菩提樹出神。若她沒有猜錯，行痴老僧就是在清涼寺出家的順治皇帝，而他所說的故事應該也是真的。

順治、董鄂妃、赫舍里清如……赫舍里……

驀然，塵封多年的記憶再次清晰。那一年，她去南書房見康熙的時候，曾見書房中掛了一幅畫像，畫中女子與自己有五、六分相似。她原先以為是孝誠仁皇后，可是康熙卻說是一位故人，連孝誠仁皇后也像她的故人。

她曾猜測是否是順治朝時的妃嬪，可惜當時康熙沒說出女子的身分。

眼下看來，那畫中女子應該就是在冷宮中服毒自盡的赫舍里清如，老僧也說她曾撫育過康熙數年。

輪迴……菩提樹下的輪迴……

凌若撫著自己的臉，慢慢明白了老僧當日的異狀與大笑。他出家是因為心傷赫舍里清如死了，令他生無可戀，卻又放不下這一生，所以帶著赫舍里清如的骨灰來到這清涼寺出家。

佛家相信輪迴轉世一說，他撿了那麼多年的菩提葉，就是希望有朝一日赫舍里清如可以原諒他，彼此於輪迴中再相見。

而自己，就是他所要等待的輪迴。所以那日他才會說，已經見到輪迴，再不需要撿菩提葉了。

想來，老僧的身子早已孱弱不堪，不過是因為沒等到要等的人，所以一直不肯閉眼，日復一日地堅持守在這菩提樹下。但是，當願望達成、執著消散的時候，強壓下的衰老就像是潮水一樣湧來，將他淹沒。

不愛江山愛美人嗎？

這一刻，凌若相信了，世間真有這樣痴情的皇帝。雖然赫舍里清如生前沒得到這位皇帝的心，但死後她得到了他一世的追憶。福臨往後的六十多年中，每一時、每一刻都是在為她而活，與董鄂香瀾再無關係。

想來，冥冥之中，赫舍里清如是原諒了福臨，所以讓自己在這菩提樹下與他相遇，解開他多年的心結。

第五百二十章　出家

「李衛，你說這世間真有輪迴轉世一說嗎？」在下山的路上，凌若突然問著隨她一道來的李衛。

李衛陪笑道：「這個奴才可不知道，信則有，不信則無。不過奴才總覺得前世來生一說太過虛幻飄渺，唯有今生才是真實可信的。主子，您真的不回宮嗎？」自上次四百里加急將奏摺送至京城後，就一直沒消息傳來，也不曉得皇上那頭究竟是什麼意思，難道真要由得主子在外頭出家嗎？

凌若瞥了他一眼沒說話，又走了一段路後，凌若在北臺頂附近看到有一片偌大的寺院座落在山峰之間。「李衛，可知那裡是什麼寺廟？」

李衛辨認了幾眼道：「這五臺山寺廟眾多，奴才也不識得，主子若是有興趣，不若過去看看。」

等他們來到那座寺廟前時，李衛就恨不得抽自己嘴巴了，因為那寺廟名為「普壽寺」，是一間尼姑庵。

「主子，這寺廟都大同小異，沒什麼特別的，咱們還是回去吧。」李衛覷著凌若的神色，小心說道。這段時間，他最怕的就是主子再提及出家一事，所以一直千方百計地避著，不敢提任何跟出家有關的字眼，就怕一個觸動，主子當真跑去落髮出家。

凌若沒有理會他，只是靜靜看著刻在普壽寺山門前的一句話。

華嚴為宗，戒律為行，淨土為歸。

淨土，這天下，怕是也只剩下佛門這麼一片淨土了……

「我想去裡面看看。」說罷，凌若不顧李衛的勸阻入內，李衛見勸不住，只好跟著一道進去。

這座普壽寺很大，與清涼寺相差無幾，不過這大殿中供奉的是觀音像。大慈大悲的觀世音菩薩手持楊柳淨瓶俯視紅塵眾生，以慈悲之心，渡盡眾生苦難。

許久，凌若收回目光，對一旁的年輕僧尼道：「小師太，我想要落髮歸入貴寺，能否煩請通報住持一聲。」

「施主稍等片刻。」僧尼在行了一個禮後，轉身去了後殿。

聽到這話，李衛是徹底急了，「撲通」一聲跪在凌若跟前，道：「主子，難道您真捨得拋下四阿哥，留他一人在宮裡嗎？他可是您的親生兒子啊！」

凌若垂在身側的雙手驟然一緊，尖銳的指甲深深刺進掌心。那是從她身上掉下來的肉，怎麼捨得拋下，只是她回去又如何？不過是讓胤禛再疑她第二次、第三次罷了，待到那時，弘曆的下場只會比現在更慘。

她閉目，將所有痛苦掩在眼底，再睜開時，眸中已是一片堅定。「李衛，你是從我身邊出去的，當知我說出口的話絕不會更改！」

「可是……」

一位年長的僧尼從後面走了出來，朝凌若行了一禮後道：「阿彌陀佛，貧尼是這普壽寺的住持了塵。聽小徒說，女施主想要落髮歸入我寺是嗎？」

凌若跪下沉聲道：「是，還請住持允肯，收我入佛門。」

「主子！不可以！您不可以出家！皇……老爺還在等著您回去呢！」李衛急得滿頭大汗。主子若真的在這裡落髮，那事情就沒辦法挽回了。

了塵沒有理會李衛，只是垂目望著凌若。「紅塵之事，過往種種，妳可放下了嗎？」

「是，弟子放下了。」凌若的聲音聽起來平靜如水。「請住持成全。」

「主子，萬萬不可！」李衛膝行到凌若跟前，用力磕頭，希望可以令她回心轉意。

「求住持成全。」在李衛求凌若的同時，凌若也在求著了塵。

看著跪在地上的兩人，了塵嘆了口氣對凌若道：「罷了，妳先在寺中住幾天吧，是否剃度一事晚些再說。」

如此，凌若在普壽寺中暫住下來。李衛在百般勸說無用之下，只得先行下山，等著京城來消息。

這一等就是數日，他與劉虎兩人天天去驛站打聽，卻始終沒有京城來的消息。在又一次空等後，劉虎有些垂頭喪氣地道：「李大人，我看皇上是不打算理會這件事了，否則摺子都遞上去那麼多天了，怎的連一點消息也沒有。」

「不會的，皇上之前那麼緊張熹妃娘娘，不可能會對此置之不理，定是有事耽擱了，再等等吧。」話雖如此，但李衛自己也沒多少信心。如果聖旨一直不來，主子出家只怕要成事實了。

「既然這樣，咱們待會兒再上一次普壽寺吧，可不能真讓熹妃娘娘落髮。」劉虎一邊說著一邊往客棧走去。

兩人剛踏進客棧，就聽見一個尖細的聲音響起——

「兩位大人可算是回來了，主子可是一直等著您們呢！」

劉虎聽著聲音耳熟，連忙順著聲音看去，這一看可是把他嚇了一大跳，脫口道：「喜公——」

「喜總管！」還是李衛反應快，想起此刻不是宮中，這公公兩字可是叫不得，連忙用力捏一捏劉虎的手，走過去拱手道：「喜總管，您怎麼來這裡了？」

李德全走後，四喜與蘇培盛頂替了他的位置，同在胤禛身邊辦差；不過這大內總管只有一個位置，由四喜接任。

劉虎也反應過來，改口道：「是啊，喜總管，您老不在京城待著，怎麼到這裡來了，可是老爺那邊有話吩咐？」

四喜對他們兩人的稱呼頗為滿意，招手將他們喚到近前，壓低了聲音道：「豈止是有話吩咐，老爺此刻就在樓上呢！」

「什麼？」李衛與劉虎兩人險些跳起來，眼中皆是掩飾不住的驚意。皇上竟然出宮了？且親自來這山西，怪不得驛站中一直沒有旨意傳來。

「不瞞二位大人，老爺一接到李大人的信就即刻趕來了，這一路日夜兼程，又是騎馬又是乘船的，可是把我折騰去了半條命。」四喜在倒了一番苦水後道：「得了，二位趕緊上去吧，可別讓老爺等急了。」

第五百二十一章　不許落髮

黃昏下的普壽寺在群山包圍中顯得格外肅穆清淨，餘暉照落，寺院光影迷離，投下明暗交錯的痕跡。

大殿內，凌若雙手合十跪於觀音像前，三千青絲如從銀河落下的瀑布，垂在身後。這青絲代表著俗家的身分，也代表著無盡煩惱。

了塵手持佛珠站在她身側，低垂的眸中有著與佛像相似的悲憐。「施主，妳當真想好了嗎？一旦入了空門，往事就再不可追憶了。」

自凌若住在這普壽寺中後，她每日都會問一遍，是否真想好要落髮出家；而每一次，凌若的回答都是相同，這一次也不例外。

「弟子已下定決心，此身從此侍奉佛前，再不憶往事，再不記塵俗。」

在這平靜的聲音下，是唯有凌若自己才可以察覺到的顫抖。紅塵往事、愛恨情仇，身歷三十餘年，豈是說放下就能放下的，更何況還有弘曆與阿瑪他們。可是……不拋下又能如何，回宮嗎？為了胤禛那一點兒稀薄的恩寵回宮去爭個你死我活，然後悽慘地死在冷宮中？

她怕了，胤禛的這一次殺心，真的讓她害怕了……

不是怕自己將來的孤獨悽慘，而是怕自己有朝一日會害了弘曆，害了阿瑪一家人，待到那時，縱是誦盡千百卷佛經也無用了。

與其如此，倒不若此生遁入空門，遠離後宮種種爭鬥。

這一次，胤禛會讓李衛來尋自己，帶自己回宮，足見胤禛後悔了，心中對她有所愧疚，想要彌補。

只是……帝王的愧疚能持續多久？終歸是會消耗在一場場明爭暗鬥中；尤其是當紅顏老去，韶華不在之時。

倒不若讓他的愧疚一直持續下去，永遠沒有彌補的那一天。如此，他才會因愧疚而庇護她所在意的那些人。

「既然妳如此堅定，那貧尼今日就替妳落髮剃度。」佛家認為世間無不可渡之人，縱是窮凶惡極之徒放下屠刀之後，也可以立地成佛。既然眼前這女子執意出家，又連著幾天都沒有反悔之意，那了塵自無再拒絕之理。

了塵命僧尼取來剃刀與無根淨水，右手在淨水中沾後，彈指於凌若身上，口中唸道：「以此淨水，洗去汝身一切邪念罪孽。」

罪孽……她不曾刻意為惡，但仍滿身罪孽。即使是檀香繚繞的佛堂，依然依稀可以聞到身上血腥味。

了塵握住凌若的右掌，問：「願意受戒嗎？」

「弟子願意。」

暮色中，一群棲息在樹間的鳥不知受了什麼驚，撲搧著翅膀飛起，夕陽餘光下，有黑白相間的羽毛飄然落下。

了塵一點頭，再問：「既入我佛門，便當遵守佛門戒律，不殺生、不喝酒、不邪淫、不偷盜、不妄語。」

在凌若再次答應後，了塵取過剃刀，鄭重道：「現在我替妳剃度落髮，以後妳就正式是我佛門弟子，法號莫因。」

隨著剃刀落在髮中，三千煩惱絲亦紛紛斷落，猶如院中墜於地的羽毛。

就在了塵準備再下第二刀時，一個暴怒急切的聲音倏然響起——

「不許落髮！」

這個聲音！原本閉目跪在佛前的凌若猛地睜開眼，不敢相信自己竟然會聽到這個聲音。他……他不是應該在紫禁城嗎？

在疑惑與震驚中，凌若回頭，看到一個高大的身影正大步跨過山門朝自己走來，在他身後是燦爛絢麗到無以復加的瑰麗霞影。一陣輕風拂過，前院中栽種的菩提樹葉四散紛飛，如真似幻，光影迷離。

胤禛從李衛口中知道凌若要在普壽寺出家的消息後，就一刻不停地以最快速度趕來普壽寺。他剛到山門，就看到一個身著黃色法衣的老尼姑正持剃刀替人落髮，雖只是一個背影，又相隔極遠，但胤禛知道，那必是淩若無疑。

她真的要出家！胤禛又恨又急，生怕這三千青絲落盡後，兩人就當真無可挽回，連忙喝喊阻止。

他疾步走入大殿中，卻又在四目相對時，驟然止住。一路帶風的袍角直至這一刻方才慢慢平緩下來，安靜地垂落在那裡。

李衛與四喜也趕到了，李衛待要進去，袖子卻被人拉住，側目望去，卻是四喜，只聽他喘著氣道：「李大人，皇上和熹妃娘娘之間的事，咱們這些做奴才的摻和不得，還是在這裡等著吧。」

「公公說的是。」李衛被他這麼一提，遂與他等在外頭。

殿內靜寂無聲，直至一片碧綠如玉的菩提葉隨風飄進大殿中，風盡之後，緩緩落在胤禛鞋邊。

「你……怎麼會來這裡？」望著那雙幽冷如深泉的眸子，淩若心中百味雜陳，她怎麼也想不到胤禛竟然會出現在這裡。他……是專程來此找自己的嗎？

「我來帶妳回去！」胤禛斬釘截鐵地說著，直至再次看到這張容顏，他才知道自己到底有多麼想她。

他很慶幸，自己在最後一刻收回聖命，沒有殺死眼前這個女子；他更慶幸，李衛及時救下她，否則自己一輩子都不會再有機會看到這張容顏。

凌若暗吸一口氣，強迫自己的視線自他臉上移開，垂目道：「我不願回去。」

胤禛眸光一沉，隱含了一點兒銳利的星光。他沒想到自己都親自來了，這個女人竟然還不肯隨他回去。

「回去！」他加重語氣道，同時上前一步，鞋邊的菩提葉被他踩在腳下。

凌若沒有說話，但她跪地不起的態度已經說明一切。

胤禛望著她，眸光漸漸森冷。「凌若，妳當知道我說出口的話是絕對不會改變的，妳必須隨我回去。」

了塵不知胤禛身分，見他一進來就這般咄咄逼人，頗有些不喜，唸了聲佛號道：「這位施主，不管你與凌姑娘之前有什麼樣的事，她如今已決定在我寺出家，還請你不要橫加干涉。」

「她不會出家，因為我不許！」胤禛的話霸道無比。

第五百二十二章　此心難釋

了塵還從未見過這樣狂妄無禮的人，皺著眉一時不知該說什麼好，倒是凌若道：「師太，請您繼續替我剃度。」

「妳敢！」胤禛怒喝一聲道：「今日妳若敢落髮，朕便封了普壽寺！」

一怒之下，他不自覺用回了已經慣用的自稱，令得了塵等尼姑渾身大震，難以置信地望著胤禛。

她們雖然身在佛門，卻絕對不會不曉得這個自稱是屬於何人的，他是皇帝？那麼這位姓凌的女施主……

對於身分的暴露，胤禛根本不在意，此刻，他在意的只有凌若一人，今日來此，必定要帶她回宮。

凌若沉默了一會兒，道：「莫因想在這普壽寺中為大清祈福，保佑大清國運昌隆，保佑皇上龍體安康。」

「不需要，起來，隨朕回去！」

胤禛朝她伸出手，但他期待的那隻手卻一直沒有伸過來，反而長跪叩道：「求皇上成全！」

「休想！」胤禛被她一而再、再而三的拒絕觸怒，手掌背在身後，望著地上那些礙眼的髮絲，一字一句道：「朕這輩子都不會成全妳！而且朕可以告訴妳，妳去哪家寺院出家，朕就封了哪一家！還有，朕不想聽到妳再自稱什麼莫因、莫果，朕必定會封了普壽寺，朕發誓。」

胤禛不用想也知道莫因必是這裡的住持替凌若取的法號，一聽到，他心裡就覺得煩躁莫名。

凌若緊緊咬著下唇，身子顫抖如風中的樹葉。看到她這個樣子，胤禛心中一軟，上前一步道：「若兒，通州的事李衛應該與妳說清楚了，朕沒有派人殺妳。就是那一回，朕也收回了命令。朕自問待妳處處寬容，妳為何還要這般與朕作對，回宮不好嗎？陪在朕身邊不好嗎？」

凌若緩緩抬起頭，了塵等僧尼不知何時退了出去，大殿裡只剩下他們兩人，以及那尊泥塑金漆的觀音像。

她笑，在無盡的淒涼中道：「可是皇上對臣妾始終是起了殺心對嗎？」迫於無奈，她改回了以前的稱呼。

胤禛張了張口，卻沒有聲音響起。良久，在一聲嘆息中，他沉沉道：「若兒，妳果然是因為這件事怪朕。當日妳任性妄為，甚至不惜為了一個徐容遠而出宮，朕疑妳、氣妳也是在情理之中，而且說到底，朕始終沒殺妳。」

「臣妾多謝皇上不殺之恩。」她叩首謝恩，但也僅止於此，別無他言。

看著她這副樣子，胤禛胸口又是一陣怒意翻湧，努力克制著怒意問：「那麼妳現在可以隨朕回去了嗎？」

「求皇上成全！」凌若再一次叩下頭去，髮絲從背後垂落，觸及殿內冰涼光滑的地面，有一種冰雪的冷意。

「朕說過，朕這輩子都不會成全，縱使妳磕一輩子頭也沒用！」怒意越來越盛，令胤禛眼中染上一絲猩紅。他彎腰，冷冷盯著凌若，用最堅定的口吻說道：「妳是朕的女人，這一輩子都是，永遠逃不離！」

不知為何，聽到這句話，凌若有一種想哭的衝動，用力握緊袖中的雙手，不讓淚意浮現，不讓哽咽淹沒喉嚨，只許將平靜呈現在胤禛面前。「是，臣妾是皇上的女人，可是那又如何？皇上有無數女人，今日皇上心血來潮，將臣妾帶了回去，那明日呢？後日呢？皇上是否又會因閒言碎語而疑心臣妾，從而再動殺心？」

「不會。」

胤禛想也不想就搖頭回答，可是凌若並沒有絲毫相信的意思。人心最是難測，每一刻皆在變化，今日永遠不會知曉明日之事，就像以前，她從不相信有朝一日胤禛會想要殺自己。

「臣妾如今別無所求，只願平靜過此一生，若皇上真的對臣妾有那麼一些在意的話，就請皇上允了妾身這個請求。」她咬牙，在胤禛漠然如冰的注視下，堅持著自己的意願。

許久，胤禛臉上忽地浮現出一縷笑意，只是笑意爬不上那雙眼眸。「若兒，在妳心中，青燈古佛比陪在朕身邊，陪在弘曆身邊更重要嗎？」

「臣妾會祈求佛祖保佑皇上與四阿——」

不等她把話說完，胤禛已經狠狠箝住凌若光潔的下巴。「朕說過不需要，朕是天子，上天自會保佑，而弘曆也自有朕來庇佑，不需要佛祖、觀音，更不需要妳祈求。朕現在命令妳，即刻隨朕回宮！」他已經決定，哪怕是用綁的也要將凌若綁回宮中。

指甲已經深深嵌入肉中，可是凌若仍覺得不夠痛，她看著他，神色間帶著無盡的悲傷。「皇上，您是否想要將臣妾逼到絕路才高興？」

「熹妃，妳別不識好歹，朕若要逼妳還會容妳到現在？且不說妳與徐容遠之間的事，只靜太妃一事，就足夠定妳的罪！」

「是！」凌若驟然大叫，所有平靜皆在這一刻化為烏有，有的，只有無盡的悲傷與痛意。「臣妾是逼死了靜太妃，但並不是為了隱瞞、遮掩什麼，臣妾與徐太醫本就清白，何須遮掩。臣妾當日逼她自盡，是因為她該死！當年臣妾與她一道入宮選秀，她為了不讓臣妾成為她進宮路上的絆腳石，出賣了臣妾，在榮貴妃面前利用臣妾以前與徐太醫的事搬弄是非，讓榮貴妃貶臣妾為皇上您的格格，極盡羞辱，而她自己則在臣妾面前裝好人。」

「臣妾恨她，從知道真相的那一刻起就一直恨她。為了入宮，為了讓家人過上好一些的日子，臣妾背棄了與徐容遠之間的所有承諾與過往，可是臨到頭卻因為她而毀了。十餘年的姊妹情分，在石秋瓷眼中什麼都不是！皇上，您可知臣妾當日是怎樣的絕望與無助，在王府中的那些日子，若非皇上肯憐惜幾分，又承先帝遺命繼承大位，只怕臣妾到今日都還只是一個格格，到死也不知道是何人害了自己。」

胤禛頗為意外，靜太妃留下的那封信，明明是說凌若為了隱瞞她與徐容遠間的醜事，而狠心逼死自己。

「靜太妃恨臣妾逼死她，所以在信中極盡誣蔑之能，冤枉臣妾與徐太醫苟且；而皇上，當日根本不曾給過臣妾解釋的機會就將臣妾定罪。皇上，臣妾真的很想問一句，這十九年的相伴是否根本就是一場空，否則怎連您一絲信任都得不到！」

她強忍許久的淚，終於隨著最後一句話潸然落下，滴在胤禛的手背上，淚中的灼熱令他愴然鬆手，久久未有言語。

第五百二十三章　江山美人

下頷因胤禛剛才盛怒之下的箝捏而疼痛難耐，凌若忍痛道：「這兩個多月，臣妾一直在逃命中度過，每一夜臣妾都會作惡夢，夢見皇上拿著刀要殺臣妾，夢見徐太醫為了救臣妾而死。每一次從夢中醒來時，枕頭都是溼的。那個時候的臣妾真的很絕望，直至李衛告訴臣妾，皇上並沒有派人追殺臣妾，徐太醫也沒有死時，那惡夢才堪堪停止。可是，臣妾怕了，真的怕了，怕有朝一日，這惡夢會成真，會成為永纏不休的夢魘……」

說到最後，凌若已是泣不成聲，雙手止不住地顫抖著。她承認自己害怕、懦弱、沒用，所以寧願長伴青燈古佛也不願回宮。

不管之前皇后、年貴妃乃至佟佳氏怎麼千方百計地害她，都遠不及胤禛這一次起的殺心更令她心痛。

因為胤禛……胤禛是她此生最愛的人啊！她怎麼能接受耗了十九年光陰去愛的

人要殺自己，怎麼能接受啊！

「若兒……」胤禛緩緩直起身，仰頭看著足踏蓮花的觀音像，怒意已經消失，取而代之的是無盡的傷意與後悔。直至這一刻，他才明白，自己帶給凌若的傷害有多大，之前還因為最終沒有下殺手，就認為是對她最大的恩典。

「妳要怎樣才肯原諒朕？」他問，再沒有了之前的高高在上。

「臣妾不敢，臣妾只求此身長伴佛前。」在哽咽哭泣聲中，凌若如是說道。

他低頭，自觀音像上移開目光。「只有這個，朕永不答應。若兒，朕可以給妳一個允諾，正如朕之前所說，哪家寺院敢替妳剃度，朕就封了那家寺院。若兒，朕可以給妳一個允諾，從今往後，絕不會再對妳動一絲殺心，不論妳做什麼，這個允諾都有效。所以，將以往的一切都徹底忘記好不好？」

凌若淒然一笑。在受過一次大傷後，她不敢再像以前那樣相信胤禛的任何話。她是人，深刻於腦海中的事情，不是說忘就可以忘的。

「縱然沒有寺院肯收臣妾，臣妾依然願長伴佛前。其實皇上又何必如此執著不放，臣妾於皇上來說，只是無數妃嬪中的一個罷了，原不足為道。」她的話透著一種卑微與感傷。

胤禛默默地看了她半晌，轉身，腳步落下的微風令那片菩提葉再次飛起尺許，然風盡之時，就是葉落之時。「可是……鈕祜祿凌若只得一個。」

「皇上。」感覺到胤禛言語間的感傷，凌若心中莫名地生出一絲淡薄期望，然下一刻，這絲期望又歸於虛無。

鈕祜祿凌若只得一個，納蘭湄兒何嘗不是只得一個，在胤禛心中，自己是永遠無法與之相提並論的。即便納蘭湄兒早已嫁予允禩，即便這些年來，胤禛不再提及納蘭湄兒，但凌若知道，如胤禛這樣的人，愛了就是一生一世，難以磨滅。

「妳想說什麼？」胤禛回過頭看她。

外面的天色已經徹底暗下，連最後一絲夕陽餘光也被吞噬。彎月從樹梢升起，悄悄懸掛在天空中，有淡銀色的光輝自天邊灑落。

凌若本想問，自己在他心中可及得上納蘭湄兒，然這絲衝動僅僅持續了片刻就消失，改口道：「臣妾前幾日在清涼寺遇到一個老僧，聽他說了一個故事，皇上可有興趣聽聽？」

「也好。」胤禛正想著怎麼說服凌若隨自己回去，自然不會駁她的意思，哪怕他根本沒有興趣聽什麼故事。「不過，朕不喜歡聽妳跪著說故事。」

凌若點點頭，雙手在地上撐了一把站起身來。跪了許久，驟然起身，腦袋頓時感覺一陣暈眩，險些摔倒，幸好胤禛在旁邊扶了她一把。

「妳瘦了。」黑暗中，胤禛的聲音有些發沉。先前沒什麼感覺，適才捏住凌若手腕的時候，才發現她手臂上幾乎沒有什麼肉，除了薄薄的皮膚之外就是骨頭。

以前在宮裡時，因為出過杭州那回事，所以胤禛特意吩咐御廚房，一日三頓的膳食都換著花樣送到承乾宮去，且要宮人每日設法勸著凌若多吃點兒；所以出事之前，淩若身量並不纖瘦，眼下不過三、四個月，好不容易養出來的肉都沒了，瘦得皮包骨頭。

「外頭不比宮中安逸，瘦一些並無什麼不好，至少臣妾還活著，沒有餓死。」淡淡地回了一句後，淩若掙開胤禛的手走到院中。彎月如鉤，銀霜滿地，菩提樹葉在朦朧的月色下閃爍著淡淡的碧色。

胤禛沉默了一會兒方道：「妳說的那個故事是什麼？」在他們出來後，李衛等人皆識趣地退到遠處。

淩若仰頭看著滿天閃爍的星重，徐徐將老僧告訴她的故事重新講述一遍，在故事結束後，有一陣長久的靜寂。

「這個故事很感人，但終歸只是一個故事罷了，皇祖父早在六十多年前就已經駕崩了，而且索尼也沒有這麼個女兒。」

「若臣妾說這個故事是真的呢，皇上會相信嗎？當年順治帝在赫舍里清如死後來到清涼寺出家，從此就守著菩提樹等待輪迴再相見的那一刻。」

「那麼他等到了嗎？」雖然這麼問著，但胤禛依舊不認為故事是真的。

「等到了，六十多年後，他終於在菩提樹下見到了輪迴。」說完這句，她忽地看著胤禛，雙目在夜色中熠熠生光。「若換了皇上，皇上會願意拋下如畫江山去出家嗎？」

「朕說過，那只是一個故事而已，當不得真。」胤禛淡淡地回了一句，旋即又道：「何況身為皇帝，擁有至高無上的權力時也有著巨大的責任壓力，既然坐了這個位置，就一定要對天下臣民負責，豈可因一個女人就任性拋下皇位。當年先帝僅僅才八歲。」

胤禛是一個極為冷靜理智的人，與順治帝的至情至性截然相反，這一點凌若早已知曉，但聽著這樣的回答，仍然忍不住有些失望。

這一刻，胤禛無疑是在意自己，但不論怎樣的在意都遠不能與這萬里江山相提並論；也許納蘭湄兒曾經可以，但也僅僅是曾經而已……

江山美人，能夠拋下江山選擇美人者，十者不足其一。

而這個世間，也僅僅一個順治，一個赫舍里清如……

第五百二十四章　秋冷

胤禛最終還是沒有強迫淩若，任由她暫留在普壽寺中。下山後，胤禛連夜召來石生詢問，命他將自救起淩若後，一直到至今的情況事無鉅細地講述一遍。

待他們走後，胤禛負手站在窗前，望著外面黑沉沉的天色出神。四喜不敢出聲，靜靜地候在一邊。

這一候就是大半夜，正在四喜腦袋昏昏沉沉、不住往下垂時，胤禛忽地道：「四喜，朕是否真的錯了？」

「啊！」四喜趕緊暗暗捏了自己大腿一把，將睡意從腦袋裡驅趕出去，只是剛才迷糊得很，根本沒聽清楚胤禛在問自己什麼。

他正緊張地思索著回話，胤禛回過頭來看到他一臉不安，擺擺手道：「罷了，沒事，若是睏了的話就先下去吧。」

這幾日，四喜跟著他從京城一路馬不停蹄地趕來五臺山，幾乎不曾闔過眼。四喜是宦官，打小淨身入宮，一直在宮中伺候，比不得他自小習武練出來的筋骨。

「奴才不睏。」四喜趕緊搖頭。他是皇上的貼身內監，皇上都沒睡，他這個做奴才的怎麼可以下去睡覺。隔了一會兒，他小心地道：「皇上可是在想熹妃娘娘的事？」

之前在普壽寺中，他與李衛雖沒聽到什麼，但隨後，熹妃沒有隨皇上下山，想必兩人之間的對話不是那麼愉快。

胤禛黯然嘆了口氣，晚風帶著些許涼意吹拂在臉上。「她不願隨朕回宮，想在普壽寺中出家為尼，通州那件事，她終歸不肯原諒朕。」

四喜想了一下，小聲道：「奴才剛才聽著石生的話，這幾個月娘娘受了許多苦楚，心中有些怨氣也是常理中的事。不過奴才相信，等過幾日娘娘氣消了，一定會回心轉意，隨皇上回宮，畢竟皇上可是親自出宮來接娘娘了。」

胤禛搖頭不語。

他可以感覺到凌若對他不是有怨，而是失望，失望到沒有信心再繼續攜手走下去的地步，所以寧願一世誦經唸佛，連弘曆都肯捨下。

原本，他應該生氣地拂袖離去才對。他愛新覺羅·胤禛貴為天子，坐擁天下，要什麼樣的女子沒有？她既不願再信自己那就由得她去，她要出家祈福也由得她去。

但是，他放不下，他就是放不下那個女人，該死！真是該死！

那個女人都已經對他不屑一顧了，他又何必再執著不放手，宮裡、宮外，有的是女子對他百般討好、千般奉迎。

可是，正像他說過的，世間只得一個鈕祜祿凌若啊，再沒有第二個了。當日他沒能留住湄兒，眼睜睜看著她嫁給老八，此事令他終身遺憾，他不願同樣的遺憾再次發生。

胤禛忽地心中一震，從何時開始，他總是不自覺地拿凌若與湄兒相較；又是從何時開始，她在自己心中占據的位置不斷擴大，令自己難以捨棄。

以前，他只在意湄兒一人，對於其他女人，或許因為各式各樣的原因，會有那麼一點兒情意喜歡，但也只限於此。不論他給予怎樣的盛寵隆恩，那都不是愛，隨時皆可捨棄，譬如佟佳氏。

可是凌若……他現在開始分不清，對她，究竟是怎樣的感情。愛？喜歡？

月緩緩落下，天邊曙光漸露，又是一天新的開始。

胤禛足足在窗前站了一夜，在他身後的四喜雖然不住掐自己大腿，但實在抵不住連日勞累，已是靠著牆壁睡著了。

胤禛緩緩退開兩步，不經意的一個低頭，卻發現自己腳下靜靜地躺著一枚形若心形的菩提葉。

他記得，這是種在普壽寺院中的樹，想是昨夜不小心黏在腳底，帶到了這裡。

彎腰撿在手中，菩提葉被他踩了一夜，卻依然翠碧無瑕，不見一絲塵埃，令他想起佛家的一句話：菩提本無樹，明鏡亦非臺，本來無一物，何處惹塵埃。

若說他之前做錯了，那麼現在要怎樣才可以彌補？

胤禛想了許久，始終是沒個頭緒，心一急，不由得咳嗽起來。

聽到咳嗽聲，四喜一個激靈，睜開惺忪的雙眼。「皇上，您怎麼了，要不要緊？」這樣說了一番後，才發現天已經亮了。看皇上這樣子，分明就是生生站了一夜。他憂心忡忡地道：「皇上，奴才知道您掛心熹妃娘娘，可您也得保重龍體，這樣不眠不休的，萬一龍體有所損失，可怎麼是好。」

沒有人比他更清楚這些日子皇上的勞累，自熹妃娘娘失蹤後，皇上就不曾睡過一個安穩覺；國事本就繁重，再加上憂心熹妃娘娘的安危，使得皇上經常會半夜醒來，然後在寢殿中來回踱步至天明。

「朕沒事。」胤禛擺擺手道：「去，把李衛給朕叫進來，朕有事吩咐他。」

「嗻。」

在將李衛傳進來後，四喜下去命人準備胤禛所用的早膳。雖然胤禛是微服出宮，不願讓太多人知道，不過他的安全卻不得不防。所以昨日胤禛下山之後就移駕驛館，將此處暫作行宮，並通知五臺縣衙，派人守衛驛館。

胤禛吩咐李衛什麼，四喜無從得知。

往後幾日，胤禛常去普壽寺看凌若，與她說幾句話，而每次在離開之前，他都會問一句：可願隨朕回宮了？

而每一次，一身灰色佛衣、帶髮在寺中修行的凌若都會叩首相求。「請皇上允臣妾出家之求。」

兩個人皆不肯放棄心中執念，一個要帶其回宮，一個卻要在寺中出家修行，哪個也不願輕易妥協。

第五百二十五章　辭行

九月的某一日，秋陽燦燦，寺裡的菩提樹中所結的果子開始成熟，成串地掛在枝頭。淩若正在院中掃著落葉，忽見石生與萱兒結伴而來，臉上不由得露出一絲笑意，停下手中的動作，道：「來上香嗎？」

「來上香，也來向娘娘辭行。」萱兒的心情不錯，沒有像往日一樣沉默。

他們已經從李衛等人口中得知胤禛與淩若的身分，剛知曉的時候，兩人皆是震驚莫名，石生更沒想到自己竟然會救了一個皇妃回來，而他甚至還喜歡上了在以往根本連望都不敢望的娘娘。

淩若注意到她耳下戴著一對玉兔墜子，正是那日從碼頭回來時，她在攤上看中卻又沒捨得買的。後來，石生將這對墜子買回來，想送給萱兒，卻一直沒尋到機會，又或者說是不知該怎麼送出，所以拖了下來。而今看來，自己在寺中的這些日子，石生已經牢牢抓住身邊的緣分，沒有繼續錯失下去。

「我說過，我已經不是宮中的娘娘，你們不必如此稱呼我。」如此說了一句後，凌若又問：「你們說辭行，可是要回青江鎮了？」

「是。」石生目光複雜地望著凌若。終於到分開之時了，真的很不捨啊。

「青江鎮是你們的家鄉，回去是好的，只可惜長巷被燒毀，你們回到那邊，連落腳的地方都沒有，一切皆要從頭開始。」

「咦？」萱兒覺得奇怪地道：「娘娘還不知道嗎？上次皇上來見過娘娘後，就命人在長巷原來的地方重新修建房屋，而且修的全是那種青瓦石牆的屋子。昨日皇上接到奏報，說已經修好了，所以民女才與石生商量著回去，畢竟，那裡才是奴婢的家，才有落葉歸根的感覺。另外，皇上命青江鎮王縣令徹查當日大火一事，日前已經查明，是侯府的侯慕白指使下人擄劫娘娘，並且縱火燒毀長巷，如今侯慕白與他底下那些人已經被收押。雖說侯家與王縣令關係匪淺，但是連皇上都說了，這種人要從重處置，絕不輕饒，想來王縣令不敢再徇私。」在說這些時，萱兒尤為解氣，她爹娘的仇終於可以得報了。

縱火的竟然是侯慕白，這一點倒是令凌若頗有些意外，她原先一直以為是黑衣人所為。不過不管怎樣，能將凶手繩之於法最是重要。「難得皇上肯替你們做主，如此甚好。」

「還不只如此。」石生激動地道：「皇上說，賤籍所在，並不合理，不論先人犯下何罪，一切人事都已化為黃土塵埃，後人不該再受其所累，又說草民這次救了娘娘有功，皇上已決定回京後廢除賤籍，恢復草民們良民的身分。」

說到此處，石生聲音裡帶上哽咽。脫離賤籍啊，這是所有賤民畢生希望卻又不敢奢求的事，想不到竟然有夢想成真的那一日。

廢除賤籍……凌若怔忡未語，她想不到胤禛竟會做出這樣的許諾。君無戲言，且以胤禛的性格，一就是一，二就是二，絕不會信口開河，他是真準備廢除賤籍。

賤籍之弊由來已久，一代一代，自明至清，一直都存在。這些生存在最底層的賤民沒有尊嚴，以最卑微的姿態活著，從沒有人理會過他們的死活，官府也好，朝廷也好，眼中根本沒有這些人的存在，更無須說帝王。就是仁厚聖明如康熙者，也從未想過要廢除賤籍。

良久，她的聲音徐徐響起：「若真能廢除賤籍，皇上倒真是做了一件好事，功德無量。」

萱兒忽地屈膝跪下道：「民女能得這場造化，皆是拜娘娘所賜，民女在這裡謝過娘娘。」

凌若連忙扶起她道：「我已說過，不要叫我娘娘，再說要謝你們也該去謝皇上才是，金口是他所開，我並不曾做過什麼。」

「娘娘不必自謙，民女雖然沒讀過什麼書，卻能看得出皇上此舉皆是因為娘娘。皇上他……真的很在乎娘娘。」

凌若搖搖頭，黯然道：「今日在乎，並不代表一輩子在乎，我與皇上之間的事太過複雜，妳不會明白。」

萱兒猶豫了一下，道：「以前的事民女或許真的不明白，但這些日子皇上待娘娘的好，民女與石生都一一看在眼中。」見凌若似要說話，她搶先一步道：「娘娘，您先聽民女講完。民女以前從來沒見過皇上，卻知道他是天底下最尊貴的人，要風得風、要雨得雨，從沒有人敢當著他的面說一個『不』字；從來只有別人迎合他，而沒有他去討好別人的理。」

「可是眼下，民女看得出，皇上是在討好您，不管是長巷重建，還是追查縱火真凶，乃至廢除賤籍，皇上都是為了您，希望您可以回心轉意，隨他回去。民女以為，以皇上的身分，能做到這一步，真的是很難得很難得了，娘娘何不放開心胸，與皇上從頭開始？」

「從頭開始……」迎著朝陽，凌若嘆道：「這四個字談何容易啊。」

石生走上前道：「娘娘以前曾勸草民珍惜緣分，莫要等緣分失去後再後悔。這話，如今放在娘娘身上，同樣適用。」

「我與皇上的緣分早在出宮那日就斷了，現在做再多也續不起那份緣。」她知道胤禛如今所做的，已是越出他皇帝的身分，只是心裡總是抗拒著不敢去接受。那一次所受的傷實在太重，令她至今不敢再輕信。

「罷了，不說這個了，你們兩人回去後要好生過日子，珍惜這來之不易的緣分。」她叮嚀，眼中充滿欣慰。石生與萱兒一直都是最合適的一對，卻因為她的出現而險些錯失，雖然兜了一個大圈，但幸好還是在一起了。

「會的。」這兩個字，石生不只是對凌若說，也是對自己說。其實即便到了現在，看到凌若，他依然會有怦然心動的感覺，畢竟這是他二十二年來第一個愛上的女人，捨不得離別；可是再不捨也要捨得，因為他們是兩個世界的人，何況自己答應過萱兒，會一輩子照顧她。

「那就好。我會在這裡為你們祝福。」凌若臉上露出由衷的笑意。

「那妳呢？凌姑娘。」石生突然叫出這個自從得知凌若身分後就再也沒叫過的稱呼。「伴於佛前的日子就真的寧靜喜樂嗎？妳確定往後無數個日子，妳不會後悔今日的決定嗎？」

第五百二十六章 彼岸花

「不會。」凌若回答，臉上的笑意不知何時已消失不見。

石生認真地看著她道：「妳會的，凌姑娘，妳若這樣執意下去，終有一日會令自己後悔。」

直至石生他們離開，這句話依然不停繚繞在凌若耳邊。她真的會後悔嗎？不，不會的，她絕對不會後悔。

當暮鼓響起時，胤禛緩步走進大殿，蹲下身對正在閉目誦經的凌若道：「若兒，還記不記得妳與我說過的彼岸花？」

凌若緩緩睜開眼，眸中有著淡淡的波動。彼岸花，她自是記得，那一次在蒹葭池畔遇到胤禛，他正在為納蘭湄兒嫁給八阿哥而痛苦不堪，那時的自己曾與他說過彼岸花。

那廂，胤禛的聲音在繼續：「彼岸花，開一千年，落一千年，花葉永不相見。

情不為因果，緣註定生死。當日，妳與朕說，穿過這些花，曾經的一切都留在彼岸，那麼，人就可以重新開始。對不對？」

凌若靜靜地望著他，沒有回答，不明白他為何要突然提起這些。下一刻，胤禛拉起她的手道：「隨朕來。」

他不顧凌若的反對，將她拉離大殿，晚風拂起兩人的衣角，獵獵飛舞在空中，如蝶似燕。

「您……」凌若剛想問胤禛要帶她去哪裡，胤禛就倏然停下腳步，緊接著，凌若看到本該空無一物的庭院裡，此刻竟然鋪滿一種她從未見過的花，鮮紅灼烈。

此時夕陽漸落，這些花給她一種殘陽如血的妖豔，美得驚心動魄，又莫名的透出一種悲傷。

沒有葉，沒有其他，只有紅色，一片怵目驚心，如火、如血的赤紅！

每一片花瓣皆形如倒針，向後展開捲曲，以最美的姿態盛開在那裡。

怔怔地看了許久，凌若突然省悟過來，這是彼岸花，只存在於傳說中的曼珠沙華。它，竟然真的存在！

「朕翻了很多書，又命人找了很久，終於找到了妳所說的彼岸花，曼珠沙華。」

他望著她，無比認真地道：「若兒，妳說過，只要穿過彼岸花，過往的一切就皆可放下，重新開始。」

重新開始？重新開始……

淚意漸漸模糊凌若雙眼，唯有那一叢叢的曼珠沙華依然紅得怵目驚心。

胤禛，我們真的可以重新開始嗎？

她承認，這一次，胤禛真的為她做了很多很多，甚至連原本對她而言只存在於傳說中的彼岸花也找來了。可是她依然會害怕，害怕這所有的好終有一日會在無休止的後宮爭鬥傾軋中消耗怠盡。

「若兒，只要妳穿過這些花，我們就可以重新開始。」胤禛拉著她的手，慢慢往彼岸花中走去。

遠處，李衛與四喜激動地看著這一幕。為了找到這些花，他們奔波千里，但只要能令熹妃娘娘解開心結，隨皇上回宮，這些辛勞又算得了什麼。

當腳即將跨過一叢曼珠沙華時，凌若猛然收回來，在漸落的暮色中，她緩緩搖頭。「對不起，臣妾放不下，皇上，臣妾始終放不下！」

胤禛猶如被人當頭潑了一盆冷水，從頭冷到腳，眼中更是滿滿的不敢置信。「為什麼？若兒，朕已經為妳做到這個地步，妳為什麼還不肯原諒朕？還不肯放下以前那點兒事？」

他的聲音裡透著一種冷到心底的絕望無助，從未想過，有朝一日他會體會到這種感覺，甚至連奪位最激烈的那陣子都不曾有過。很討厭，那種無力的感覺真的很討厭，好像自己什麼都做不了。

凌若自地上撿起一朵曼珠沙華，喃喃道：「皇上為臣妾做的越多，臣妾就越害怕。太過灼烈的東西總是有些刺眼，且開不長久。彼岸花會謝，花謝之後，皇上待臣妾的好就會收回。」

「朕說過不會，為什麼妳就是不肯相信朕！」這一句，胤禛已是近乎咆哮。他做了這麼多，為什麼，為什麼這個女人就是不肯相信？

「對不——」

凌若剛說了兩個字就被胤禛打斷，他神色猙獰地咆哮：「朕不要聽對不起！不要！罷了，朕不管了，朕現在就帶妳回宮，不管妳願不願意，朕都要帶妳回宮！」

辛苦尋來的彼岸花被他踩得殘亂不堪，原本的灼烈也在此時化為殘缺，就像凌若說的，太過美好的東西都持續不了太久。

這一次，凌若沒有反抗。如果胤禛當真決定不顧一切去做一件事的話，那麼她根本反抗不了。

可是，僅僅走了數步，胤禛就停下腳步，凌若驚奇地發現到背對著自己的身子在微微發顫。良久，沉悶發顫的聲音從前方傳來——

「妳當真不願跟朕回去？」

這一回，凌若沒有立刻回答，本以為可以捨下的心再次抽痛起來，她用了很大的力氣才將那份痛楚壓下去。「是，臣妾不願。」

胤禛點頭，原本緊握的手慢慢鬆開，然後獨自一人往外走去，一直到離開普壽寺，他都沒有回過頭。在他走過的地方，有一株曼珠沙華的花瓣上帶著晶瑩水滴，在暮色中透著一種悲傷的氣息。

此後數日，胤禛一直沒有來普壽寺。他不來，凌若本該覺得如願，可是心卻一直很疼，縱然日日唸經誦佛也壓不下那份痛楚。只要一閉眼，浮現的就是滿地曼珠沙華以及胤禛鬆開自己的手、獨自離去的那一幕。

秋意漸漸加重，尤其是早晚，特別的涼冷，寬大單薄的佛衣已不能抵禦那份寒意。

了塵送來棉衣，看到凌若對著菩提樹發呆，她沉沉嘆了口氣道：「明明就放不下，何必強迫自己呢？佛家講究一個緣字，該隨緣而處才是。」

「弟子與他的緣早就盡了，是他一直不肯放下。」凌若低頭看著滿地的菩提葉。

「若真盡了，就不會這樣苦苦糾纏，唉，妳要到什麼時候才可以看透啊。」了塵搖搖頭，轉身離去。

凌若在樹下站了很久，轉身待要回屋，卻看到數日不曾來過的胤禛站在不遠處，靜靜地看著自己。

第五百二十七章 跨過彼岸

凌若這次看到胤禛的第一個感覺，便是覺得他憔悴了許多，連那原本筆挺的身軀也似有些佝僂，秋陽照落在他身上，有種說不出的清冷孤寂。

在彼此的相望間，胤禛一步步走到她身前，將她微涼的手牢牢握在掌心。「明日朕就要回京了。」

回京……聽到這兩個字時，凌若目光複雜地回望他。胤禛終於失去耐心，準備強行帶自己回京了嗎？

這個想法尚未落下，她已經被胤禛緊緊抱在懷裡，那樣用力，彷彿要將她整個人揉入到體內一樣。

「朕真的很希望妳可以隨朕一道回京，可是朕知道，如果強行把妳帶回去，妳一輩子都會怨朕、恨朕。若兒，如果妳認定佛門是妳後半生歸宿的話，那麼……」

他慢慢摩挲著凌若的長髮，用一種極其艱難的語氣道：「朕願意成全妳，讓妳留在這裡。」

說這句話時，他雙手又加重幾分力道，用力再用力地將凌若抱在懷中。過了今日，他將再也沒有這個機會了啊，他生命中，除去湄兒，最在意的女人將要離他而去了。而放她離去的那個人正是自己，不捨，真的很不捨啊。

凌若眼中盡是怔忡、詫異。胤禛竟然會放手？明明之前他是那樣堅定地要帶自己回去，何以現在會突然改變主意？

彷彿聽到凌若內心的話，胤禛緩緩鬆開雙手，凝視她的雙眼中盡是揮之不去的陰鬱。

「今時今日的朕，真的很後悔，如果當日沒有疑妳，沒有想殺妳與徐容遠，那麼妳我之間，定然不會走到無可挽回的地步。」他無力地一彎薄唇，一遍又一遍地撫著凌若柔順如絲的長髮。這三千青絲，他始終還是沒辦法留住。「朕這幾天一直在想，這是否就是所謂的天作孽猶可恕，自作孽不可活。」

「回京後，朕會下旨冊封普壽寺為皇家寺院。還有……」他從懷中取出一串菩提佛珠串。「這串蓮花菩提手串是朕親手所串，妳留著吧。朕聽高僧說過，若菩提子為數珠者，或用掐唸或但手持，數誦一遍其福即可無量，若兒，朕希望妳往後可以無憂無難。」

所謂菩提子並非世人以為的菩提樹結出來的果子，而是一種名為川穀的植物所結出的果子。

胤禛拿出來的這一串菩提子，呈圓錐深褐色，每一顆皆狀似蓮花，質地堅硬，摸起來稍有刺手。蓮花者，出淤泥而不染。蓮花佛珠隨身，可使人心安氣定，常保清淨。

「皇上，您真的要讓臣妾留在普壽寺中？」直到這個時候，凌若依然有些不敢相信。那個高高在上、向來說一不二的皇帝，竟然會妥協，這還是自己所認識的胤禛嗎？

「這不是妳一直想要的嗎？」

胤禛笑看著她，然凌若卻從那抹笑容中看出了蒼白與不捨。他明明是極度不願的，卻肯放手，放開本可以不放的手。

「捨得，捨得，有捨才有得。朕很想知道，這次的捨會換來何樣的得。若兒……不，應該是莫因師太才對。」在說到最後幾個字時，胤禛從剛才就一直充盈在眼中的酸澀，終是化為一滴透明的液體緩緩滑過臉頰。

胤禛，高高在上的雍正皇帝，他如今是在哭嗎？因為自己？

凌若的手自胤禛臉上撫過，指尖感覺到一陣溼潤。他真的在哭……

胤禛用力將心中的難過壓下，澀然道：「好了，朕要走了，妳好生在寺中修行，往後若有機會，朕會帶著弘曆來看妳。不論妳是凌若還是莫因，弘曆都是妳的孩子，朕會好好待他。」

「好了，朕該走了，妳自己珍重。」在深深地看了凌若一眼後，他忍著心中的痛意與不捨轉身離開，秋陽在他身後拉下一道長長的影子……

九月十九，微服離京一陣子的胤禛離開五臺山，自驛館啟程回京，五臺山地方官跪地相送。

隨著車輪的轉動，坐在馬車中的胤禛的心漸漸涼了下去，最後一絲希望之火在這份涼冷中漸趨微弱，直至化為虛無。

她，終歸是沒有來……

跟在馬車後的李衛等人不斷往回看，希冀可以從人群中看到那個身影，可是直到他們脖子望瘦了，都沒看到那個人。

「李大人，娘娘她真的不隨皇上回京了嗎？」四喜將聲音壓得很低，唯恐被車中的胤禛聽到。

「主子到現在都沒有出現，看來是打定主意不回宮了。」李衛搖搖頭，神色間有掩不住的失望。

「要不咱們再走得慢一些，說不定娘娘此刻正從山上趕下來呢。」劉虎在旁邊說著，心中還抱著一絲希望。

四喜苦笑道：「劉大人，咱們走得還不夠慢嗎？瞧瞧都走了快一個時辰了，連城門都還沒出呢。」

這下子連劉虎也無話可說了，默不作聲地跟在後頭。如此又走了半個時辰後，終於看到城門，而他們所期待的那個人，始終沒有出現，失望像是一張巨大的網籠罩在眾人心頭。

「四喜。」

聽到胤禛叫自己的聲音，四喜連忙快走幾步，趕到馬車旁邊恭謹地道：「奴才在。」

在那麼一瞬間的靜默後，馬車中再度傳來胤禛有些疲倦的聲音：「出城後，加快行進速度，速回京城。」

「嗻！」四喜在心裡嘆了口氣。在穿過城門後，他正要命隨行眾人加快行進速度時，忽地看到前方站著一個人，柳綠色的衣裳在滿目黃色的秋季裡格外顯眼，衣角不時被秋風拂起，翩翩舞動，似一隻遺落在秋陽下的蝴蝶。

在看清前方的人影後，四喜眼中滿是掩不住的欣喜。「皇上！皇上！」

胤禛自馬車中探出頭來，不悅地盯著四喜。「出什麼事了？」

四喜極力指著前面，大聲道：「皇上，您快看，熹妃娘娘，是熹妃娘娘啊！她來了，她真的來了！」說到後面，他的聲音裡已是帶上幾分顫音。

「什麼？」胤禛大吃一驚，迫不及待地朝四喜指的方向看去，果然看到一抹清麗脫俗的身影。是凌若，真的是凌若。

不等馬車停下，胤禛已是一個躍身從車上跳下來，快步朝凌若走去，直至離她只剩下一步遠時，才倏然停下腳步。「妳……怎麼會在這裡？」

凌若靜靜地望著他，許久，忽地展顏一笑，無盡的情意縈繞在笑意裡。她低頭自袖中取出一朵豔紅似火的花朵，每一片花瓣皆如倒針一般，捲曲盛放，正是那日胤禛為她採來的彼岸花。

在他離開後，她將那一朵帶著水滴的彼岸花帶回禪房，不知為何，這朵彼岸花一直灼烈地盛放，沒有凋謝，而此時早已過了曼珠沙華的花期。

也許，這是天意，連上天也希望她隨胤禛回去。

她鬆手，任由那朵曼珠沙華落在地上，抬腳跨過，跨過彼岸，一切重新開始……

第五百二十八章　重新開始

「我們重新開始好不好？」凌若一笑，不再是淒涼無奈，而是發自內心地笑著。「臣妾想再賭一次，皇上可願陪臣妾應這個賭？」

「若兒……若兒……」胤禛抬手撫著凌若盤成髻的髮，一遍遍喚著她的名，一波接一波的喜悅在心中蔓延。終於，她願為了自己留下這三千青絲。「朕願陪妳應這個賭約，而且，朕保證，這一次妳不會輸，絕對不會輸。」

凌若嫣然一笑，環視著身上那套裙裳，道：「臣妾始終覺得這身衣裳比佛衣更好看些，皇上以為呢？」

「很好看！真的很好看！」胤禛用力抱緊凌若，那種失而復得的感覺令他眼前模糊一片。

凌若用力環緊胤禛的腰，心中有著同樣的激動。那日，胤禛離開後，她想了很久很久，胤禛的放手令她震驚，同時開始反思，她對胤禛的態度是否太過武斷了一些？

其實，從始至終，她對胤禛都不曾真正忘情，只是心中的懦弱令她害怕，怕將來會再受傷害，怕自己會承受不起，所以強行將胤禛從身邊一次次推開，強逼著自己遁入空門。

原以為，胤禛會惱羞成怒，會強迫她回京，但不是啊，最終他選擇了讓所有人都意外的放手。放開她，放開所有皇家的束縛與捆綁，還她自由，任由她去選擇將來要走的路，哪怕他心中根本不捨至極。

這樣的胤禛是她以前連想都不敢想的，他真的變了很多。自那一刻起，凌若開始認真考慮，是否該再給胤禛與自己一次機會。

她去見過了塵，了塵還是之前的話，她與他塵緣未盡，強行將未斷的緣分斬斷只會令彼此都痛苦不堪，一切隨緣而定，這才是真正的佛家真諦。

胤禛，我用未來的幾十年與你賭，賭你對我的這一刻真心可以持續一輩子，希望，你真的不會讓我失望。

在回京路上，凌若意外從四喜口中知道阿瑪他們被彈劾下獄的事，此刻仍在天牢中。她問胤禛，為何不將此事告知她，她若知曉，必然會為了家人的性命而隨他回京。

「朕若要勉強妳，就不會拖到現在了。」胤禛抱著她站在船頭，靜水無痕，唯有船行駛過時，在後面拖出一道長長的痕跡。銀月如霜，在水面上灑下濛濛清輝。

「朕派人查過整件事，錯並不在妳阿瑪，下獄只是暫時的；再說妳阿瑪在朝中幾十年，朕對他的為人也有所了解，勤勉清廉、謹慎小心。只是有一點很奇怪，此事已經過了將近半年，為何半年後言官、御史會一再上書，抓住這些可大可小的事彈劾妳阿瑪？似乎是有人在刻意針對。所以朕出來前已吩咐允祥，不管再有什麼樣的上書彈劾，都暫時壓下來，一切等朕回京後再說。」

胤禛繼位後，最為放心與倚重的人就是允祥，所以此次出京，政務朝事也是全權交由允祥暫代。

「總之，這件事朕一定會徹查清楚，不會讓妳阿瑪蒙冤受屈。」

「多謝皇上。」凌若知道，有胤禛這句話在，阿瑪他們斷然不會出事。不過，這事也令她意識到自己之前的想法太過天真了。

原以為只要自己不回宮，對皇后或者年貴妃沒有威脅，她們就會罷手，原來不是啊。她們不只沒想過放過她，甚至於連她的家人都沒打算放過。

胤禛曾問過她在通州的情況，雖然之後沒有說什麼，但凌若清楚，以胤禛的性子，一定會將此事查個明白。

九月十九離開五臺山，待回到京城時已經是十月初二。在途中，凌若意外救下一個小乞兒，當時他搶了兩個包子，被包子鋪的掌櫃追著打，凌若一時心軟，便替他給了包子錢，不想這小乞兒竟就此賴上凌若，說什麼也不肯離去，趕也趕不走。

甚至於有一回，為了擺脫他，他們一行人天不亮就離開暫宿的客棧，豈料還是在半道中被他追上。

無奈之下，凌若只得答應留他在身邊，小乞兒千恩萬謝。待他離開後，胤禛面色有些怪異地道：「若兒，妳真準備讓他淨身入宮？」

凌若抿脣一笑道：「臣妾可沒這個打算，這一路他跟著我們，想是之前日子太苦，所以才想跟個好人家。等到了宮外，他聽得要淨身，自然會離開，到時候咱們再贈他幾兩銀子就是了，也算不負這場相識。」

胤禛點點頭，對於萍水相逢的人，他並不會在意太多，之前也是因為意外凌若會答應小乞兒的要求才問了一句。

「回宮吧。」隨著這三個字，胤禛緊緊握住凌若的手。雖然經歷過許多波折，但他終於將在意的女子帶回來了。

回宮……這兩個字令凌若有片刻的怔忡，不過下一刻，目光已是前所未有的堅定。這一次回來，不管前路如何，她都不會再離開也不會再懼任何人。

淺金色的陽光透過花樹枝椏，在地上投下斑駁的影子。翡翠正提著一把精緻的花壺替內務府剛送來的那幾盆菊花澆水。

三福自外面匆匆走進來。「翡翠，主子起了沒？」

翡翠將一朵有些殘敗的菊花摘下來道：「還沒有，怎麼了？」

「皇上回京了。」

翡翠停下手裡的動作，回過頭略有些緊張地問：「一個人還是兩個人？」

不等三福回答，一個小宮女走過來欠身道：「姑姑，娘娘午睡醒了，讓您進去伺候呢。」

「知道了，我這就去。」

翡翠將手裡的殘花一扔，待要進去，三福卻道：「我隨妳一道進去吧。」

翡翠一點頭，與他一道去了寢殿。那拉氏正倚在床頭，因睡過的關係，髮髻略有些蓬鬆。她召翡翠進來，正是讓翡翠替自己整理髮髻。

翡翠請過安後，自梳妝檯上取過一把嵌有綠松石的象牙梳，替那拉氏仔細地整理頭髮，並且將髻上的珠花步搖全部取下來重新戴過。

感覺到梳齒劃過頭皮時的酥癢，那拉氏轉頭望著垂手站在一旁的三福，道：

「可是皇上回京了？」

第五百二十九章　小寧子

三福恭謹地答：「回主子的話，正是。另外……」他覷了一眼那拉氏的臉色後小心道：「熹妃也隨皇上一道回京了。」

「她還是回來了。」那拉氏目光驟冷，無盡的寒意在眸中湧動。自從得知李衛一行阻撓死士，導致刺殺失敗與胤禛出宮的消息後，她就知道這一天遲早會來。鈕祜祿凌若，這樣都沒能殺了她，這命可真是夠大的。

「主子，皇上親自去接了熹妃回來，是否就意味著熹妃之前所犯下的錯，皇上都準備饒恕不咎？」翡翠有些憂心地問道。

那拉氏撫著鬢邊的九曲銀環垂珠簪，冷冷道：「這還用問嗎？鬥了這麼多年，本宮以為已經夠高看她了，沒想到還是低估了。十幾年前，她就在別院將皇上勾引過去，沒想到這次直接將皇上勾引出宮去接她，真是好本事。」接過翡翠遞來的琺瑯小鏡，左右打量一眼後，道：「拿胭脂來，替本宮補妝，本宮……」鏡中的紅唇微微彎起。「要去給太后請安。」

「是。」翡翠取過那拉氏慣用的胭脂，替她將桃紅色的胭脂均勻抹開，令本就精緻的妝容更加完美無瑕。

三福見那拉氏不再提熹妃回宮一事，有些憂心地道：「主子，萬一皇上知道了咱們派人追殺熹妃，只怕……」

不等他把話說完，那拉氏已經漠然道：「本宮何曾派人追殺過熹妃？胡言亂語，還不掌嘴！」

「奴才知錯。」三福心中一寒，趕緊跪下用力摑著自己的臉，清脆的掌摑聲在殿內迴響。

翡翠面有不忍，卻不敢替他求情，只是垂頭盯著腳尖。

許久，那拉氏眼皮一抬，冷冷道：「罷了，往後再說什麼話，都先在腦子裡過一過，若再讓本宮聽到這種蠢話，本宮可不會再像現在這樣輕饒了去。」

三福趕緊忍著臉頰的刺痛，磕頭道：「奴才知道，謝主子開恩。」

那拉氏將雙腳從床榻上放下來，三福趕緊爬過去替她將繡有芙蓉雙色花的花盆底鞋穿好，又膽顫心驚地扶著她起身。

那拉氏睨了小心翼翼不敢抬頭的三福一眼，冷然道：「記著，追殺鈕祜祿氏的是年貴妃，偷取杭州軍備庫中軍服的也是年貴妃的人，與本宮毫無關係。」

「是，剛才是奴才在外頭待得太久，被太陽晒昏了頭，才會胡言亂語，以後不會了。」三福趕緊應聲。

那拉氏對三福的話甚是滿意，點一點頭，又有些感慨地道：「你也別怪本宮對你嚴厲，你是本宮身邊最貼心的人，一言一行，看在別人眼中都代表著本宮的意思，所以要格外謹慎小心，即便是在這坤寧宮中，也不可有任何胡言。只有管得住自己的嘴，才可以活得長久太平。」

「主子教訓得是，奴才今後必當謹記於心，片刻也不敢忘。」說到這裡，三福又討好地道：「主子肯教訓奴才，那是看得起奴才，奴才感激尚來不及，又哪敢有半分怨怪，等什麼時候主子不肯教訓奴才了，那才讓奴才擔心呢。」

「行了行了，你那點兒心思本宮還會不知道嗎？」那拉氏就著翡翠的手戴上三寸長的鎏金鑲珍珠護甲後，道：「去把上次內務府送來的那隻虎皮鸚鵡給本宮拿上來。」

三福答應一聲，快步離去，再進來時，他身後跟著一個小太監，正是之前負責調教鸚鵡的小寧子。小寧子手中提了一個鳥架子，架子上站著一隻羽色鮮豔、模樣神俊的鸚鵡，正用嘴梳理著自己的羽毛。

「奴才給皇后娘娘請安，娘娘萬福金安。」

小寧子神色討好地跪下磕頭，就在他將鳥架放到地上時，那隻鸚鵡忽地張嘴叫：「皇后吉祥！皇后吉祥！」

那拉氏眉頭微不可見地皺了一下，有些不悅地望著小寧子道：「本宮不是讓你好生調教鸚鵡嗎？怎麼都幾個月過去了，還是只會叫這麼一句？」

「娘娘息怒。」小寧子磕了個頭，自懷中取出一把葵花籽遞到鸚鵡跟前，鸚鵡似乎很喜歡吃這葵花籽，連啄了好幾口後拍著翅膀大叫：「太后吉祥、太后吉祥。」

見那拉氏臉色由陰轉晴，小寧子方小聲道：「啟稟娘娘，奴才自領了這鸚鵡下去後，一直在悉心調教，並不敢有一刻偷懶。不過之前牠經常左一句皇后吉祥，右一句太后吉祥，混著叫，所以奴才就想出一個法子，用食物來讓牠區分，如今只要一餵牠吃葵花籽，牠就會叫太后吉祥。」

那拉氏取過葵花籽餵牠，發現果然是一直叫太后吉祥，不會說成旁的話去，微微點頭，隨口讚道：「你能有這個心思，甚好。」

小寧子聽了這聲誇讚甚是激動，連連叩頭。「謝娘娘誇獎，娘娘但有吩咐，奴才一定竭盡全力，死而後已。」

只要能得皇后娘娘信任，自己很快就會飛黃騰達，將那些曾經嘲笑過、欺壓過他的人狠狠踩在腳下。自入了坤寧宮後，他一直用心做事，盼能引起皇后注意。

小寧子雖然將這些心思藏得很好，但還是被三福看出端倪，在心裡冷笑一聲，叱喝道：「什麼死不死的，你個不開眼的奴才竟然敢在娘娘面前說這等不吉祥的話，可是想討打？」

小寧子本是表忠心，不曾想反而惹來一頓斥責，連忙磕頭請罪。「奴才不敢！請娘娘恕罪。」

「下去。」那拉氏只有這兩個字。

就像是三福之前所說，能得那拉氏教訓的，那才是她放在眼裡的奴才，否則連教訓都懶。小錯不糾，等犯下大錯時，就只有死路一條。

小寧子心有不甘，卻識趣地沒有多嘴，垂首退出寢殿。

那拉氏撫一撫身上的瑰紫百鳥朝凰錦衣，淡淡地對三福和翡翠道：「你們兩個把鸚鵡帶上，隨本宮一道去給太后請安。」

第五百三十章　未歸先生事

慈寧宮是歷代太后的居所，向來肅穆安靜，宮院中沒有栽種太多的花卉，倒是樹木隨處可見，海棗、樟樹、茶花樹等等，多是一些四季常青的樹木，所以即便是在這萬木凋零的秋季依然鬱鬱蔥蔥。

還未到後殿，就聽得裡面有說話聲，彷彿是年氏，那拉氏長眉微不可見地皺了一下。她打了簾子進去，果然見到年氏陪著太后烏雅氏在說話。

烏雅氏的病在纏綿許久後，終於是有了起色，不過心中依然鬱結難消。所以，儘管這會兒年氏極力說著俏皮話想要逗烏雅氏開心，烏雅氏神色依舊淡淡的，偶爾脣角會有那麼一絲彎起的痕跡。

看到那拉氏進來，烏雅氏神色和藹地招了招手道：「皇后也來了，快，到哀家身邊來坐下。」她雖然不待見胤禛，但那拉氏與年氏向來對她孝敬，常過來陪她說話，倒也有幾分親近。

「兒臣給皇額娘請安。皇額娘身子爽利了嗎？太醫的藥可有按時服用？」那拉氏行過禮後，上前關切地問著。

「還是老樣子，沒好也沒壞，倒是難為妳們兩個，經常過來陪哀家說話解悶。」烏雅氏嘆了口氣，面色有些鬱鬱寡歡。她的病不在於身而在於心，這一點那拉氏也明白，所以並沒有再繼續說下去。

待那拉氏坐下後，年氏眸光一轉，起身屈膝行禮。「兒臣給皇后娘娘請安。」

「妹妹請起。」那拉氏接過宮人遞來的雨前龍井，剛抿了一口後，就見年氏望著三福拿在手裡的鳥架子，輕「咦」了一聲。

「娘娘今日來，怎麼還帶了一隻鸚鵡？」

那拉氏輕笑一聲，對烏雅氏道：「內務府給兒臣送了隻鸚鵡來，那鸚鵡倒是機靈，會學人說話，兒臣瞧著覺得有趣，就帶過來給皇額娘解解悶。」

烏雅氏生出幾分興趣道：「牠都會說些什麼啊？」

那拉氏笑而不答，起身自翡翠手裡接過一包葵花籽遞到鸚鵡面前，鸚鵡一吃葵花籽就不停地叫著「太后吉祥、太后吉祥」。

會說話的鸚鵡宮中不曾少見，不過會說這四個字的，卻還是頭一隻。烏雅氏聽了歡喜不已，倒將心中的鬱結暫時沖散此許。

「說起來還真是巧，剛才素言送來一隻翡翠雕的鳥兒，這會兒妳就送來一隻真鳥，倒像是商量好的一樣。」

年氏斜飛了一眼，抿嘴笑道：「兒臣送的不過是一塊精緻些的石頭，哪及得上皇后娘娘送的鸚鵡那般有血有肉又有心思。」說到這裡，她又故意嘆了口氣道：「唉，兒臣送的東西都最是俗氣，也虧得皇額娘不嫌棄。」

那拉氏輕撫著裙間的鳥雀繡圖，漫然道：「翡翠素來是最有靈性的石頭，何況是雕琢成鳥，想必靈動非凡，怎可說是俗氣呢。」

「什麼樣的禮都好，對哀家來說，最重要的是妳們這番心思。」說到此處，烏雅氏一陣咳嗽。

那拉氏與年氏不約而同地起身走到烏雅氏身邊，都想替她撫背，指尖不慎碰在一起，目光一個交錯，凜冽的寒意在彼此眼中掠過。

年氏猶豫了一會兒收回手，改而替烏雅氏撫胸。「皇額娘，您這樣老是咳嗽也不行啊，還是讓太醫再來看看吧。」

烏雅氏嘆了口氣道：「以前徐太醫開的方子倒是有幾分效，可是現在徐太醫自己都失憶痴呆了，哪還看得了病啊。」說到容遠，烏雅氏一陣搖頭，頗有幾分可惜的意思。「對了，皇上還沒回來嗎？」

年氏臉色微微一寒，繼續替她揉著胸沒有說話。倒是那拉氏淡淡道：「剛剛接到消息，皇上已經回京了，此刻想必已經在回宮的路上了。」

烏雅氏抬手示意兩人停下動作。「那皇上是一個人回來還是兩個人？」胤禛出宮去找凌若的事知曉的人雖不多，但烏雅氏是太后，儘管極少問事，消息還是會傳到她耳中；何況允祥每日要入宮請安，從他嘴裡也問到了不少。
年氏略有些緊張的目光落在那拉氏臉上，絹子不自覺地握緊。
「回皇額娘的話，熹妃隨皇上一道回京。」那拉氏的聲音猶如沉寂多年的古井，沒有一絲漣漪。
「她當真回來了？」烏雅氏眸光一點一滴地沉了下去。當日熹妃為了徐太醫而獨自出宮的事，在宮中鬧得極大。不管熹妃與徐太醫之間究竟有沒有私情，鬧出這樣的事來，於情於理，回宮都不太妥當。
「等晚些皇上回了宮，自然就一清二楚了。」那拉氏頓了一下道：「其實熹妃不在宮裡的這段日子，皇上一直很是掛念，這次帶她回宮也是情理之中的事。」
烏雅氏皺了眉未說話，一旁的年氏卻忍不住道：「什麼叫情理之中的事，皇后娘娘難道忘了，她不只與徐太醫不清不白，還逼死靜太妃，這兩件事加在一起，若換了兒臣是她，莫說是回宮了，就是活著都覺得沒臉。」
年氏對胤禛出宮接凌若一事，早憋了一肚子的不樂意，此次哪有不趁機抱怨幾句的理。何況太后對鈕祜祿氏越不滿意，對她就越有利。
烏雅氏雖未繼續說下去，但心中對凌若卻是越發的排斥、不滿。
那拉氏睨了年氏一眼，溫言說道：「妹妹莫要這麼說，不管熹妃做錯了什麼，她始終是妳我的姊妹。既然皇上已經接她回來，那咱們做姊姊的就不該再計較舊事，往後還是要如以前那般和睦相處。」

年氏笑笑，心裡對那拉氏的話不屑一顧。哼，說的可真是比唱的還好聽，其實最不願看到鈕祜祿氏回來的根本就是她自己。

「對了，還有一件事要皇額娘幫著定奪。」那拉氏迎著烏雅氏不解的目光，道：「是關於弘時的婚事。」

「此事不是一直由妳在負責張羅嗎？還有什麼定不下來的，且說來給哀家聽聽。」烏雅氏抬手撫著略有些霜痕的鬢髮。

那拉氏輕笑道：「兒臣替弘時擇了三位家世、品行、容貌皆出眾的姑娘，瞧著都挺好，一時有些難以決斷，所以想請皇額娘幫著在其中擇一位。」

烏雅氏恍然道：「原來是這麼回事。也好，趁著素言在，咱們一道幫著瞧瞧，且說來聽聽，究竟是哪三位姑娘。」

「回皇額娘的話，一位是隆科多大人家的孫女，年方十五。一位是禮部侍郎阿索里大人家的千金，年約十七。還有一位，則是兒臣弟弟英格的女兒，年方十五。這三人兒臣都見過，一個個知書達禮、容貌出色，都很是不錯。」

第五百三十一章　心計

那拉氏眼皮微微一動，輕聲道：「其實兒臣覺得三人都不錯，若非要挑揀的話，就是阿索里大人家的千金年紀稍稍有些大了，不過這也不是什麼大問題。」

烏雅氏略一沉思道：「弘時今年也不過剛剛十七，阿索里家的女兒配弘時，這年紀確實有些大，家世與其他兩個也有差距。依哀家看，這個不如就算了，還是在隆科多孫女與英格女兒之間擇一個。」說及此，她轉頭看向年氏。「素言，妳也別不說話，幫著一道瞅瞅，究竟哪個更合適些。」

「是。」年氏乖巧地答應一聲，稍稍沉思後輕笑道：「依兒臣看，既是二阿哥娶嫡福晉，讓二阿哥自己選才是最恰當的。說起來，她們三人應該進過宮，二阿哥也見過了，不知哪一個更合二阿哥心意？」儘管她不知道那拉氏為什麼要讓太后來擇弘時嫡福晉的人選，卻可以猜到那拉氏最中意的人選，必然是她那個弟弟的女兒。親上加親……呵，將來有朝一日，弘時若能登上皇位，那麼皇后又會是一位出自那拉氏一族的女子。若是連著兩朝皇后皆出自同一門，那拉氏一族的聲望可真是要鼎盛到一個無以復加的地步了。

烏雅氏對年氏的話頗以為然，點頭道：「素言說的有理，皇后可曾問過弘時的意見？」

那拉氏微微欠身道：「問過了，弘時說他沒什麼意見，一切全憑皇額娘做主。」

「這樣啊。」烏雅氏有些為難地道：「剩下那兩個年紀相仿，家世也相當，這一時半會兒的讓哀家選，還真是有些難選。」

「皇額娘，兒臣曾聽說過隆科多家的孫女，琴棋書畫樣樣精通，可謂才貌雙絕，是個極好的人選。」年氏怡然說道。既然知道那拉氏的打算，她自然不會讓其趁心如意，即使她並不認為資質平庸的弘時有機會繼承大位。

「這個哀家也知道。」烏雅氏這般說著，卻沒有如年氏所想的擇其為人選，而是對那拉氏道：「畢竟是替弘時擇嫡福晉，馬虎不得。這樣吧，妳讓她們兩人進宮一趟，哀家要親自考校一下她們。」

事關弘時終身大事，她這位皇祖母自然要慎重一些。傳言終歸是傳言，唯有親眼所見才是真實。

「那兒臣盡早安排。」那拉氏垂首答應，嘴角有一絲不易察覺的笑意。

自慈寧宮出來，已是倦鳥還巢之時，天邊霞光萬道，漫漫鋪展，如錦繡長卷，繽紛滿天。偶爾有鳥雀振翅飛過，纖羽間也似鍍上一層錦繡之色。

那拉氏駐足良久，直至晚霞開始透出暮色，方才收回目光，扶著三福的手緩步回到坤寧宮。始一進去，便看到弘時正坐在那裡喝茶，有些心不在焉。看到那拉氏進來，弘時連忙起身請安。

那拉氏微微一笑，就著三福的手在椅中坐下後，和藹地道：「何時來的？」

「就比皇額娘早了一步。兒臣今日練完騎射見時辰尚早，就想著過來給皇額娘請安。」弘時一邊說一邊接過宮人端來的櫻桃玫瑰蜜露，將其遞給那拉氏。

那拉氏似笑非笑地瞥了他一眼，也不喝蜜露。「只是來給皇額娘請安嗎？還是說另有目的？」

這話說得弘時面色一紅，有些不自在地道：「自然是給皇額娘請安來的，順便再問問兒臣嫡福晉人選一事。不知皇額娘今日去見皇祖母，可曾問過皇祖母的意見？」

「果然如此。」那拉氏笑道：「你啊，也別遮遮掩掩了，你那些心思，本宮這個做額娘的哪會不知道，看來你真的很喜歡那女孩子。」

弘時聞言，臉上窘迫之意更甚，然其中又有幾許歡喜。「不敢隱瞞皇額娘，兒臣確實很喜歡阿索里家的千金。」說至此處，他忽地跪下道：「請皇額娘成全。」

「快起來。」那拉氏滿面慈祥地扶起他道：「皇額娘哪有不成全你的道理，只是你也知道，只皇額娘一人成全是遠遠不夠的，須得你皇阿瑪和皇祖母也點頭才是。」

「那……」弘時有些緊張地問：「皇祖母怎麼說？」

那拉氏輕輕嘆了口氣，摩挲著手中光滑的盞壁，道：「你皇祖母一聽見阿索里家千金的年紀便有些不喜，說是太大了些……」

弘時一聽這話立時急了，脫口道：「佳陌今年不過十七，與兒臣同年，怎會太大。」

「話雖如此，但與另兩人比起來，無疑是大了些；再加上家世也不是頂出色，難怪你皇祖母不同意。」她一拍弘時的手，柔聲安慰道：「唉，皇額娘雖然有心幫你，但你皇祖母開口否決，皇額娘也是有心無力啊。」

「可是……」弘時依然心有不甘。自上次見過阿索里家的千金後，他就對索綽羅佳陌一見鍾情，為此甚至鼓起勇氣向那拉氏請求，即便他知道三人之中有一個是自己的表妹。「要不等皇阿瑪回來，皇額娘再幫著兒臣去求求皇阿瑪？說不定皇阿瑪會同意呢。」

一直和顏悅色的那拉氏在聽到這話時，目光微微一厲。「弘時，莫忘了自己的身分。你身為二阿哥，又是本宮嫡子，當知道有些事不是想怎樣就可以怎樣的，由不得你任性。再說你皇阿瑪素來孝敬你皇祖母，你去與他說，不是讓你皇阿瑪為難嗎？為了一個女人，值得如此嗎？」

弘時身子一顫，眸中現出掙扎之色，嘴脣蠕動一下，終是無力地低下頭去。

「是，兒臣知道了。」

「知道就好。」那拉氏面色一緩道：「你皇祖母已經下旨讓隆大人家的孫女與你表妹擇日再進宮，她要親自替你擇選。聽你皇祖母的意思，應該是中意隆大人家的那位。」

「是。」弘時臉色灰白地應了一聲。不能娶佳陌，那麼對他來說，哪一個都不重要。

見弘時一臉難過，那拉氏輕撫著他的臉安慰道：「皇額娘知道你心裡中意阿索里家的姑娘，可是你們兩個有緣無分，皇額娘也沒辦法。其實隆大人家的千金才貌雙全，也是一個極好的人選；至於你表妹那邊，你放心，既然你不喜歡，那皇額娘絕不會勉強。」

第五百三十二章 回宮

「一切聽憑皇額娘做主，兒臣沒有任何意見。至於蘭陵表妹，兒臣並沒有任何不喜歡。」弘時在失望之餘也湧起感動。

他很清楚蘭陵是皇額娘的姪女，若換了另一人，只怕想也不想就會讓他娶蘭陵，可皇額娘從頭到尾都沒有勉強過他一句，就是剛才那番訓斥的話，也是處處替他考慮，生怕他再三請求會觸怒了皇祖母。

從很早以前，他就知道自己不是皇額娘的親生兒子，而是額娘出事被廢後，交給皇額娘撫養的。這麼多年來，皇額娘一直待自己如親子，從未虧待過，即便時有嚴厲也是為了自己好，希望自己不輸給幾個弟弟。反倒是他，讀書平平，騎射功夫也只是勉強過關，沒少讓皇額娘操心。

「好了，不說這個了，今兒個陪皇額娘用過晚膳再回阿哥所。」那拉氏慈祥地望著弘時道：「等你大婚之後搬出皇宮，想再見你可不像現在這麼容易了。唉，你姊姊已經出嫁多年，本宮身邊只得你一個，等你也走後，這坤寧宮可是要寂冷許多了。」

「不會。」弘時坐在踏腳上倚著那拉氏的椅子，帶著幾分孺慕之情道：「即便是不在宮中了，兒臣也會天天進宮給皇額娘請安。兒臣只有皇額娘一位額娘。」

「皇額娘也只有你一個兒子。」那拉氏微笑說道。是啊，她只有弘時一個兒子，想要保住今日的尊榮，就必須牢牢抓住弘時，讓他心甘情願按著自己給他鋪下的路走。索綽羅佳陌的家世在王公貴族之中太過普通，這樣的女子不能在弘時爭奪帝位時帶來任何助力，所以絕對不可以成為弘時的嫡福晉。

至於太后最終會選隆家女還是蘭陵，她自有辦法左右。就像她之前與英格說的那樣，弘時的嫡福晉只能是蘭陵。

天色在時間的推移中漸漸暗下，每到戌時，宮門都會關起，而宮門一旦落下，除非有皇帝聖旨，否則斷然不許再開，如果有人強行要求開宮門，即視同謀亂作反，格殺勿論。

大清門看似只有三個門洞，但在兩邊還各有一個掖門，供宮人出入，正大門除卻皇帝之外，唯有皇后大婚以及狀元及第時才有資格進出一次。

負責大清門的一眾太監跟以前那樣，緩緩合起厚重的宮門。就在宮門只餘一手長度就可完全合攏時，一個人影在黑暗中匆匆奔來，一邊奔一邊大叫。

「慢點兒，不要關，不要關！」略顯尖銳的聲音在濃重的夜色中有著拉風箱似地急促喘息。

守門太監沒有理會外頭呼喊，依舊緩慢地關閉宮門。每日宮門的關閉、開啟都有嚴格的規定，半點不能延誤。他們在兩邊掖門守著的時候，那些因為出宮晚歸而求他們晚些關宮門的宮人見得多了，哪真能為他們而犯了宮規。

「慢點！」就在宮門即將徹底關閉時，那個人影終於跑到近前，一手抵在宮門，氣喘吁吁地罵道：「你們這幾個小兔崽子，咱家都已經讓你們慢點兒了，還關得這麼快，當咱家是死的不成！」

之前隔得太遠，守門太監沒聽出這聲音的主人，而今湊得這般近，卻是聽了個真切，彷彿是喜總管的聲音？

在這樣的遲疑中，他將宮門稍稍打開些許探出頭去，藉著手中的宮燈看清了來人模樣，竟然真的是四喜。他訝異地道：「喜總管，您回來了？」

「廢話，咱家不回來，難道站在你們面前的是鬼啊？」四喜跑得上氣不接下氣，說起話來自然毫不客氣。隨即他想起什麼，連忙揮手道：「快，快把宮門打開！」

「這……」幾個守門太監面面相覷，其中一人為難地道：「喜總管，宮門的規矩您是知道的，到了時辰就必須關閉，求您老人家不要為難小的們了。」

「混帳！」四喜在宮門外頭罵了一句：「小李子，你忘了咱家是跟誰出去的嗎？

要是誤了皇上回宮，你們有幾顆腦袋都不夠掉！」他一口叫出其中一個守門太監的名字。

小李子身子一震，倏然想起四喜是跟皇帝一道出去的，遠遠望出去，隱約可見有幾條身影正走來，只是這宮門著實不好開啊。小李子眼珠子轉了好幾圈，生出一計來，故作驚訝地道：「哎呀，這宮門怎麼一下子關不起來了？」

四喜是人精，哪會聽不出他這是故意為之，笑罵了一句，用力將厚重的宮門推開，隨即撩袍低頭跪在門邊。看到他這副模樣，小李子他們也趕緊跪下，緊張而小心地打量著慢慢走近的那幾道身影。

回來了，終於是回來了！

凌若仰望著在黑暗中也依然莊嚴肅穆的宮門，心中感慨萬千。曾以為自己一輩子都不會再回來，沒想到兜兜轉轉了一大圈後，最終還是回到起點。

後宮，是最華麗富貴的地方，也是最森嚴無情的牢籠，享有錦衣玉食的同時終將付出代價，而這個代價就是失去了自由與平靜。

正在這個時候，凌若突然感覺有人握住她的手，側目望去，只見胤禛正望著她，那雙眸子在黑暗中極亮，猶如天邊星辰。

「莫不是到了這裡又後悔了吧？不過這一回，朕可是不會再放手了。」

凌若望著他淺淺一笑，沒有說話，只是悄然反握胤禛的手。既然已經下定了決心，就斷無再後悔之理，她會陪胤禛走下去，用自己後半生的所有去實踐這場賭約，不管輸贏她都不會後悔。

這一刻，無須任何言語，已然明白了彼此的心思，胤禛嘴角上揚，帶著少有的輕鬆道：「走吧，咱們回家。」

家……這個字令凌若心底某個角落變得格外柔軟。這裡並不只是森冷華美的後宮，也是她的家，她與胤禛及弘曆的家。為了這兩個人，她也會努力在這後宮中一步一步，好好地生存下去。

宮外的一切，於她而言，始終是過眼雲煙，唯有宮中才是真實，不論生死禍福，這裡才是她最終的歸宿。

第五百三十三章　大清門

不過，凌若並沒有隨胤禛走進去，而是在距宮門一步遠的地方停下腳步。望著胤禛意外的目光，她笑了笑道：「皇上忘了嗎？這裡是大清門，臣妾是不能入的。」說罷她就要往側門行去，不想胤禛緊緊拉了她的手不放。

她訝然回頭，只見胤禛眸光沉沉地望著她，一字一句道：「今夜，朕想與妳一道走進去，就在這裡。」

凌若很清楚從正門走進去意味著什麼，除卻皇帝之外，後宮當中唯有皇后大婚時可走一次；而當今皇后，因為是胤禛為阿哥時所娶，是以並沒有走過大清門。

也就是說，在胤禛所有妃嬪當中，至今沒人享有過從大清門而入的殊榮。

現在，胤禛要凌若一道從大清門而入，這是一種無以復加的隆寵與破例，足以證明她在胤禛心中的地位。

感受著指尖的溫暖與堅定，凌若眼中有著深深的動容，但是在動容過後，她卻搖頭道：「臣妾只是妃，並無資格走這大清門。」

若今夜她從這大清門進去了，必然會在後宮中引起一陣軒然大波。她可不會天真地認為此時此地人少，此事就不會傳到那些主子的耳中。

宮中向來是最不缺耳目的，到時候，那些人又該藉機生事了。

「朕說妳有資格妳就有資格。」胤禛不僅沒放手，反而更握緊了幾分。失而復得的這種感覺令他格外珍惜凌若在身邊的時候，她雖不是他的皇后，卻是他相當珍視之人。

見凌若還要拒絕，胤禛用一種不容置疑的語氣說道：「隨朕進去。」

凌若與他對視良久，終是化為無奈的笑容。

想要讓胤禛改變主意還真不是一件容易的事，罷了，就隨他吧。

左右自己以待罪之身回宮，本就足夠惹人注目，也不在乎再多一樁事了。

跪在地上的四喜等人聽到胤禛的話，早已是激動得渾身發顫。大清門啊，雍正一朝從未有妃嬪走過的大清門，今夜終於要破例了。

「快，去將所有宮燈都點上，迎皇上與熹妃娘娘回宮。」四喜激動之餘倒還記著事，催促小李子他們趕緊去點燈。

「嗻！」小李子答應一聲，趕緊領了人跑去。

片刻後，絹紅燈光如流水一般先後亮起，自大清門開始一直照進後宮深處，似萬里星海，無盡無休。每一盞皆灼灼明亮，耀目生輝，令天上的繁星為之失色。

點完燈的小李子等人跪於兩邊，齊齊叩首道：「奴才們恭迎皇上與熹妃娘娘回宮，皇上萬歲萬歲萬萬歲，熹妃娘娘千歲千歲千千歲！」

他們的聲音在這安靜的夜間聽來格外響亮，於深宮重重的紫禁城上空久久徘徊，驚起棲息在殿頂的烏鴉，撲著翅膀盤旋在半空中。

在這連番的山呼中，凌若深深吸了一口氣，隨胤禛抬腳一道踏進大清門，正式回宮。從今往後，她不再是宮外一名姓凌的女子，而是紫禁城中雍正皇帝的熹妃——鈕祜祿凌若！

四喜跪在後頭又是激動又是感傷。

皇上待熹妃娘娘的那種好，別人也許不清楚，但他這個貼身太監卻是一一看在眼中。

還記得在五臺山時，皇上想起熹妃娘娘以前說過的彼岸花，就不眠不休地查這種世上或許根本就沒有的花，幸好，最終是將熹妃娘娘帶了回來，否則皇上定然要傷心了。

四喜抹了把不小心流出的淚，起身準備與劉虎他們從掖門入宮，卻見一個瘦弱的身影正探頭探腦地準備跟來。他定睛一看，正是隨他們一道回來的小乞兒，唬得他趕緊一把抓住人。「你這是想去哪兒啊？」

小乞兒像看白痴一樣看了他一眼，理直氣壯地道：「當然是隨他們一道進去，還能去哪裡？之前娘娘可是答應過會收留我的。」說到這裡，他又嘖嘖了好一番道：「話說回來，我都懷疑自己是不是在作夢，他們居然一個是皇帝，一個是娘娘，太不可思議了。不過剛才我使勁捏了一把自己，很痛啊，應該不是作夢。」

看著那雙亮晶晶的眼睛，四喜氣急反笑，指了指宏偉華美的宮殿道：「既然知道這裡是皇宮，還敢這麼大剌剌地進去。告訴你，這裡是大清門，只有皇上才能進，你啊，頂多就只能走最旁邊的掖門。」

「掖門？」小乞兒還是第一次聽到這個詞，撓撓頭顯然不太理解，不過無所謂，只要能進去就行。就在他準備跟著劉虎他們往掖門去時，一隻手又擋在自己身前，仍是四喜，這下子他有些不高興地道：「喜公公，還有什麼事嗎？」

四喜打量了小乞兒一眼，有些幸災樂禍地道：「你不是準備就這樣進宮吧？咱家告訴你，除了皇上之外，能進宮的就只有兩種人，一種是女人，一種是跟咱家一樣的太監。你雖說瘦小了些，但好歹也是個男人，難道你想跟咱家一樣，挨上一刀淨身入宮？」

不等小乞兒說話，他扔出一包銀子道：「得了，就算你想進宮，娘娘也不會答應，她之前已經吩咐咱家，到了宮門口就讓你離開。喏，這些銀子足夠你去做些小本生意了，也算是相識一場的緣分，以後你好自為之吧。」說到這裡，他有些感慨地道：「小子，能夠不淨身是你的福氣。像咱家那個時候，根本連選擇的餘地也沒有，家人送進來，收了銀子，那一刀怎麼也逃不過。」

小乞兒目光有些火熱地看了地上那包沉甸甸的銀子一眼，嚥了口唾沫強行忍住要去撿的衝動，快步追上正往掖門走去的四喜。「慢著，慢著。」

四喜有些不悅地看著擋路的小乞兒。「怎麼著，你還真想進去挨一刀啊？」皇上進去已經有一會兒了，他這個貼身太監卻在宮外晃蕩著不進去伺候，算是怎麼一回事。

「你說除了太監之外，還有女人可以入宮是嗎？」小乞兒有些狡黠地盯著四喜，那雙眼睛在這一刻顯得特別亮。

第五百三十四章 小乞兒

「怎麼著，難道你準備告訴我們，說你是女的？」李衛湊上前打趣。

「哼。」小乞兒把胸膛一挺，抬頭道：「沒錯，我就是女的！」

「你？女的？哈哈哈！」四喜笑了起來，尖利的笑聲在黑夜中聽起來有些刺耳，好一會兒他方才收了笑聲，在小乞兒不善的目光中道：「咱家雖然是太監，卻也曉得女人是什麼樣子。你倒是告訴咱家，從頭到腳你哪裡像個女人？」

李衛也不信，從地上撿起銀子往小乞兒手裡一塞，道：「行了，別鬧了，拿了銀子趕緊離開，皇宮可不是由著你玩鬧的地方。」

「我沒有說謊，我真的是女人，只是平常在那些地方討飯混日子，若是讓人知道是女的很容易吃虧，所以才一直假裝是男的！」小乞兒有些急了，為了證實自己的話，更加用力地挺著胸膛。

這一次，四喜他們倒真是看出了一點端倪。

若是女的，那入宮做個小宮女倒不是不可能，不過這得熹妃娘娘點頭才行。四喜看了已經走得極遠的胤禛與凌若一眼，沉思片刻道：「要不妳先隨李大人去客棧落腳，待明日咱家回過熹妃娘娘後，再決定是否讓妳入宮。」

「不行！」小乞兒頭搖得跟波浪鼓似的，說什麼也不答應。「我若現在離開了你們明日不理會可怎麼辦？不行不行，要不你現在就去問熹妃娘娘，實在不行就把他們叫回來。」她好不容易才尋到一個人肯收留她，說什麼都不能再錯過。

雖說宮裡規矩多，但這一路相處，她可以肯定熹妃是個性子極好的人，在熹妃身邊做事應該不會太苦。而且皇宮處處都是寶貝，熹妃娘娘高興起來隨便賞自己一樣，就算真過不慣宮中的日子出宮去，也一輩子吃喝不愁了。

「讓咱家叫熹妃娘娘回來？」四喜眼皮直跳，看小乞兒的眼光就跟看瘋子一樣。「熹妃娘娘是主子，咱家不過是個奴才，哪有奴才把主子叫回來的理，妳可真是瘋癲得不輕。」

見小乞兒還要說話，四喜實在有些不耐煩了，沉下臉道：「咱家還要趕進宮去伺候皇上，沒那麼多時間陪妳在這裡瞎耗。要不妳拿了銀子立刻走人，要不隨李大人去客棧落腳，然後等著咱家的消息。」

小乞兒年紀不大，察言觀色的本領卻是不弱，見四喜動了真怒，只得怏怏地跟著李衛離開，其間還不住回頭叮嚀四喜莫忘了這件事。

自大清門至養心殿，這一路上，燈光連綿不絕，令整個後宮都染上一層華靡之色。

養心殿外，水紅色的燈光格外璀璨，爍爍燈光下，凌若嫣然一笑，停住了腳步道：「皇上，臣妾的住處可是在承乾宮呢。」

胤禛似笑非笑地看著她，輕聲道：「今夜在這裡陪朕不好嗎？」

凌若面色微微一紅，低頭道：「臣妾離宮多日，很是掛念弘曆，臣妾想先去看看他。」

「也好。」這一次胤禛沒有反對，頷首道：「弘曆若是看到妳回來，可是不知要怎生歡喜了。」說到此處，他喚過四喜吩咐：「去抬肩輿來，送熹妃回承乾宮。」

「謝皇上。」在登上肩輿時，凌若關切地對目送她離去的胤禛道：「皇上一路辛苦，早些安歇，臣妾明日再來給皇上請安。」

胤禛含笑點頭，待得引在肩輿前後的宮燈沒入黑暗中後，方才回身進了養心殿。這一路奔波，他確實有些累了，不過所幸，他想要的人，終於回到身邊，總算沒白跑這一趟。

承乾宮靜靜地佇立在黑暗中，這座東西十二宮中尤為華美的宮殿自從凌若離開後，就沉寂了下來。

負責守夜的楊海被一陣急促的敲門聲驚醒，趕緊爬起來提了風燈，小步跑去開門，心中頗為忐忑不安。自從主子離開後，承乾宮已經很少有人來了，更甭說深更半夜，這樣驚急的敲門聲往往伴著不好的事。

楊海用力打開宮門，正要詢問是何事時，忽地看到站在最前面的那個人，他整個人如遭雷擊，連手中風燈掉到地上都不知道，只是怔怔地看著。

凌若彎腰撿起風燈遞給楊海，輕笑道：「怎麼，本宮離開不過半年而已，你就不認識本宮了嗎？」

聽到這話，楊海驀然驚醒。主子回來了，是真的回來了！想到這裡，他心中激盪不已，在接過風燈後，雙膝跪地大聲道：「奴才楊海叩見主子，主子千歲千歲千千歲！」

「起來吧。」凌若含笑地望著他，抬腳踏入空置了數月的承乾宮。望著與記憶中一般無二的宮殿，她既是熟悉又是感慨。回來了，在數次險死還生之後，她終是回到這裡。

楊海跟在凌若身後，興奮地道：「主子回宮，奴才這就去把南秋、水秀她們叫起來，給主子請安磕頭。」

凌若擺擺手道：「不必了，且讓她們睡著吧，明日再請安不遲。本宮現在想去看弘曆，你在這裡好生守著。」

在楊海恭謹的應聲中，凌若轉身去了弘曆所在的寢殿。

第五百三十五章 守護

凌若忍著心中激盪走到床榻邊，睇視著床上的那個少年。弘曆，她的兒子，她唯一的兒子啊！

手指帶著顫抖地握住弘曆露在錦衾外的手，感到有些發涼，但是能夠再握住弘曆的手，於她而言，已是一種無與倫比的幸福。曾以為，自己這一輩子都不會再有這個機會。

「額娘……額娘……」睡夢中的弘曆突然輕喚著，額頭冒出細密的汗珠，似乎夢到什麼可怕的事情。

凌若連忙撫著弘曆的臉頰，輕聲安慰：「額娘在這裡，弘曆不要怕，額娘在。」她的聲音並沒有傳遞到弘曆耳中，他臉上的痛苦之色越來越濃重，忽地，雙眼驟然睜開，整個人從床上坐起來，同時嘴裡大叫：「額娘！」

「弘曆，你怎麼了？」凌若緊張地看著他。「不要怕，額娘在這裡，額娘就在你身邊。」

弘曆作了一個很可怕的夢，夢見額娘在寺中祈福，再也不回來，任憑他怎麼大聲地叫，額娘都越走越遠。

隱約間，弘曆聽到一個熟悉到讓他戰慄的聲音，震驚代替了眼中的驚恐。轉頭，他竟然看到了朝思暮想的額娘，就坐在床邊關切地看著自己。

弘曆在激動之餘又有些害怕，唯恐又是幻覺。他低頭，看到自己被握住的手，那樣溫暖，那樣真實，難道……真的是額娘回來了嗎？

在這樣的欣喜與害怕中，他伸出另一隻手，小心翼翼地去碰觸近在咫尺的那張臉。在碰到的那一刻，弘曆緊張地屏住呼吸。指尖觸感是柔軟的，額娘沒有像以前一樣消失，她回來了，額娘真的回來了！

下一刻，弘曆撲到凌若懷中，一遍遍地大聲叫著額娘，彷彿要將這半年間錯下的都補回來。叫到最後，他聲音已是帶上了哽咽，還略顯稚嫩的雙肩更是無法克制地不住抽動。

在抱住弘曆的那一刻，凌若忍不住落下淚來。「對不起，額娘去了這麼久才回來，對不起！」

看到弘曆這個樣子，凌若既心酸又慶幸自己最終選擇回來，否則她一輩子都不會原諒自己。

許久，弘曆方雙眼通紅地從凌若懷中抬起頭，在他埋首過的地方，已是溼漉一片。「額娘您什麼時候回來的？」

「剛剛回來。」凌若撫著弘曆略有些毛燥的頭髮，眼中滿是慈愛。

「額娘祈福回來，那以後額娘是不是再也不走了？」弘曆緊緊抓著凌若的衣裳，唯恐一轉眼又不見了。

「是。」凌若將弘曆攬到懷中，拍著他有些緊繃的身子，溫聲道：「是，額娘以後再也不會離開弘曆，額娘會永遠陪在弘曆身邊。」

弘曆用力點頭，不管他再怎麼堅強，始終只是一個十一歲的孩子。雖然胤禛說凌若是出宮祈福，但宮中的風言風語從沒有斷過，這幾個月充斥在他耳邊最多的就是冷嘲熱諷；尤其是福沛，上次吃了一回虧後記恨在心，儘管因為有胤禛在，不敢過於放肆，但私底下的小動作卻是一直不斷。

倚在凌若身邊一會兒，弘曆忍不住打了個哈欠。他今夜本就睡得晚，睡下後又作惡夢，幾乎等於沒睡，這會兒可是有些睏了，又擔心好不容易再見到的額娘會像上次一樣突然又消失不見，是以強忍著睡意。

凌若撫著他的臉，柔聲道：「睡吧，額娘就在這裡陪著你。」見弘曆搖頭，她故作不喜地道：「你若是不聽話，額娘可就生氣了。」

「弘曆聽話。」聽到這話，弘曆立時乖乖地躺回床上，不過那雙眼始終不肯閉上，直至凌若替他掖好被角，催促了幾句，方才有些不安地閉上眼。即便是如此，他的手依然從被下伸出，緊緊握住凌若的衣角。只有這樣，才可以令他確信額娘就在身邊。

弘曆的這個舉動，令凌若心酸無比。之前的自己太過自私了，因為害怕、懦弱就不願回宮，甚至自以為是地認為自己不回宮對弘曆才是最好。

其實這根本就是自欺欺人，她不在宮中，那些人不見得就會放過弘曆，而且對弘曆來說，沒有什麼比額娘在身邊更重要的了。

幸好，她回來了，以後沒有任何事、任何人可以讓她再離開弘曆，她會一直守護著他，用生命守護著她骨血的延續，直至雙眼閉上的那一刻。

對著漸漸入睡的弘曆，凌若發下了從此信守一生的誓言。

翌日一早，承乾宮眾人看到凌若歸來皆是又驚又喜，尤其是一直跟在凌若身邊的水秀等人，激動地又哭又笑。

待得一一見過之後，凌若坐在銅鏡前，看著水秀替自己解開長髮，青絲如水般傾瀉而下，有一種令人驚豔的美感。

三千青絲在水秀手中盤結彎曲，最終歸攏成髻；又有九曲紫玉明珠步搖墜於髮髻上，垂下累累珠串於頰邊，顧盼之間有珠輝流轉，灼灼其華，似明月之流光，朝陽之錦霞；另有幾朵點翠珠花綴在兩邊，燕尾上則簪了一個銀蝶吊穗。

水月捧著一身銀紅綴珍珠繡海棠的旗裝過來，一邊服侍凌若穿上一邊道：「主子，您既是昨夜回來的，怎的也不讓楊海叫醒奴婢們？」

感受著指尖穿過錦衣的那種順滑感，凌若微微閉上眼。「叫醒做什麼，左右今日也是見。對了，本……宮，不在宮中的這些日子，承乾宮上下還好嗎？」

許久不用這樣的自稱，陡然喚起來，還真有些不習慣。她眉心有微微酥癢，卻是水秀正用一把細巧的銀夾子夾了魚骨花鈿貼在她眉心。

「尚好，主子不在宮中，那些主子娘娘也懶得來這裡找咱們這些奴才的霉氣，除了去內務府領分例時會受點氣之外，倒是沒什麼。就是四阿哥這些時日受了三阿哥不少氣。」水月將這些日子關於弘曆的事細細敘了一遍，包括弘曆與福沛打架一事。

第五百三十六章　憂心

聽得年氏在胤禛面前顛倒黑白，害得胤禛罰弘曆跪在烈日下，最終昏過去的時候，凌若驟然睜開眼，厲色在那雙細細描繪過的鳳眼中盤旋，不小心接觸到她目光的水月只覺渾身為之一涼。

凌若低頭撫過袖間的繡花，一面順滑、一面刺手，截然不同，就像是宮中女子一般，皆是人前一面、人後一面。

之前發生過的事她無能為力，不過之後，她會盡己所能，保護好弘曆，不讓他再受半點委屈。

側目相看，銅鏡中的女子髮髻高聳、珠環翠繞，雖不言，卻自有一股雍容高貴在眉目間流轉，之前素顏清雅的模樣早已不見。而這，才是她鈕祜祿凌若真正的模樣。

扶了水秀的手，她道：「走吧，先去慈寧宮給太后請安。」

今日是她回宮的第一日，按規矩該先去給太后請安。就在她準備出門的時候，有兩個人正急急趕往承乾宮。花盆底鞋在青石鋪就的宮道中踩出急促聲響，將跟隨而來的那些宮人遠遠落在身後，這兩人正是溫如言與瓜爾佳氏。她們皆是一早得到消息，說凌若已回宮，驚喜之餘便迫不及待地趕過來。

在這樣的疾步中，溫如言的左腳不小心拐了一下，虧得瓜爾佳氏扶住才沒有跌倒；而溫如言甚至沒有彎腰去揉一下刺痛的左腳，就催著瓜爾佳氏趕緊扶自己過去。

「姊姊，都已經知道若兒回宮了，妳就走慢些，左右她又不會消失。」瓜爾佳氏有些無奈地勸道。

「不親眼看到若兒，我這顆心就難以真正放下。行了，咱們快過去。」

在溫如言的催促下，瓜爾佳氏只得搖搖頭，扶著她往視線範圍中的承乾宮走去，在她看似淡然的神色下同樣湧動著喜悅與激動。

「姊姊？」凌若正準備登上肩輿時，意外看到走得氣喘的溫如言與瓜爾佳氏出現在宮門口，在片刻的驚詫後，湧上了濃濃的歡喜，忍著盈於眼中的酸澀，笑迎上去道：「二位姊姊來得好早！」

溫如言顧不上說話，拉著凌若的手上上下下好一陣子打量，許久方長出了一口氣道：「這半年我日日盼著，終於盼到妳回來的這一日，好，很好！」

瓜爾佳氏在旁邊笑道：「妳不知道，姊姊一知道妳回來，就急得跟什麼似的，被她拉著連走帶跑。我這一輩子都沒走得這麼快過，讓沿途的宮人瞧見了，傳揚開去，怕是又該說我們失儀了。」

宮嬪是天下女子的典範，一言一行皆講究合乎儀態，像剛才那樣的疾行，傳到皇后耳中，免不了又是一頓申斥。話雖如此，瓜爾佳氏眼中卻是掩飾不住的歡喜，只是比溫如言更加內斂一些。身在宮中，旁人羨慕的錦衣玉食在這裡觸手可及，反倒是尋常的情意在這裡難能可貴，正因如此，她們彼此之間才格外珍惜這份用十餘年光陰沉澱累積下來的情分。

「他們願說就讓他們說去，左右坤寧宮那位沒事也能給妳整出些事。」溫如言嗤笑一聲。她們幾人與皇后之間的矛盾早已尖銳到無法調節的地步，不鬥到妳死我活是絕對不會停下的。

「對不起，讓二位姊姊擔心了。」凌若頗為內疚，自己這一離宮，不知讓多少關心自己的人擔心難過。

「妳我姊妹之間，何須說對不起三字。」瓜爾佳氏抬著凌若的手，感慨道：「能看到妳平安回來，對我與溫姊姊來說比什麼都重要。」

「我知道。」凌若赧然一笑，心中盈滿了重重暖意。

「對了，妳可是要去慈寧宮給太后請安？」溫如言望著一旁的肩輿，轉了話題。其實她心中還有很多話想問凌若，尤其是凌若在宮外所發生的事，但她也很清楚，若無事，凌若斷不可能拖了半年才回來，且還要胤禛親自去接回，只是眼下並不適宜問這些。

凌若點頭道：「是啊，我原想著等去慈寧宮請過安後，再去尋二位姊姊說話敘舊，不曾想妳們倒是先過來了。」

瓜爾佳氏猶豫了一下道：「若兒，我聽宮人說，妳昨兒個夜裡回來的時候，是隨皇上從大清門入的對嗎？」

「正是。」面對瓜爾佳氏兩人，凌若自沒什麼好隱瞞的，何況這件事想來已經傳遍後宮，她就是想瞞也瞞不住。

大清門……瓜爾佳氏與溫如言皆有片刻的失神。她們不會不曉得大清門對一個后妃意味著什麼，那一步是連當今皇后都沒有跨過的啊！那一步的殊榮，意味著凌若在胤禛心中的地位猶如妻子一般。

宮中，不知要有多少人為之抓狂嫉妒。帝王的寵愛素來是一把雙刃劍，可以令人在宮中的地位扶搖直上，也可以令人樹敵無數。

這樣的矚目，對於剛回宮的凌若來說，並不是一樁好事。

看到瓜爾佳氏與溫如言憂心忡忡的樣子，凌若焉有不明白之理，低頭撫過帕間栩栩如生的繡花。「聖意眷眷，我實難推卻，這才不得已而為之。」

「皇上看重妳是好的，怕只怕有人會藉機生事。」瓜爾佳氏沉沉說道，眉眼間有揮之不去的憂心。「最近坤寧宮那位可是常去慈寧宮請安呢。」

大清門是胤禛讓凌若入的，別人縱然再不滿，面上也不敢說什麼；但是烏雅氏不同，烏雅氏是胤禛的生母，論身分之尊貴，宮中哪個人也及不上，她若要訓斥凌若，怕是連胤禛也不好說什麼。

「猜到了，只是事已至此，唯有走一步算一步。何況就算不在此處刁難，咱們的皇后娘娘也會在別的地方刁難，我這次回宮，最刺心的莫過於她了。」

「說得也是。」瓜爾佳氏與溫如言看了一眼，道：「罷了，我與溫姊姊陪妳一道去，到時候說起來，咱們也能幫襯幾句，不至於讓妳一人應付。」

凌若心下感動，口中卻道：「我一人去便行了，沒得牽連了二位姊姊。」

第五百三十七章　訓斥

溫如言佯裝不悅地道：「我們三人多年姊妹，哪有說牽連不牽連的，何況就算今日不去，往後也少不了會生事。好了，莫要說了，趕緊去吧，省得去晚了又要再加一條罪。」

凌若赧然一笑，終是未再堅持。因著她們兩人都未乘肩輿之故，乾脆就一道步行至慈寧宮。

到了那邊，果見那拉氏已經在裡頭，年氏也在，正陪著烏雅氏一道說話。原本和顏悅色的烏雅氏看到凌若進來，神色頓時為之一沉，那絲難得的笑容更是消失得無影無蹤。

「兒臣給皇額娘請安，皇額娘吉祥。」凌若三人同時行禮。宮中凡嬪以上的正經主子皆可稱太后一聲皇額娘，至於親疏遠近，那又是另一回事了。

烏雅氏望著站在最中間的凌若，也不叫起，只是撫著光滑整齊的鬢髮，一字一句道：「熹妃回來了，好，很好！」

同樣的一個「好」字，從溫如言與烏雅氏口中說出來，卻完全是兩個意思。

凌若心中一沉，微微握緊了手中的絹子，太后對她的不滿似乎比預期的還要盛幾分。

年氏在一旁翹了弧度優美的脣角道：「皇額娘，熹妃可是好得不得了呢，不只讓皇上親自去接她回來，還從大清門而入，這等殊榮，可是連皇后娘娘都不曾享過呢。」說到最後那句，帶著些許幸災樂禍的眸光從那拉氏臉上掃過。

鈕祜祿氏的這一步，可算是狠狠摑了這位皇后娘娘一巴掌。

那拉氏眼皮微微一跳，神色卻依舊沉靜如水，唯有她自己曉得，隱在袖尖的十指正因為憤恨而不住顫抖。

「鈕祜祿氏，妳可知罪！」烏雅氏驟然發難，聲音冷冽如數九寒風，颳過凌若的耳畔。

凌若慌忙屈膝跪下道：「兒臣知罪，求皇額娘饒恕。」

烏雅氏怒哼一聲，道：「大清門那是什麼地方，紫禁城正門，歷來除卻皇后大婚、狀元及第之外，就只有皇帝可進出，妳身為妃子，明知這是犯了大忌，卻還從大清門回宮，鈕祜祿氏，妳眼中還有哀家，還有皇后嗎？」

「兒臣罪該萬死！」凌若連忙伏地請罪。「但是兒臣絕不敢對皇額娘與皇后娘娘有絲毫不敬。」

溫如言看到這一幕，連忙跟著跪下。「皇額娘……」

她剛要替凌若求情，烏雅氏森冷的目光就橫了過來，毫不客氣地道：「哀家知道妳與熹妃要好，但這慈寧宮沒有妳插嘴的分！」

被烏雅氏一句打回來，溫如言不敢再出聲，只能在一旁暗自著急。瓜爾佳氏低了低頭，終是沒有說話。

其實這大清門是胤禛下旨讓凌若入的，雖說與宮規不符，卻也不能將錯全怪到凌若頭上；眼下這個情況，太后分明是受了皇后與年貴妃的唆使，有意斥責。除非皇上出面，否則誰也求不了這個情。

烏雅氏盯了凌若半晌，緩緩道：「哀家問妳，靜太妃是不是妳逼死的？」

一時間，慈寧宮變得靜默至極，彷彿連呼吸聲都消失不見。在這樣令人膽顫的寂靜中，凌若磕了個頭，強自鎮定道：「兒臣與靜太妃自幼交好，在雍王府時又多蒙靜太妃照料，怎會忘恩負義地去逼死靜太妃，如此做對兒臣又有何好處，還請皇額娘明鑑！」

年氏輕哼一聲，出言道：「妳休要砌詞狡辯，靜太妃那封書信，本宮是親眼看到的，妳與徐太醫苟且，怕被揭發，所以合謀逼死靜太妃。」

凌若直起身，定定地望著年氏道：「敢問貴妃，這封信現在何處？」她記得當日，年氏將信交給胤禛，所以斷定年氏此刻根本拿不出來。

果然，年氏面色微微一變。「本宮早已將這封信交給皇上，當日妳就在場，何必再明知故問。」

「是，那封信臣妾也看過，臣妾與靜太妃相識多年，對她的筆跡也有幾分認識，當日那封信……」她脣角揚起，一字一句道：「並非靜太妃筆跡。」

「妳胡說！」年氏一聽這話，霍然起身，精心修飾過的指尖用力指了凌若，恨恨道：「那信明明是伺候靜太妃的人交給本宮的，豈會有假。還有，妳若沒與徐太醫苟且，何以一聽得他有危險，就出宮相救？」

「兒臣所言句句屬實，並無任何虛假，靜太妃驟然離世，兒臣心中也萬分難過。」凌若低泣著對沉默不語的烏雅氏道：「至於徐太醫，兒臣與他相識不假，卻是清清白白，絕對沒有苟且二字。兒臣當年能平安生下弘曆，也多虧得徐太醫，他有難時，兒臣又怎能袖手旁觀。」

「妳！」年氏聽得她一直避重就輕，絕口不承認當日的事，心中氣惱不已，又不敢在烏雅氏面前發火，只得轉而道：「皇額娘，您聽聽看，熹妃當著您面前還一直滿口胡言，可見她一點兒都沒將皇額娘放在眼裡！」

一直端坐於椅中的那拉氏終於開口了：「熹妃，妳說妳不曾逼迫靜太妃自盡，那她何以會突然拋下二十三阿哥自盡，且還是在妳去見過她之後，若要說巧合，那未免也太巧了些，實在是令人難以信服。皇額娘以為呢？」

烏雅氏徐徐點頭，看著凌若肅然道：「靜太妃的事姑且不說，只妳私入大清門一事，便是壞了祖宗家法的大錯。去，到外頭跪著，沒哀家的許可不許起來。」

「是。」烏雅氏發話，凌若不敢再爭辯，正待去外頭跪著，身後忽地傳來太監尖細的聲音。

「皇上駕到！」

那拉氏與年氏連忙起身，朝大步走進來的胤禛行禮。胤禛隨意擺手，走到烏雅氏身前，躬身垂目道：「兒臣給皇額娘請安，皇額娘萬福！」

「免禮。」烏雅氏神色冷淡地說了一句。自上次爭執過後，她與胤禛之間的關係越加惡化，所謂母子之間的親情，疏遠得幾乎可以不計。

胤禛直起身後，目光掃過尚跪在地上的凌若，輕聲道：「兒臣適才進來時，聽到皇額娘說要罰熹妃去外頭跪著，不知熹妃說錯了什麼，惹皇額娘生氣？」

「她沒說錯，卻做錯了。」烏雅氏冷冷說道：「熹妃身為妃子，卻從大清門入，壞了祖宗家法，理當受罰。皇上莫不是覺得哀家無權處置熹妃吧？」

胤禛連忙欠身道：「兒臣不敢。只是昨夜大清門一事，是兒臣讓熹妃入的，熹妃曾數度推辭，是兒臣堅持如此，所以此事錯在兒臣，與熹妃無關。」

第五百三十八章　維護

看到胤禛如此維護凌若，年氏與那拉氏心中都不甚痛快，只是再不痛快都不敢當著胤禛的面表露出來，唯有沉默以對。

烏雅氏看了他半晌，沉聲道：「你是皇帝，哀家本不該說你，但此事，實在太過荒唐，不管你再如何寵愛熹妃，都不該忘了祖宗家法。」

「是，兒臣知錯，請皇額娘責罰。」胤禛態度恭謹地應著。

見胤禛一力攬責於身，烏雅氏也不好再說什麼。她雖為太后，身分無比尊貴，但論及一個「權」字，是萬萬不如胤禛的，真要是對峙起來，絕對討不得什麼好，何況還有一個十四阿哥胤禎在。

胤禎已於四月時還京，始一還京便被卸了兵權職務，軟禁在十四貝勒府中。不同於其他兄弟避諱時僅改胤為允，胤禎兩個字皆給改了，由皇帝賜名為允禵。

烏雅氏最在意的莫過於這個小兒子，如今允禵生死皆掌握於胤禛手中，她也怕自己真把胤禛逼急了，會危及允禵性命。所以從上次對峙後，她雖態度冷淡，不假辭色，卻是未再與胤禛起什麼大衝突。

「皇上既然知道自己錯了，那此事哀家也不再追究，只是以後當謹記此次教訓，以後萬不可再犯。」說完這句，烏雅氏眸光一轉，落在凌若身上，漠然道：「熹妃，此次雖說是皇上的意思，但妳身為妃子沒有規勸皇上，終歸有錯，哀家罰妳回宮謄抄宮規一遍，三日之內呈給哀家過目，妳可有意見？」

凌若清楚，這個結果已經是烏雅氏看在胤禛的面上格外開恩，哪還有什麼意見，連忙磕頭道：「兒臣謝皇額娘開恩。」

「謝皇額娘開恩。」胤禛同樣說道。雖說宮規繁長，抄起來頗為累人，但總好過之前無休止的罰跪。停了一會兒，他又道：「還有一事，兒臣要向皇額娘稟明。」

「什麼事？」烏雅氏撫著額頭。說了這麼久的話，她精神已經有些不濟。

「是關於靜太妃的。」在說這話時，胤禛目光瞥過年氏，令後者有種莫名的不安，不敢與之對視。

胤禛目光一掃而過，並未在年氏身上停留過多，繼續對烏雅氏道：「當日年貴妃確實呈給朕一封信，不過朕仔細辨認過後，與靜太妃以前留下的筆跡略微有所不同，應是有人刻意仿造而成。」

聽到此處，年氏面色大變，眉目間有難掩的駭意。「皇上，臣妾冤枉！那信確實是小春子交給臣妾的，臣妾可以對天發誓，絕沒有在其中做任何手腳。」

「朕沒有說妳。」胤禛睨了她一眼道：「朕已經查清楚，是小春子這個狗奴才仿造靜太妃筆跡，蓄意陷害熹妃，朕來之前已經命人將其杖斃。」

「竟有這等事？」烏雅氏疑惑地看著胤禛。靜太妃那封信她並不曾看到，否則倒能辨認一二。

胤禛微一欠身，平靜道：「是，兒臣已經查明，確是如此。熹妃並沒有迫害靜太妃，是靜太妃因思念皇阿瑪過度，哀慟難平，才會自盡殉葬。至於說熹妃去看過靜太妃之後，靜太妃就自盡，那不過是巧合罷了，不曾想會被小春子那個狗奴才拿來陷害熹妃，連貴妃也受他利用。」

那拉氏眸子微揚，帶著些許疑問：「恕臣妾直言，小春子不過是一個奴才罷了，與熹妃無怨無恨，為何要設這麼大的一個圈套去陷害熹妃？這對他而言，並沒什麼好處。」

「想是因為熹妃以前訓過他幾句，懷恨在心。這事朕也是這次去接熹妃才知道的，否則仍然被蒙在鼓裡。」胤禛輕描淡寫地回了一句。

那拉氏身子微微一顫，垂目看著自己裙裳間以暗綠色摻銀絲繡成的牡丹紋，不再言語。

烏雅氏深深看了胤禛一眼道：「既是這樣，那此事倒真是冤枉熹妃了。往後，靜太妃的事，宮裡哪個也不許再提。」不等胤禛說話，她又道：「哀家乏了，你們都退下吧。」

「是，皇額娘好生歇著，兒臣改日再來給皇額娘請安。」

隨著胤禛的話，那拉氏等人也紛紛告退。

到了慈寧宮外，胤禛很自然地握住凌若的手，微笑道：「朕陪妳一道回承乾宮吧。」

之前在烏雅氏面前，胤禛一味幫著凌若說話，已是令年氏心中不快，如今看到這一幕，更是酸意直冒，忍不住道：「皇上待熹妃妹妹這般好，可真是令臣妾羨慕。」

原本已經走出幾步的胤禛聽到這句話，駐足回頭，帶著幾許笑意道：「若貴妃也出宮為大清祈福半年的話，朕同樣會待妳如此好。」

年氏漲紅了臉不敢接話，胤禛也不理會她，轉而對溫如言與瓜爾佳氏道：「如言、雲悅，妳們也一道來吧。」

「是。」兩人欠身謝恩，跟隨著胤禛一道離去。

直到一行人走得不見蹤影後，年氏方恨恨地一跺腳，往翊坤宮行去。

在她身後，是面色看似平靜如常的那拉氏，許久，她轉身離開；若仔細看，會發現，她每一步都比平常邁得更大一些。

這樣的平靜，一直維持到她踏進坤寧宮。

宮院中有一個小太監等在那裡，正是小寧子，手裡還提著一只鳥籠子。看到那拉氏進來，他忙迎上去打了個千，一臉諂媚地道：「奴才給主子請安，主子吉祥！」

他話音剛落，籠中的鸚鵡就拍翅跟著叫：「主子吉祥。」

「哪裡來的鸚鵡？」那拉氏蹙眉問道。上次那隻鸚鵡已經被她呈送給太后，怎的宮裡又來一隻？

小寧子討好地道：「上次那隻鸚鵡送去了慈寧宮，奴才怕主子悶時無聊，恰好內務府那邊還有幾隻鸚鵡在，所以奴才去討要了一隻來。這隻鸚鵡比上次那隻還要聰明，奴才只教了牠一天，牠就會叫主子吉祥了。」

第五百三十九章　奴才

待得他說完，那拉氏方才含了一縷笑意道：「你倒是很會揣摩本宮的心思。」小寧子剛因這句話而高興，就聽得那拉氏聲音驟然一冷：「不過本宮什麼時候允許你這個狗奴才揣測本宮心思了？」

小寧子聽著不妙，趕緊跪伏在地，連大氣也不敢喘一聲；偏那鸚鵡不知趣，還在那裡使勁叫著「主子吉祥、主子吉祥」。鸚鵡嗓子本來就尖，此刻在憋了一肚子氣無處發洩的那拉氏聽來更是刺耳不已，耐性更達到極點。

她寒著臉對三福道：「去，把這隻聒譟的扁毛畜生給本宮埋了！還有這個奴才，也拖下去杖責三十！」

小寧子被嚇得魂飛魄散，連連求饒，三十杖足以要去他半條命了。「福總管，饒命啊，求您幫奴才跟主子求求情，饒了奴才這回吧！」小寧子扯著三福的衣角求饒。

三福彎下腰拍著小寧子慘白如紙的臉，道：「小子，主子的心思不是那麼好揣摩的，下次在討好主子之前，先想想怎麼樣才能既討了好又不讓主子反感，不過依我看，你怕是再也沒機會了。」

扔下話，三福不再與他糾纏，直接叫人將他拖下去受刑，至於那隻鸚鵡也被埋到了後院樹下。

待做完這一切後，三福方才進到正殿，對正在喝茶的那拉氏道：「主子，已經處置妥當了。」

「嗯。」那拉氏淡淡地應了一聲，將白瓷描金的茶盞往桌上一放，過大的力道令茶盞在碰到桌面時濺出些許茶水。

翡翠小心地覷了那拉氏一眼道：「主子，靜太妃當真不是熹妃逼死的嗎？」

「妳相信世間有這麼多巧合嗎？」那拉氏面色陰沉地道：「皇上今兒個擺明了來替熹妃解圍的。哼，也不知道熹妃給皇上下了什麼迷藥，離開半年還讓皇上如此念念不忘，親自去接，許她從大清門入不說，還這般維護她。」

「照主子這麼說，皇上是存心包庇熹妃？」翡翠眼中透著一絲驚意。害人性命不論是在宮裡還是宮外都屬於大罪，何況害的還是先帝遺妃，可是皇上明知熹妃犯錯，卻還存心包庇。

那拉氏緩緩點頭道：「不錯，這一點太后心裡怕也是清楚的，但皇上都這麼說了，太后也不好太過駁皇上的面子，所以就來一招順水推舟，將此事輕飄飄地揭了過去。」

「這麼一來，以後想再對付熹妃，豈非很難？」三福小聲問道。

那拉氏冷笑一聲，道：「慢慢等著吧，十幾二十年都等了，也不在乎再多等幾年。總有一日，本宮要將她踩在腳底下慢慢折磨！」頓一頓又道：「行了，你們先下去，本宮要一個人靜一靜。」

「是。」翡翠與三福施了一禮後躬身退下。

到了外面，三福正要離開，翡翠叫住他道：「你臉上的傷怎麼樣了？」

「沒事，就是一點兒皮肉傷罷了，又不是沒挨過打，過幾天就沒事了。」三福想笑，不想扯動了臉上的傷，痛得他吸了一口涼氣。

翡翠搖搖頭，自懷中取出一個琺瑯圓罐。「這是我昨夜裡去太醫院要的，聽太醫說，對這種瘀傷最是有效不過。」

三福愣了一下，旋即浮起一絲感激之色。他與翡翠相識二十幾年，倒也沒客氣，接過道：「多謝了。」

翡翠猶豫了一下又道：「你啊，往後在主子面前說話一定要小心再小心，言多必失，主子的性子越發難捉摸了。你已經挨過一刀，若再挨一刀可就太過不值了。」之前挨一刀不過是變成太監，若是再挨一刀，那就成死人了。三福本就是為了保命才不得已入宮，若是最後丟了性命，豈非冤枉。

三福明白她話中的意思，笑一笑道：「我知道，沒見我今日都沒怎麼說話嗎？」

他捏緊了冰涼的圓罐，關切地道：「別光顧著說我，妳也一樣，自個兒小心，在主子面前別出什麼岔子。能從王府一直跟著主子到現在的，可就剩下妳我兩人了。」說到最後，言語間透出落寞之意。

「總之各自小心吧，我先走了。」

翡翠轉身離去，在她身後是三福感激的目光。

他已經很久沒有感受到他人的關心了，尤其是在爾虞我詐的宮中。

第五百四十章　抉擇

胤禛在陪著幾人一道用過早膳後就有事先走了，留下凌若與溫如言她們說話。

水秀與安兒奉了香茗上來，那是從福建武夷山的天心岩九龍集石壁上所種的大紅袍茶樹上採摘下來的，甘醇濃郁，回味悠長。天心岩九龍集石壁上僅僅種了六棵大紅袍茶樹，是以這些茶葉即便在宮中也是屬於不可多得的珍品，除卻皇帝、太后、皇后之外，只有少數幾位得寵的嬪妃有。

溫如言與瓜爾佳氏接過茶後，輕嗅了一下，連讚好茶，卻是不見喝，反而一直望著凌若發笑。凌若被笑得頗為莫名其妙，禁不住問：「二位姊姊笑什麼，莫不是妹妹臉上有什麼東西吧？」

兩人相視一笑，溫如言莞爾道：「自然沒有，我們只是替妹妹高興，這一次回來，皇上待妹妹似乎特別好。就說今兒個，皇上分明是有意替妹妹解圍，不只將大清門的事往身上攬，還將靜太妃的事解決了。」

瓜爾佳氏亦笑道：「可不是嗎？沒看到年貴妃那張臉，都快發紫了。即便是皇后，別瞧她表面鎮定，心裡指不定怎麼抓狂了。能讓咱們那位皇后娘娘抓狂的事，可是很久都沒有了，今日真是痛快！」

凌若抿了口茶，笑道：「我也沒想到皇上會這樣解決靜太妃的事，倒是讓我去了一塊心病。」

瓜爾佳氏促狹地笑道：「是啊，皇上待妹妹這樣的好，莫說年貴妃嫉妒，就是我們兩個瞧著也眼紅。」

凌若被她說得臉上一紅，嗔道：「姊姊多大的人了，還這樣沒正經，我才剛回來就取笑，再這樣可是不與妳說了。」

「姊姊妳瞧，咱們的熹妃娘娘惱羞成怒了呢！」瓜爾佳氏笑得更歡了，直將凌若笑得面紅耳赤才停下，不過依然時不時有一絲笑聲從脣間漏出來。

「行了行了。」溫如言笑著對瓜爾佳氏道：「若兒臉皮向來薄，妳再這樣取笑她，可是真要拿了掃帚把我們趕出門去了。」

凌若有些哭笑不得。「姊姊，怎麼連妳也與雲姊姊一道起鬨。」

溫如言搖搖頭，含了一縷溫軟的笑意道：「我們哪是起鬨啊，是真心高興。若兒，妳不知道，自妳離宮之後，我與雲兒就再沒有這樣高興過。」

凌若聞言垂了眉，有些歉疚地道：「對不起，是妹妹任性，令二位姊姊在宮中擔驚受怕。」

「算了，一切都過去了，如今我們看到皇上待妳這般好，甚至刻意替妳推脫靜太妃的事，皆是高興得很，一切總算是雨過天晴了。」說到這裡，溫如言頗為感嘆。

瓜爾佳氏抿了一口茶，道：「若兒，當日究竟發生了什麼事，這半年妳又在何處，快說來與我們聽聽。」她們在宮中雖然聽說了很多風言風語，但真假莫辨，如今凌若回來了，自然要聽她親口說。

「是啊，還有徐太醫是怎麼一回事，從通州回來後整個人都失憶了。」說到容遠，溫如言頗為可惜。在宮中能夠有一位可以託付信任又醫術高絕的太醫委實太難，眼下徐太醫不在了，偶爾有個病痛召其他太醫來看時，總是擔了幾分心，唯恐其動手腳。

凌若將殿中不相干的人揮退後，方才將當日的事以及在宮外發生的一切都細細說來。

隨著凌若的講述，瓜爾佳氏與溫如言的神色皆是漸趨凝重陰沉，待得聽完之後，溫如言忍不住怒道：「她們好惡毒的心思，利用徐太醫挑起皇上疑心，迫妳出宮不說，還在宮外對妳百般追殺，實在可恨至極！妳可知究竟是何人施下如此毒計？」

不等凌若說話，瓜爾佳氏已道：「宮中能有這等魄力與能力的，只有皇后與年貴妃。不過，我倒不認為會是年貴妃做的，她雖然也有手段，但論心思之縝密，還是遠不及坤寧宮那位。」

骨。

「不錯，我也這樣認為，只可惜現在並沒有證據，不過此事皇上已在追查，應會有水落石出之時。」凌若眸中冷意閃爍，對於連番要自己命的人，她也是恨之入骨。

「皇后也好，年貴妃也罷，兩人皆不是省油的燈，只盼這一次老天有眼，不要再讓她們逃過應得的懲罰。」說到這裡，溫如言又心疼地道：「這一次若兒妳能平安回來，實在算是幸運至極了。」

誠如溫如言所言，若不是容遠拚死保護、石生好心相救，以及後面李衛及時找到並從黑衣人手中救下凌若，如今的凌若已化為白骨一堆。

「俗話說，大難不死必有後福，妹妹往後一定否極泰來，順順當當。」瓜爾佳氏在旁邊說道。

凌若低頭撥著浮在茶湯上的沫子，馥郁如蘭的香氣繚繞在大殿中。「身在宮中哪會有順當二字，不過……既然她們這一次沒能收去我的命，那麼以後都不會再有機會了。」

「那……伊蘭妳準備怎麼處置？」瓜爾佳氏抬眼道：「我聽說伊蘭本已離開京城，後來不知怎的又回來了，如今與凌大人他們一道被關在刑部大牢。」

凌若對於阿瑪他們倒不是太擔心，因為胤禛已疑心有人在暗中搗鬼，保證會徹查清楚，想來阿瑪他們不會有性命之憂，無非就是在事情查清楚之前受幾日牢獄之苦罷了。

不過伊蘭……凌若低頭看著自己捧著茶盞的雙手。宮外不比宮中安逸，且她又時有性命之憂，所以尖長的指尖並沒有塗染丹蔻。

溫如言摩挲著光滑的盞壁道：「妹妹，有一句話我不知道當說不當說。」

凌若隱約猜到溫如言想說的話，勉強一笑道：「姊姊但說無妨。」

「我與妳相交多年，幾乎可以說是看著伊蘭長大的，這丫頭雖與妳一母同胞，卻不似妳這般重情重義，嫉妒心更是極重。在她眼中，看重的從來只有自己，為了自己，任何人都可以拿來出賣，包括妳這個親姊姊。這次若不是她將妳的事告知皇后，也不會讓皇后有機會設局，令妳與皇上險些反目。雖說這次妳平安回來，但若再留著伊蘭，只怕……同樣的事還會發生。」

溫如言所說的話，凌若何嘗不知。她對伊蘭一而再、再而三的容忍，可換來的卻是伊蘭對她的出賣，實在令人心寒。

見凌若不說話，瓜爾佳氏出聲道：「姊姊說得在理，若兒，妳既回到宮中，就不能再心慈手軟，留著伊蘭始終是個禍害，難道真要等到被她害得丟了性命再後悔嗎？」

凌若緩緩起身，望著外頭不知何時陰沉的天空，凝聲道：「二位姊姊說的我都知道，只是……伊蘭始終是我親妹妹，要我姊妹相殘……」

第五百四十一章　冬雨

「妳怕不知該如何向凌大人他們交代是嗎？」瓜爾佳氏走到凌若身後，與她同望著陰沉不見陽光的天空。「該捨棄的時候始終要捨棄，若兒，哪怕妳再不願聽，我也要說，鈕祜祿伊蘭絕對不能留。」

溫如言雖沒有說話，但與瓜爾佳氏是同一個意思。

始終……是逃不過姊妹相殘的結果嗎？凌若抬手撫過垂在頰邊的珠絡，眸光一點一滴沉冷下來，寂冷的聲音在承乾宮正殿徐徐響起：「我知道了。」

這四個字，瓜爾佳氏與溫如言都鬆了一口氣。她們都怕凌若直到今時今日依然心慈手軟，不肯對伊蘭下手，而今卻是可以放心了。

姊妹相殘，固然可悲，但若為了對方根本不在意的那絲姊妹情而毀了自己好不容易得來的一切，那就太過愚蠢。

後宮，本就是一個不見硝煙卻慘烈無比的戰場，這裡不只有姊妹相殘，更有手足相殘、至親反目。只要身在這裡一日，就永遠不可能得到真正的安寧與平靜。唯有鬥下去，才可以活命，才可以保住身邊的人。

這是悲哀也是無奈……

凌若將手放在胸口，那裡正傳來一陣陣抽痛。即便她與伊蘭已經疏遠許久，可回想起以前在家時歡笑無忌的一幕幕，再想到今時今日的生死相向，依然覺得很難過。

瓜爾佳氏低低嘆了一口氣，走過來將她的手拉開。「不要再想了，越想只會越難過，妳只要記住自己沒錯就好。」

凌若閉目深吸了一口氣，點頭道：「我沒事，姊姊不必擔心。」

正說話間，水秀走了進來，欠身道：「主子，喜公公來了，說有事要見主子。」

「請他進來吧。」凌若斂了心思，與瓜爾佳氏她們一道回椅中坐好。

不一會兒，四喜走進來，朝坐在椅中的三人打了個千兒道：「奴才給熹妃娘娘請安，給惠嬪娘娘請安，給謹嬪娘娘請安。」

「起來吧。」凌若抬手道：「公公不在皇上身邊伺候，怎麼跑本宮這裡來了？」

「皇上那邊有蘇培盛伺候著，奴才趁機來娘娘這裡躲個懶，娘娘應不會趕奴才吧？」四喜與凌若本就頗為熟稔，這說話也較為隨興。

「公公說的哪裡話。」凌若輕笑一聲，命水秀上茶。

四喜連忙推辭道：「謝娘娘盛待，奴才待會兒還得去內務府一趟，就不喝了。

奴才此來，是想問問娘娘關於那小乞兒的事。」

「他？」凌若黛眉輕蹙道：「本宮不是已經交代過了嗎？給他一袋銀子，打發他離去就是，還有什麼要說的？」

四喜苦笑道：「娘娘有所不知，那小乞兒……是個女的。」

凌若檀口微張，萬分詫異，好半天才回過神來，神色有些怪異地道：「你說那小乞兒是個女的？」

「是。」四喜無奈地點點頭，他當時的詫異比凌若只多不少。「昨夜奴才準備打發她走的時候，她方才說出自己是女的。」

瓜爾佳氏兩人在一旁聽得莫名其妙，忍不住問：「什麼小乞兒，又什麼女的，妹妹，妳與喜公公打的是什麼啞謎？」

凌若當即將事說了一遍，臨了道：「想不到這一次我竟失了眼，一路都沒看出她是個女兒身。」

「娘娘，那小乞兒說她不要銀子，就想入宮伺候娘娘，您看這事該怎麼辦才好？如今奴才安排她暫時跟李大人一道住在客棧中，等待娘娘示下。」四喜詢問道，他就是記著這事，才瞅空跑來承乾宮。

「她就這麼想入宮？」凌若淡淡地問著，目中的詫異已經消退。

「只怕又是一個看中宮中富貴的人。」溫如言在旁邊湊了一句，神色頗有些不屑。

瓜爾佳氏輕笑著彈一彈指甲，道：「宮中富貴不假，可富貴是那麼好求的嗎？有時候，人還是不要太貪心得好。」

在她們說話的時候，凌若已有了主意。「既然她這麼想入宮，就讓她入吧，本宮也想知道這小乞兒跟了一路，打的究竟是什麼主意。」

若是那小乞兒安分守己、好生做事，念在相識一場的緣分，她自會多加照料，往後也會替對方謀個好出路；但若是妄圖不屬於自己的東西，那就別怪她不客氣了。

「嗻，那奴才這就下去安排。」四喜答應一聲。有正當聖寵的熹妃開口，小乞兒入宮自不會有什麼問題，只要宮中嬤嬤驗過是女身，再跟內務府報備一聲，記錄在冊即可。

「公公慢走。」凌若點點頭，示意水秀送四喜出去。

待四喜離開後，三人絮絮又說了一陣子話。外頭的天開始下起了今冬第一場雨，打在庭院中那兩株櫻花樹上，發出沙沙的聲音。

「我不在的這些日子，宮中可有事發生？」凌若命人關起殿門，以免水氣漫進來。

瓜爾佳氏想了想道：「倒沒什麼事，非要說大一些的，也就是二阿哥要納嫡福晉的事。」

凌若精神一振，好奇地問：「那人選可曾定下？」

溫如言接話道：「皇后給二阿哥挑了三位，分別是隆家、英格家還有阿索里家。」話到此處，她忽地掩嘴笑了起來。「隆家不用說了，阿索里則是禮部侍郎，若兒，妳倒是猜猜那位英格是何許人也？」

「英格……」凌若輕輕敲著扶手，將這個名字來回唸了幾遍，有些不確定地道：「我記得皇后的弟弟彷彿就叫這個名字，以前在王府時曾聽過一次，不過時日久，有些記不清了。」

溫如言頷首道：「不錯，就是皇后的弟弟。這些日子，他可是沒少入宮，我與雲妹妹都曾看到過。」

凌若心思微微一轉，笑道：「如此說來，想必皇后心中已經有了人選，如何，定下來了嗎？」

「那倒沒有，說是請太后定奪，過幾天應該會讓那兩位姑娘入宮覲見。」

凌若一怔，問：「不是三位嗎？」

「阿索里家的姑娘今年十七，與二阿哥同年，聽說太后對此有所微詞，便先剔除了。」

瓜爾佳氏插了話道：「溫姊姊說的不差，不過我還聽到一件事，據說二阿哥對阿索里家的姑娘一見鍾情，央著皇后說要娶她為嫡福晉。」

凌若黛眉一挑道：「皇后會同意嗎？」以她對皇后的了解，英格之女才是弘時嫡福晉的不二人選。

「這就不得而知了，不過妳猜會不會是因為這個，皇后才來請太后定奪呢？」

瓜爾佳氏畢竟也只是聽說，不好隨意下結論。

凌若正要說話，忽地一個念頭自心裡浮現。

那拉氏心思縝密，凡事皆留有後步，要直接對付她實在是一件極難的事，既然如此，那麼……是否可以換一種方式？

第五百四十二章　豁賤為良

秋冬的雨，清冷無比，澆在身上有一種透心的涼。在送瓜爾佳氏與溫如言離開後，凌若又陪著弘曆練了一會兒字。

晚間時分，四喜領著小乞兒進來，若非事先有心理準備，凌若險些認不出來。這一路過來，小乞兒的臉都是髒兮兮的，唯有一雙眼睛比較靈動；如今洗淨了臉又換上宮女服，方發現她模樣長得頗為俊俏，眉眼分明，高挺鼻梁下的一張小嘴嫣紅如夏時櫻桃。

「妳叫什麼名字？」凌若問著東張西望、滿臉好奇的小乞兒。

「我……」小乞兒剛說了一個字，後腦杓就被人打了一下。

她憤然望去，看到四喜正瞪著她，小聲斥道：「進了宮還這麼沒規矩，主子面前得自稱奴婢，還有回話之前要說『回主子話』。之前已經跟妳交代過數次了，還不長記性，要是連這點兒規矩都記不住，以後有得挨打，小心連命也沒有。」

小乞兒小聲嘟囔一句，倒是沒與他強辯，有些不自在地改口：「回主子話，奴婢沒有名字。」她倒是有幾分機靈，黑白分明的眼珠子轉了一圈，小聲道：「奴婢斗膽，求主子賜名。」

凌若稍稍一想道：「就叫莫兒吧。」待其謝過恩後，她又道：「妳既入了宮，那麼宮中的規矩就得好生學著，否則出了紕漏，哪個也救不了妳。莫兒，本宮再問妳一次，妳當真要留在本宮身邊嗎？」

莫兒趕緊點點頭。「是，我……奴婢雖然沒唸過什麼書，卻曉得知恩圖報的理。當初要不是主子搭救，奴婢早就被那些人打死了，所以奴婢發誓，要一輩子做牛做馬伺候主子。」

對於她的話，凌若僅僅一笑置之。

在紛繁不止的爭鬥中活了這麼多年，真話假話她還是能分得清。莫兒一路跟來，又死皮賴臉地跟著進宮，絕對不是為了報恩那麼簡單，兩個包子與少挨一頓打需要用一輩子來償還嗎？

不過無所謂了，宮裡本來就是天底下最複雜的地方，她倒想看看這個小乞兒能掀起什麼風浪來。

「南秋，妳帶她下去吧，宮裡該有的規矩都仔細教著，暫時先讓她在外頭伺候。」

「是。」南秋答應一聲，帶了莫兒下去。

剛出門，莫兒就迫不及待地問：「南秋姊姊是嗎？在宮裡當差是不是每個月能領到很多月錢啊？」

南秋漠然道：「普通宮女每月是五錢銀子。還有，妳以後要叫我姑姑。」

聽到宮女一個月才五錢銀子，莫兒大失所望。

這樣一年下來，就算不吃不喝也僅能攢下六兩銀子罷了，與她想像的相差太多，不知要攢多少年才能令後半輩子無憂。

不過很快的她就釋然了，進宮本就不是為了月錢，只要將來把主子伺候好了，主子隨意賞她幾樣東西，那就抵過數年的月錢了。

適才覲見的時候，她可是瞧得真切，主子身上不是珍珠就是翡翠，就連身上穿的那襲衣服上的繡花都是以金銀絲線繡成，實在令人好生羨慕。

南秋瞟了她一眼，意味深長地道：「與其在意這些，倒不若好生學規矩，宮裡的日子可沒妳想的那麼簡單。」

「是。」莫兒口中答應，心中卻對南秋的提點不以為然。

在她看來，她連以前隨時會餓死或被打死的可怕日子都熬過來了，難道宮裡的日子會比那些更可怕嗎？

在她們出去後，凌若命楊海他們將小廚房呈上來的晚膳用三層雕漆食盒裝好，又用油紙仔細覆了，然後往養心殿行去。

雨淅瀝瀝地下著，雖然打了傘，但一路走來，凌若的裙襬還是淋溼了些許，鞋襪更是被雨打得溼透。
守在養心殿外的是蘇培盛，遠遠看到凌若過來，忙迎上來打千兒，旋即道：「這下雨的天，娘娘怎麼就過來了？」
凌若淺淺一笑道：「本宮來看皇上，皇上可在裡頭？」
「在，奴才這就給您通報去。」蘇培盛與四喜一樣，都是胤禛的貼身內監，曉得凌若如今在胤禛心裡的分量，哪敢怠慢。他進去不一會兒就出來了，輕聲道：「娘娘，皇上讓您進去呢。」
凌若含笑點頭，領了提著食盒的楊海進去。養心殿內燈火通明，橘紅色的燈光如流水一般輕瀉在殿內。
胤禛正坐在寬大的紫檀木案後，執筆在一張黃綾玉軸的錦卷上書寫著。會用到黃綾錦卷書寫的，應該是要頒布於朝的聖旨；而玉軸，那是頒布通行全國的聖旨時才需要用到的。
他寫得極是專注，連聽到凌若進來也沒有抬頭，直至寫完最後一個字，又從旁邊的錦盒中取出鏤雕龍鈕白玉璽，沾上朱砂後重重印在錦卷上。這方代表著至高無上權力的玉璽，凌若還是第一次見到。
待做完這一切後，胤禛臉上露出一抹微笑，抬手將凌若喚過去：「來，瞧瞧朕親擬的這旨意如何。」
「是。」凌若有些詫異，以往胤禛處理國事時，雖然會讓她陪在身邊，卻不曾像現在這樣專門叫她去看一道旨意。

移步至案桌後，錦卷上的字映入眼裡，而凌若也明白了胤禛何以要專門讓她看這道旨意，因為這是一道豁賤為良的聖旨。

按錦卷中所敘，凡樂戶、丐戶、惰民、世僕、伴當等賤民，自聖旨下發一日起，皆取消賤籍，改賤從良，立為良戶。並勒令各省總督檢查轄下各州縣，務求消除所有賤籍者，將這些人編入民籍，許他們與其他民戶通婚。

第五百四十三章　溫情

看完這道旨意，凌若笑意嫣然，退開一步朝胤禛鄭重施禮。「皇上這道旨意一下，天下所有賤民都將畢生感念皇上恩德！」

以往賤民只能與賤民通婚，就算生下孩子也是賤民，不能讀書，不能參加科舉考試，世世代代身分不能改變。

胤禛嘴角一揚，扶起凌若道：「答應過妳的事，朕一定會辦到。石生救了妳，讓妳可以繼續陪在朕身邊，那朕就用『豁賤為良』這道旨意來抵還這份恩情。」

「不管怎樣，皇上此舉都是做了一件惠澤百姓的大好事。」望著這道旨意，凌若亦想起了石生。不曉得他現在與萱兒怎樣了，是否已結為夫妻？每每想起這兩人因自己而失去親人，她總是內疚不已，而今有這道旨意，也算是能稍稍釋懷幾分了。

胤禛將玉璽放回錦盒後道：「旨意朕是擬了，不過真要實施起來卻不是那麼容易的。不說大清這麼大的地方，就說朝中那些最重等級、規矩的官員，得悉朕這道旨意後，不見得會同意。瞧著吧，明兒個摺子又該輪番著呈上來了。不過……」胤禛伸了個懶腰，眸中掠過幾許精光。「他們呈他們的，朕自做朕的。」

凌若笑而不語。她與胤禛夫妻多年，對胤禛的性子頗為清楚，但凡是他認為是對的，於國於民又有利的事，即便所有人反對，他都會去做，當初追討戶部欠銀時就是如此。

「朝中的事臣妾不知道，不過有一件事，臣妾卻是知道皇上該去做了。」凌若含笑道。

「哦？是什麼？」胤禛好奇地望著凌若，下一刻，他的手已經被凌若拉起。

「用膳，政務朝事固然要緊，但皇上的龍體同樣要緊。」

胤禛啞然失笑，被她這麼一說，還真覺得有些餓了。

楊海知機地將食盒中的飯菜一一取出，又喚了蘇培盛進來伺候。擺上一碟時令鮮蔬小炒、一碟牛柳炒白蘑菇、一碟桃仁肉丁再加一碟三仙丸子與一品罐煨山雞絲燕窩。

這幾道菜均做得精緻可口，引人食慾，胤禛很快便將一碗米飯吃完了。凌若見他意猶未盡，便讓楊海再盛一碗，不想胤禛卻道：「不必了，朕如今吃不得太飽，否則胃難受起來，晚上就不用睡了。」

「皇上什麼時候開始胃不舒服的？」凌若清楚記得自己離宮前，胤禛是沒有這個毛病的。

蘇培盛正絞著一塊面巾，聽到凌若的話，順嘴說道：「娘娘您是不知道，您不在宮中的這段日子，皇上惦念娘娘安危，吃不下、睡不好，這膳食經常原樣地端上來又原樣地端下去，動不了幾口。」

「多嘴！」胤禛不悅地斥了一句，對凌若道：「不礙事，只是小毛病罷了，自己注意一些就是了。」

「是臣妾不好，臣妾任性，讓皇上擔心了。」凌若眼底浮起一縷內疚。

胤禛握住凌若的手道：「都說了不礙事，還提以前的事做什麼？過去的就讓它過去。再說，朕已經四十多歲了，比不得年輕時，總會生出這樣那樣的毛病來，再怎樣都避不過的。」

凌若接過蘇培盛絞好的面巾，替胤禛細細擦拭著臉與雙手。「皇上胃不好，往後一日三頓膳食都要按時食用，即便朝事再忙也不可忘記。還有……」她抬眼，眸中有繾綣的情意。「臣妾答應皇上，往後都不會再任性。」

「朕知道。」

很簡單的三個字，卻令兩人相視一笑，兩顆心在此刻靠得更近。

歇息半晌後，胤禛回到案桌後批閱剩下的摺子，凌若則在一旁替他磨墨。外頭的雨越下越大，隱隱有沉悶的雷聲自雲層中傳來，刺目的電光猶如蛟蛇一般不時劃破暗沉似墨的天空。

在雷聲最密集的時候，四喜走了進來，手中端著一個描金漆的托盤，上面放著一個個以綠色絲條繫就的牌子，每一塊牌子上都寫著一位妃嬪的名字，這便是宮中的綠頭牌。皇帝翻到哪位，就由哪位妃嬪侍寢。每到夜間，敬事房都會派人送來給胤禛選擇。

四喜將托盤往前一送，低頭道：「請皇上翻牌。」

胤禛抬頭看了一眼道：「不必翻了，今夜就熹妃吧。」

這個結果早在四喜預料之中。熹妃娘娘離宮多日，好不容易回來了，皇上自然要與之溫存。

待四喜退下後，胤禛又批了約莫半個時辰，方將那些摺子批完。他擱下筆，活動了一下手腕道：「虧得出宮的這些日子，有允祥幫朕理著朝事，否則都擱在一起，朕就是幾日幾夜都批不完。」

「怡親王才幹出眾，對皇上又忠心耿耿，實在是不可多得的能臣。說起來，臣妾也有許久沒見怡親王了。」凌若不會忘記初入王府的那段日子，允祥是少數幾個待她好的人，即便她當時僅是一個格格，他卻稱她一聲小嫂子。

「允祥也常問起妳安好與否，妳不在宮中的那段日子，他沒少來煩朕。」胤禛眼中滿是溫情。天家之中，能得一個可以全然依賴的兄弟實在不易，也因此他格外珍惜，甫一登基便封允祥為親王不說，還處處倚重。他出宮那段時間，更以整個大清相託。「改日他再進宮，朕讓他來給妳這個小嫂子請安。」

凌若赧然一笑道：「君無戲言，皇上可是莫忘了今日的承諾。」

「妳這妮子，朕什麼時候忘過對妳的承諾？瞧瞧這廢除賤籍的旨意，朕可是一得空就忙著擬了。」胤禛做出一副生氣之色，然嘴角卻忍不住上揚，他已經許久沒有這樣輕鬆過了。果然這世間……只得一個鈕祜祿凌若。

「是，臣妾說錯了話，臣妾罪該萬……」凌若知道胤禛不是真生氣，所以也是玩笑道，然在說到最後那個「死」字之前，卻被胤禛牢牢捂住嘴。

「記著，在朕面前，永遠不許說那個字，朕不喜歡聽。」

他的在意令她感動不已，拉下他寬厚溫暖的手，軟聲道：「是，臣妾不說，臣妾這一輩子都不說。」

第五百四十四章

坤寧宮

凌若的話令胤禛一笑，攬了她在胸前。殿外風雨交加、雷鳴電閃，殿內卻是溫情脈脈，春光無限好。

脣，印在凌若的鎖骨上，待要蜿蜒吻下，忽地觸到一個冰涼堅硬的東西。胤禛定睛望去，卻是一只用細鍊子串了掛在脖子上的碧玉扳指。扳指上面有幾道細如髮絲的裂痕，外面包著一圈金邊。燭光下，金與綠交織在一起，極是好看。

胤禛目光微微一緊，他自然記得這個扳指。十九年前，他在蒹葭池邊親自捏碎了這只扳指；也是在十九年前，他命工匠將扳指修補好後親自戴在凌若頸上。自此之後，再也沒見她取下過。

「皇上在看什麼？」凌若感覺到胤禛停下動作，睜開眼卻發現他正盯著自己脖間所掛的那只扳指發呆。

胤禛回過神來，搖頭一笑道：「沒什麼，朕只是沒想到妳還戴著它，原以為妳誤會朕派人追殺妳那會兒，已經恨得將這只扳指扔掉了。」

凌若輕輕一笑，抬手撫著碧玉扳指道：「臣妾那個時候確實想過要扔，但終歸不捨得。那是皇上第一次送給臣妾的東西，比任何東西都珍貴。」

胤禛動容，抵著她的額頭道：「妳這傻瓜，只有妳才會拿著一只破扳指當寶。不過……」足踝纏上凌若的雙足，於蔓延而上的暖意中緩緩道：「朕喜歡，朕喜歡妳這份傻氣。」

凌若仰頭，雙脣印在他略微發顫的薄脣上，下一刻她便被一陣激烈到喘不過氣來的吻包圍其中。

凌若，永遠陪在朕身邊，代替湄兒，永遠陪在朕身邊，朕也會永遠對妳好！

翌日一早，凌若醒來的時候，外面已經雲收雨散，唯有溼漉漉的地面忠實地見證昨日那一場大雨，而床榻上已不見胤禛身影。

凌若剛撐起身，立刻就有宮人打起榻前的鮫紗簾子。「娘娘，您醒了？」

「嗯。」因為剛醒的緣故，凌若聲音還帶著幾許慵懶。「什麼時辰了？」

「回娘娘的話，已是卯時二刻。」宮人一邊答著一邊將簾子掛在兩邊的金鉤上。

「這麼晚了？」凌若感到有些意外地道：「怎的不叫醒本宮？」想是睡得太熟了，連胤禛何時起來都不曉得。

「皇上去上朝前見娘娘睡得正香，便命奴婢們不要吵醒娘娘，讓娘娘多歇一會兒。」

宮人的話語令凌若心中一暖。記得在王府時，胤禛也常如此，為了讓她睡得舒服些，特意叮嚀下人別叫醒她。一切似乎從來沒有變過……

「娘娘，承乾宮的宮人此刻已在外等候，是否傳他們進來？」宮人扶著凌若在銅鏡前坐下後，問道。

凌若撫著垂在胸前的長髮道：「讓他們進來吧。」

水秀等人一早捧了衣裳等在養心殿外，得到宮人的話後，入內替凌若梳洗裝扮。待得一切收拾停當後，水秀與水月方一人一邊扶了凌若上肩輿。

「回承乾宮，這地上溼滑，走的時候小心些，莫要驚了主子。」水秀對抬肩輿的小太監叮嚀道。

「嗻！」四個小太監答應一聲，齊齊抬了肩輿起來，正要起步，卻聽得肩輿上傳來一道聲音。

「先去坤寧宮。」

「主子，您現在過去，皇后那邊怕是會趁機挑您的不是。」水秀有些不安地說著。嬪妃侍寢之後，照例要去向皇后請安，以示謝恩，只是眼下這個時辰過去，委實晚了些。

「晚到總比不到好，本宮要是不去，才是真的讓皇后挑出不是來。」

凌若這樣說了，水秀等人自無不遵之理，一路往坤寧宮而去。

到坤寧宮的時候已是卯時末了，進去的時候，恰好看到翡翠領著兩名女子出來，瞧年紀不過十五、六歲，皆生得貌美異常。

凌若並不曾在宮中見她們，其中一個粉衣女子眉眼間隱約透著一股傲氣，倒顯得另一個藍衣女子要謙和柔順許多。

「奴婢給熹妃娘娘請安，娘娘萬福。」翡翠看到凌若，忙迎上來施了一禮，隨後又對身後那兩名女子道：「二位格格趕緊見過承乾宮的熹妃娘娘。」

「見過熹妃娘娘。」兩人屈膝施禮，聲音嬌脆如黃鸝出谷，極是好聽。

既是稱之為格格，那定然不是宮中女子，凌若略一思忖已猜出兩人的身分。

「這二位莫非就是隆大人與英格大人家的千金？」

「是。」翡翠忙答：「太后前日說要親自見二位格格，所以皇后娘娘特意傳了二位格格進宮，如今正要讓奴婢帶去慈寧宮給太后請安呢。」

凌若含笑道：「既是如此，那便快去吧，莫要讓太后等急了。對了，皇后娘娘可是在正殿？」

「是，皇后娘娘正在殿中飲茶。」翡翠回了一句後，欠身領了那兩個女子離去。

「主子，您說太后娘娘會選哪個做二阿哥的嫡福晉啊？」在去正殿的路上，水月小聲問著。

凌若輕輕一笑卻不回答，進得正殿後，果見那拉氏正端坐在上首喝茶，當即上前恭敬跪地道：「臣妾給皇后娘娘請安，娘娘萬福金安，千歲千歲千千歲。」

「熹妃快快請起。」那拉氏和顏悅色地說著，待凌若在椅中坐下後，方含笑道：「本宮還以為熹妃今日不會過來了呢！」

凌若連忙再度起身，神色惶恐地道：「臣妾來晚，請皇后娘娘恕罪。」

「不過是請個安罷了，哪有這麼嚴重，趕緊坐下。」那拉氏笑道：「熹妃這次出宮為大清祈福，可謂勞苦功高，又是皇上心尖尖上的人，即便是不來本宮這裡請安也沒什麼。」

「臣妾在宮外祈福的這段日子，時時刻刻都記著皇后娘娘以往待臣妾萬般的好，若非皇后娘娘提攜照料，怎會有臣妾今日。原本臣妾一回宮便該向娘娘請安的，延了一日已是罪該萬死，幸得皇后娘娘仁厚，不與臣妾計較，臣妾已是感激涕零，臣妾又怎敢不知進退、不守本分。」凌若神色誠懇無比，一番言詞更是說得無懈可擊。

第五百四十五章　貴妃

那拉氏深深地看了凌若一眼，精心妝扮後的容顏在落進大殿的天光中有些不真切。「一別半年，熹妃越發會說話了，難怪皇上這般看重憐惜。」

凌若從她看似平靜的聲音下嗅到一絲忌憚的氣息。忌憚嗎？從來工於心計，事事算計在前的那拉氏竟然也有忌憚的一日，呵……她心中冷笑，面上卻越發懇切。「臣妾句句皆是發自肺腑，並無半句虛假，請皇后娘娘明鑑。」

「行了，妳的心思本宮豈會不知，不過是與妳說著玩笑罷了。快坐下，妳這樣站著，教人瞧見了，還道是本宮連個座也不肯賞妳呢。」在凌若重新落座後，那拉氏又笑容滿面地道：「熹妃這次為國祈福，出宮半年，實在是一件值得嘉獎之事——」

不等她繼續說下去，凌若已是謙虛地道：「為皇上、皇后分憂，乃是臣妾分內之事，實不敢居功。」

被凌若打斷了話，那拉氏也不生氣，依舊笑吟吟地道：「功就是功，有什麼不敢居的。宮裡那多麼嬪妃，可是能有這份心思的，卻只妳一人，所以本宮準備向太后與皇上請封，晉妳為正二品貴妃。」

凌若怎麼也沒想到那拉氏會突然晉自己的位分，詫異了好半天才回過神來，趕緊起身推辭：「臣妾無德無能，實不敢忝居貴妃高位，便是如今這妃位，臣妾每每思來也常感不安。所以臣妾斗膽，請皇后娘娘收回成命。」

那拉氏澹然一笑，塗著大紅色丹蔻的手指在繁花重繡的領襟上撫過。「熹妃什麼都好，就是太過謙虛了，一切皆是妳該得的，有何好不安。」不等凌若再推辭，她已擺手道：「行了，就這麼定了，改明兒本宮就去向太后與皇上請旨。宮裡難得有樁喜事，到時候一定要好生操辦，讓闔宮上下皆熱鬧熱鬧。」

見她已將話說到這分上，凌若曉得自己再說什麼也無用，只得垂首謝恩。待回到承乾宮後，凌若方才將壓在心裡的恨意釋放出來，一掌拍在雕有八仙過海圖案的黃花梨木桌上。「好一個皇后，本宮才回宮兩天，她就已經迫不及待地準備給本宮下套了。」

水秀與水月是隨凌若一道過去請安的，也曉得皇后與自家主子說了些什麼，卻不明白主子這麼生氣的緣由。水月接過剛剛沖泡好的茶奉給凌若，小聲問：「主子，皇后要請旨晉您為貴妃，這……不好嗎？」

「妳覺得皇后會真心對本宮好嗎？」熱意不斷地從茶盞內壁滲出來，令凌若的手指有一種握不住、想要將之扔棄的感覺。

聽到凌若的問話，水月怔了怔，下一刻，她與水秀便齊齊搖頭。開玩笑，皇后不害主子已經是阿彌陀佛了，想要她對自家主子好，那簡直就是太陽打西邊出來。

凌若低頭看著手中的茶盞，氤氳的茶霧從盞蓋邊沿緩緩透出來，散在空氣中。「那不就行了嗎？貴妃之位豈是那麼好坐的。」凌若眼中劃過一絲徹骨冷意。她若真坐上這個位置，年貴妃第一個不會放過自己。雖然她與年貴妃一直暗鬥，但到底同在宮中，明面上年貴妃不敢太過。然那也是建立在她不危害到對方地位的情況下，一旦自己與年貴妃平起平坐，所有的平衡都會打破，年貴妃會不惜一切對付自己。至於通州的事，目前為止，並沒有證據證明是年貴妃所為，她自己則認為皇后的嫌疑更大一些。

從嫁進王府的那一天起，年氏就一直是最得意的。十九年間，多少人沉沉浮浮，就是凌若也幾番起落，別院、宮外，哪一次不是危險重重？百般算計再加上運氣，才有今日的歸來。更多的人是倒下後就再也沒有機會爬起來，譬如李氏，譬如葉氏，又譬如佟佳氏。

可是年氏不同，在王府時是側福晉，掌府中大權；胤禛繼位後，她被封為貴妃，助皇后協掌六宮，在所有后妃中一直是最得意的，從沒有過真正的失寵。

這樣的順利雖不至於令她目空一切，卻讓她一直自詡高人一等，驕縱不願服輸。雖然在她上面還有皇后，但那是胤禛奉先帝命所娶的嫡福晉，是正妻，除非那拉氏被廢，否則她永遠不可能越過去。所以，她可以忍耐向來不得胤禛寵愛的那拉氏，卻絕對不能忍耐後來居上的凌若。

一個貴妃的虛位，卻要承受年氏所有的怒火，為自己豎立一個瘋狂的對手，凌若不是傻瓜，自然不會去做這種不划算的買賣。只是……眼下這情況卻有些由不得她。除卻年氏之外，凌若還有另一重擔心。此次回宮，太后對她本來就不滿，不過是念在胤禛的面上睜一隻眼、閉一隻眼，那拉氏去請封，只會令太后對她越加不滿，直至有一天，連胤禛也壓不下去……

而那拉氏則可以在胤禛面前博個賢慧仁厚的好印象，這算盤打得可真是好。

「既然主子無心貴妃之位，為何在坤寧宮時不向皇后堅辭？」水秀蹙眉問道，秀氣的臉上盡是不解。

「沒用的，她既然設了這麼一個圈套給本宮，又豈會因本宮幾句推辭就撤去。」隨著盞蓋的掀開，悶了許久的水氣終於找到一個宣洩處，爭先恐後地自茶盞中升騰起來，伴著凌若沉靜的聲音在空中變幻成各種形象。「與其求她，倒不若去求皇上來得實在些，這晉貴妃，始終要皇上下旨才行。」

凌若說完話，命水秀將楊海叫進來，吩咐道：「你去慈寧宮打聽看看，太后究竟擇了哪一家的千金給二阿哥做嫡福晉。」

在楊海離去後，凌若慢慢抿著茶。呵，皇后要對付她，她何嘗不是要對付皇后？彼此皆努力尋找對方的漏洞，就看誰先找到那個最致命的漏洞。

第五百四十六章 福沛

翊坤宮中，年氏煩躁地在殿中來回走著。她尚不知皇后要晉凌若位分之事，僅僅是凌若回宮和胤禛在太后面前表現出來的態度，就令她萬分不安了。鈕祜祿凌若擺明與徐太醫苟且又逼死靜太妃——這兩樣大罪加起來，就是株連九族也不為過，可胤禛卻絲毫不問罪於她，甚至還替她掩蓋罪行。小春子區區一個奴才，怎麼可能會有膽子謀害位分尊貴的嬪妃？分明是胤禛故意將事情推到他身上，還先一步殺他。人都死了，自然是想怎麼說都行。

該死！這鈕祜祿氏究竟給胤禛灌了什麼迷藥，讓他這樣不分青紅的袒護？若再這樣下去，難保有朝一日，胤禛不會給予鈕祜祿氏更高的位。貴妃？還是皇貴妃？

僅是臆測年氏就嫉妒得快要發狂了。不行，她不許！那拉氏是皇后，她沒辦法，但絕不允許再有人越過她去，哪怕是並列也不行！可是她要如何對付鈕祜祿氏？靜太妃一事已不許再提，私逃出宮一事更是被美化成為大清祈福，這兩件事已不能再拿來作文章。要對付鈕祜祿氏，就得從別處入手，然，這別處又是在哪裡？

年氏想了許久，始終理不出個頭緒來，反倒是頭些發疼，無奈地坐回椅中。綠意看到她這樣子，趕緊自隨身攜帶的小盒中抹了些薄荷油在手裡，然後走過去替年氏輕輕揉著太陽穴。薄荷的氣息緩緩鑽入鼻中，待得年氏焦躁的心逐漸靜下來後，綠意方小聲道：「主子可是在煩惱承乾宮那位？」

「除了她還能有誰？」年氏閉目沒好氣地說了一句。「原以為她這次出宮之後再也回不來，豈料不只回來了，皇上待她還勝過往日，剛回宮便留在養心殿侍寢。若由著她這樣下去，本宮與福沛豈非連立足之地都沒有了？」

綠意不以為然地道：「主子太過抬舉熹妃了，不管皇上怎樣待她，她都遠不能與主子相提並論。主子滿門皆貴，兄長更是撫遠大將軍兼三等公，深得皇上倚重。熹妃有什麼？不過是一個從四品小官的女兒罷了，再說她那些家人如今還在牢裡關著呢，能不能放出去都是未知數。」

聽到綠意的話，年氏心中一動，轉而道：「本宮聽說，凌家入獄是因為凌柱在皇上登基大典上犯了錯，知道具體是什麼事嗎？」

綠意仔細想了一下道：「據說有好幾件，不過最重要的一件就是皇上登基時穿的龍袍有損毀，好幾處絲線皆斷裂了。」

「這麼說來，這件事並不複雜，可是皇上卻遲遲未判，只是將他們收押在刑部大牢中。」年氏一邊說一邊屈指敲著雕有仙鶴圖案的扶手，眼眸半開，不知在想什麼。

「有好幾名御史連連上奏，要求皇上就凌柱所犯之罪進行嚴懲，可是皇上都壓了下來。依奴婢愚見，皇上只怕有心看在熹妃的面上放過凌柱一家。」

年氏冷冷一笑，鳳目慢慢張開。想要壓制熹妃，這是一個極好的機會。朝堂、後宮歷來息息相關，一旦娘家失勢，妃嬪在宮中的日子自然也就沒原來那麼得意，有些人甚至會被牽連，失寵不說，還打入冷宮。

年氏想了一會兒道：「待會兒本宮寫封信，妳派人送到本宮長兄那裡。」

年氏有兩位兄長，分別是年希堯與年羹堯，眼下年氏要送信過去的正是年希堯。他雖不如年羹堯那樣出色受胤禛倚重，如今卻也是內務府的總管大臣。年羹堯遠在西北，來回太費時間，遠不如年希堯這邊方便。

胤禛想要放過鈕祜祿氏家人，她偏不要如他所願，趁著這次機會，將熹妃家人一網打盡，縱是不死，也要他們丟官棄爵。

就在綠意準備出去的時候，福沛走了進來，臉色陰沉地叫了聲「額娘」。

「怎麼了？」年氏素來心疼這個兒子，見他神色不豫，忙將其拉到身邊關切地道：「出什麼事了？」

跟隨福沛一道去上書房上課的小太監躬身走進來，正要將裝有書冊與文房四寶的錦袋放到小几上，福沛卻一把奪過狠狠扔在地上。這樣做猶不解恨，他抬腳又在上面跺了幾腳。

「福沛，到底出什麼事了？快與額娘說說。」年氏還是頭一次見福沛發這麼大的脾氣，又心疼又感到奇怪。

福沛喘了幾口氣道：「額娘，兒臣不想去上課，也不想再見朱師傅。見到他跟那些伴讀的人，兒臣就覺得噁心。」

年氏連番追問後，方知今兒個朱師傅在課堂上提問，指了福沛與弘曆來回答，結果福沛答錯了，弘曆卻答對了。朱師傅在課堂上對弘曆大加誇獎，還要福沛以後多向弘曆學習。最讓福沛可氣的是，在下課後，原本這段時間一直圍著自己打轉的那些世家子，居然有一半跑到弘曆面前去阿諛奉承。

福沛與弘曆本就較著勁，再加上上次的事，兩人更是成了對頭。以前凌若不在宮中，福沛處處占著上風，即便有時候朱師傅明明曉得是他不對，也假裝沒看到，可現在都悄悄地變了，這種改變令福沛很不高興，這一路上都憋著一肚子氣！

年氏沒想到才兩天工夫，這上上下下就已經開始迫不及待地拍承乾宮那母子的馬屁了，速度可真夠快的。

「去，把這堆東西給我扔出去，瞧著就礙眼！」福沛指著地上被踩得髒兮兮的錦袋對小太監道。

「慢著。」年氏開口阻止小太監的動作，彎身自地上撿起錦袋，將裡面的書冊及筆墨紙硯取出後，方才將之交給小太監。「拿下去洗淨晾乾，另外再拿一個新的錦袋過來給三阿哥裝東西。」

第五百四十七章 提點

福沛不高興地道：「額娘，兒臣說了，不要再去上課！」

「不許任性。」向來嬌慣兒子的年氏這一次卻沒有順他的意，語重心長地道：「額娘知道你心裡不高興，但是你這樣只會讓弘曆更加得意。福沛，這是你想看到的情況嗎？」

福沛想也不想便道：「自然不是，可是……」

「沒有可是。」年氏起身，神色肅然地望著唯一的兒子。「上次的事已經讓你皇阿瑪對你有所不滿，這一回你絕對不可以再由著性子來。不過是幾個不相干的人罷了，理會他們做什麼。至於朱師傅，呵，他雖有心討好弘曆，但額娘相信他絕對不敢對你有所不敬。」

「即便是這樣，兒臣也不想再去上課，瞧見那幾張臉，兒臣就想吐！」說了許久，福沛還是滿心不樂意，他還年幼，不懂得裡面的許多權衡利弊。

「你現在連額娘的話也不聽了嗎？」年氏斥了一句，見福沛滿臉委屈又覺得不忍，嘆了口氣柔聲道：「你記著，額娘不管做什麼都是為你好。現在這樣不過是暫時的，額娘保證，很快，他們就會發現弘曆什麼都不是，唯有你，才是最受重視的。到時候，所有人都會來求你、巴結你、討好你。」

「真的嗎？」聽到這裡，福沛又有些心動了。

年氏撫著福沛的臉頰道：「自然是真的，額娘什麼時候騙過你？不過你自己也得爭氣，功課上多用點兒心，不要總讓弘曆在你皇阿瑪跟前出風頭。」

「是，兒臣會用心的，絕不輸給弘曆！」福沛用力地說著。自小到大，不論是吟詩作賦，還是書寫文章，弘曆都比他更勝一籌，實在令他厭惡至極。

說話間，小太監拿了一個新的錦袋進來，年氏將東西一一裝好後道：「好了，下去做功課吧。」

「那兒臣告退。」福沛接過沉甸甸的錦袋轉身離開。

望著他遠去的身影，年氏目光漸漸冷下來。弘時也好，弘曆也罷，皆是福沛登上太子之位的攔路虎，必須要想辦法除掉。

繼承大位的，只能是福沛！

承乾宮中，凌若正在謄抄楊海取來的宮規，三尺見寬、一丈多長，上面皆是用小楷寫成的宮規，密密麻麻，足足列了數百條。

將之抄在紙上。

安兒與莫兒一人一邊執著宮規，凌若則坐在椅中，一字一字用同樣端正的小楷

抄了一下午，也僅僅抄了一小段，趁著休息的工夫，莫兒揉著發疼的手咂舌

道：「這麼多字，逐字逐句地抄，得抄到哪年哪月啊？」

「抄到明日。」凌若仰在椅中閉目養神，水秀在一旁替她揉著手指。這一下午

不曾停過的謄抄，字跡又不能亂，令她整條胳膊都有些發疼。

「這麼多字，明日哪抄得好啊。」莫兒一臉不相信地搖頭。

「抄不好也得抄，太后那邊還等著本宮將抄好的送過去呢。」凌若疲憊地說著，

手臂在水秀力道適中的揉捏下緩緩鬆弛下來。

莫兒眼珠子轉了一圈，接上去道：「那主子何不找幾個識字的一道謄抄，這樣

速度快了不說，主子也不必這麼辛苦。」

凌若睜開眼望著她，一臉似笑非笑地道：「妳倒是機靈，那不如就由妳來替本

宮抄吧？」

莫兒原想著自己出了這麼一個好主意，主子定會誇獎自己，哪知道等來的是這

麼一句，當下訕訕地乾笑一聲道：「主子您又不是不知道，奴婢自小在乞丐堆裡長

大，這些字，它們認識奴婢，奴婢卻不認識它們。」

「不認識可以學，在本宮這裡當差，可不能目不識丁，往後跟著水秀她們好生

認字，另外……」凌若一揚眉道：「本宮給妳半個月的時間，妳把宮規從頭到尾給

本宮背出來。」

莫兒一聽頓時傻了眼。幾百條宮規讓她半月裡背出來，這……這不是要命嗎？若非記著自己如今是承乾宮的宮女，莫兒當即就要跳起來，饒是如此，她也不服氣地道：「奴婢做錯了什麼，主子要這樣罰奴婢？」

凌若示意水秀停下手，接過重新蘸了墨的狼毫筆，一邊在紙上抄著一邊漫然道：「既然知道本宮是有心罰妳，那往後就記牢一句話。飯可以亂吃，話不能亂講。這裡是後宮，不是妳自由散漫慣了的市井街巷，任何話都在腦子裡過個幾圈再說。」

聽了凌若的話，莫兒還是覺得很委屈。不就是出了個主意嗎？不認同就罷了，做什麼要說得這麼嚴重，還要罰她？

水秀看出她的心思，搖搖頭道：「妳啊，沒聽主子之前說的話嗎？太后指名要主子自己謄抄，找人代抄主子固然輕鬆了，可太后又不是與妳一般不識字，一眼便可以辨認出是否為主子筆跡。到時候讓太后發現主子找人代筆，當即就可問主子一條欺上之罪。妳這主意不是在幫主子，而是在害主子。」

「我……我哪知道這麼多。」莫兒聽了水秀的話也是一陣後怕，不過嘴上還是不肯認錯。

凌若眼皮子一抬，沁涼的目光在莫兒臉上掃過。「不知道就少說多看，沒人會把妳當啞巴；但妳若是多嘴惹了不該惹的禍，別怪本宮沒提醒過妳。在妳要跟著進宮時，本宮就提醒過妳，這裡是天底下規矩最重的地方，想在宮裡當差，首要的就是管住自己的嘴。」

不知為何，面對淩若此刻的目光，莫兒身子一陣顫悚，心裡更是生出懷疑。眼前的熹妃當真是那個救了自己，又一路待自己和顏悅色的淩姑娘嗎？為何她感覺就像是兩個人？

淩若並不曉得她此刻的念頭，就算知道了也無所謂，重新低下頭，在一個又一個漂亮的楷字從筆尖躍然於紙上時，涼聲道：「本宮給妳兩個選擇，要不離開這裡，要不將宮規背出來，妳自己選吧。」

莫兒一聽這話立時慌了，連忙跪下道：「奴婢背，奴婢一定會在半月之內就把宮規背出來。」

開玩笑，她好不容易才進宮，若一點好處都沒撈到就離開，未免也太虧了。不就是宮規，她不相信自己還會背不出了。

第五百四十八章　浮碧亭

夜幕漸落之時，楊海從外頭走進來，對仍在認真謄抄的凌若道：「啟稟主子，二位格格已經出宮了。奴才在慈寧宮打聽得知，二位格格當中，太后擇了英格大人家那位。」

果然如此……凌若脣角輕揚，帶著一絲漠然的笑意，凝眸於楊海身上，道：「打聽到當時的具體情況了嗎？」

「奴才問了慈寧宮那個小太監，聽說太后原本屬意隆大人家的格格，她不只人長得漂亮，才學也好，琴棋書畫樣樣皆精，可惜就是人傲氣了些，不像英格大人家的格格那樣平易近人、謙遜有禮，所以太后最終擇了英格大人家那位。」

「平易近人、謙遜有禮。」凌若重複了一遍，停下手裡的動作，嗤笑道：「常說耳聽為虛，眼見為實。依本宮看來，只怕眼見也未必為實。」

「主子何出此言？」水秀一邊替凌若拭著手心的汗，一邊好奇地問著。

「若本宮沒猜錯的話，今兒個一早在坤寧宮所見的粉衣女子應該是隆科多大人家的格格，藍衣女子則是英格大人家的。」

水月在一旁應道：「嗯，奴婢記得，當時奴婢還問主子，太后會選哪個做二阿哥嫡福晉呢。」

凌若帶著一絲諱莫如深的笑意。「想成為皇子嫡福晉，容貌、家世、才學很重要，前兩樣兩人皆相差無幾，最後一樣，英格家的則略有不及。可是除卻這幾樣之外，還有一樣東西是太后看重的，那便是德行。想必皇后心裡也很清楚，所以便從此處著手，讓她的姪女緊緊抓牢這一點，從而成為太后眼中最佳的人選。」

水月腦子轉得極快，隱約明白凌若話中的意思，小聲道：「主子是說，英格大人家的那位格格乃是裝出來的謙遜溫柔？」

「本宮仔細留意過她們兩人，那拉蘭陵雖然看似謙遜柔順，但在隨翡翠離開時，卻一直走在隆大人家的女兒前面，半步不肯落下。若當真是一個柔順謙遜的女子，又怎會有這樣計較、針對的舉動。」

夜色漸深，風從未關的門中吹進來，吹得不曾覆紗罩的燭火一陣搖曳，直至楊海將殿門關好，燭光才漸漸穩定下來。

「皇后要鞏固自己家族的地位，就斷然不能讓二阿哥嫡福晉之位旁落，那拉蘭陵中選是意料之中的事。」

「就這麼讓皇后得償所願？」水秀有些不甘心。

「太后都點選了還能如何，不過得償所願四字，卻不盡然。」凌若微微一笑，起身道：「好了，不說這個了，讓小廚房把晚膳端上來吧。早些用完，本宮還要繼續謄抄呢，明日日落之前可是得抄好了送過去。另外，去把四阿哥也叫過來一道用膳。」

晚膳過後，凌若單獨召見楊海，只有一件吩咐：「從此刻開始，承乾宮所有人任你調用，本宮要知道二阿哥的一舉一動。」自上次截住石秋瓷的信後，凌若對楊海就多了幾分信任，許多事開始放手讓他去做。

「奴才遵命！」楊海答應一聲，知機地沒有問凌若為何要這麼做。身為奴才，最重要的就是聽話、忠心，最不可取的就是多嘴與好奇心。

隔日黃昏日落之前，凌若將抄好的宮規呈送給烏雅氏，烏雅氏仔細翻看之後，發現前後筆跡如一，並未有代抄之舉後，面色稍有緩和，望著跪在地上的凌若道：「希望熹妃不要以為哀家是在故意為難妳。」

凌若連忙叩首道：「兒臣犯錯，皇額娘責罰兒臣是理所當然的事，兒臣怎敢有這等想法。」

烏雅氏見凌若沒有否認以前的事，且態度瞧著尚算誠懇，微微頷首，將手上厚厚一疊紙交給旁邊伺候的宮女，道：「抄過的東西，哀家希望妳以後好好記在心裡，不要再像以前一樣任性妄為，否則哀家可不會像這次一樣輕罰了事。」

「是，兒臣謹遵皇額娘教誨。」凌若連忙答應，又陪坐了一會兒方離開。

回到承乾宮，她歇了一會兒就看到楊海進來。楊海附在她耳邊小聲說了幾句，她微一凝思，朝其伸出右手。「扶本宮去御花園走走。」

「嗻！」楊海連忙答聲，扶了凌若的手出去。

十月，御花園中已然不復百花齊放的盛景，不過在宮人的悉心打理下，倒不曾見到什麼殘敗之象，應季的花卉盛放在寒風中，譬如綠菊、千瓣菊、木芙蓉等等。

穿過兩邊栽著梅樹的鵝卵石小道便是御花園東北角，在此處有一個浮碧亭，橫跨於水池之上。如今這亭中正站著一個人，在凌若走進去時，那人似有感應，回過頭來，待看清是凌若時，連忙躬身施禮。「弘時見過熹妃娘娘。」

「是二阿哥啊，不必多禮。」凌若目光溫和地望著他。「二阿哥不在坤寧宮陪皇后娘娘說話，怎的一個人待在這裡，連個奴才也不帶？」

「我不過是隨意走走罷了，過會兒便回去。」

弘時目光有些逃避，不過他越是這樣，越是惹來凌若的好奇，又仔細看了一眼後，訝然道：「咦，二阿哥的眼睛怎麼有些發紅，可是哭過了？」

弘時趕緊低頭，避過凌若探糾的目光，勉力笑道：「熹妃娘娘說笑了，無緣無故我哭什麼，是剛才沙子進了眼，所以有些發紅。」

「是這樣嗎？」凌若意味深長地看了他一眼，在長凳坐下道：「本宮聽說太后已經替二阿哥擇了嫡福晉人選，不知是哪家的千金小姐？」

弘時眸中掠過一絲痛苦。「是……英格大人家的千金。」

「英格大人家？」凌若故作驚奇地道：「如此說來，就是二阿哥的表妹了？親上加親，倒是一樁美事。不過……本宮瞧著，二阿哥似乎不怎麼高興，更沒有將為新郎官的喜悅。」

弘時很想說自己很高興，很高興即將娶表妹為妻，可是這樣是違心的，他怎麼也說不出口。從始至終，他想娶的女人都只有佳陌一人而已，隆家千金也好，表妹也罷，根本不是他心中那個人。

見弘時沉默不語，凌若關切地道：「二阿哥有什麼事，不妨說與本宮聽聽，興許本宮能幫你也說不定。」

第五百四十九章　勸說

「幫不了我，這件事誰都幫不了我。」弘時心灰意冷地搖頭。雖然大婚的日子尚沒定，旨意也沒發，但皇祖母已經點頭了，誰又能改變得了？

「究竟是什麼事，讓二阿哥如此困擾？」見弘時依然不肯說，凌若輕拍著他的手道：「你不說又怎知我幫不了，正所謂一人計長、兩人計短，或許會有辦法也說不定。」

在她的勸說下，弘時終於忍不住將他喜歡索綽羅佳陌的事說了出來。這件事他已經憋在心裡許久了，也確實很想找個人傾訴一番。

臨了，他又黯然道：「我與佳陌兩情相悅，為此我還去求了皇額娘，皇額娘也答應會成全我們，可是皇祖母那邊嫌棄佳陌年紀與我同歲，家世又不是頂好，早早就將她屏棄在外，這一回連宮都沒讓她入。」

「這麼說來，不管是隆家千金，還是那位表妹，都不是二阿哥心中屬意的那個人了？」

這一次，弘時沒有否認，點頭道：「是，我只想娶佳陌一人。可是，我想又有什麼用，身在天家，婚事根本由不得自己做主。」

凌若想了一陣子，道：「話雖如此，但旨意未下便還有轉圜的餘地，二阿哥為什麼不試著去求求皇上？太后的意見固然重要，但說到底，最終決定將哪家姑娘指給你的，還是你皇阿瑪。」

弘時的眼睛有那麼一會兒的亮起，但很快又黯了下去。「這個我曾與皇額娘提過，但皇額娘說這樣只會令皇阿瑪為難，不讓我去說。再說，皇阿瑪本就對我有諸多不滿，我若再因一個女子去求他，他定會有所不快。」

凌若嘆了口氣道：「皇后娘娘顧全大局，自是不會有錯，只是此事關係到你終身幸福，如此行事，對你未免不公。且本宮聽你言語，索家的姑娘除了年紀與家世之外，其他地方並無不是，若是就此錯失，實在可惜。」

弘時搖頭不語，他心裡比誰都難過，可是再不捨、再難過，也只能忍耐。他已經答應過皇額娘，會聽從皇祖母的意思，娶表妹為妻。

凌若起身看著天邊變幻莫測的浮雲，輕聲道：「二阿哥，你是本宮看著長大的，雖非本宮親子，卻也相差無幾。所以，本宮想多嘴問一句，你……」她轉過頭，定定地望著弘時。「不會後悔嗎？」

剛下定的決心隨著凌若這句話又開始動搖，弘時艱難地道：「我……我不知道，我不想讓皇阿瑪為難，也不想放棄佳陌，我真的不知道該怎麼辦才好。」

凌若輕輕嘆了口氣，憐惜地道：「既是這樣，你更應該去與皇上說，否則一旦旨意下了，可就再沒有後悔的餘地了。」

「我……」弘時面色數度變幻，終還是忍痛搖頭。「還是不要了，我怕皇阿瑪他──」

「他會責罵你嗎？」凌若搖頭道：「其實你皇阿瑪對你並非不滿，而是在你身上寄予了厚望，畢竟你是皇上嫡子，在所有阿哥中又最大。他對你嚴苛，那也是為了你好，你該體諒你皇阿瑪才是。」頓一頓又道：「天底下哪有不愛自己子女的父母，本宮相信皇上絕不願見你娶一個不喜歡的女子，從此痛苦一生。至於皇后娘娘，你先前也說了，皇后娘娘是同意你娶索家千金的，只是太后不同意才作罷。所以，只要你皇阿瑪點頭，一切便不會有問題。」

「那皇祖母那裡……」弘時已經被她說動了，只是心裡還有幾分顧忌。

「太后是個明事理的人，先前可能是有誤會，等往後尋個機會，你去跟她老人家好好說說，再認個錯，自然就沒事了。」見弘時還在猶豫，她輕輕拍了拍弘時的肩膀，道：「去吧，好不容易遇到一個喜歡的人，千萬不要錯過了。」

在她的勸說下，弘時終於下定決心，他要為自己、為佳陌盡最後一次努力，即便最終失敗，至少不會再留什麼遺憾。

他拱手朝凌若深深行了一禮，感激道：「弘時明白了，多謝熹妃娘娘；另外弘時還有一個不情之請，望熹妃娘娘成全。」

凌若笑意深深地望著他。「放心，本宮一定會在皇上面前，替你與索家姑娘說好話。」

弘時大喜過望，再又一次行禮後，告退離開。在他身後，是凌若漸趨冷漠的目光。

浮碧亭的相遇不是偶然，是她刻意為之；勸弘時那番話更非當真替他考慮，一切不過是個計罷了。

那拉氏在弘時身上灌注太多的希望，而這，恰恰也造就了那拉氏最大，也是唯一的漏洞。

弘時……千萬不要讓她失望。

夜間，四喜來傳旨，宣凌若至養心殿侍寢。凌若到了那邊，只見胤禛正閉目坐在椅中，聽到她進來的聲音，也不睜眼，召手道：「過來，到朕身邊來。」

「嗯。」凌若乖巧地答應一聲，走上前輕輕揉著胤禛皺起的眉頭，道：「皇上可是有什麼煩心事？」

胤禛輕笑一聲，睜開眼握了她的手，道：「果然是什麼事都瞞不過妳。」停了一會兒，似在思索該怎麼說：「今日弘時來見過朕，他說他真正想娶的人是阿索里家的姑娘，想要讓朕將阿索里家的姑娘指給他為嫡福晉。」

「那皇上答應了嗎？」凌若順勢問道，語氣極是平靜。

這次胤禛卻賣了個關子。「在朕回答妳之前，妳先告訴朕，為什麼弘時會突然有這麼大的勇氣來找朕說這事？往常他見了朕，雖說不至於跟老鼠見了貓一樣，卻也差不多了，每次來請安皆是戰戰兢兢的，朕問什麼他就答什麼，從不敢主動說半句話。」

「皇上不必故意問臣妾，臣妾如實招來就是。」凌若抿脣一笑，道：「也是湊巧，臣妾今兒個去御花園的時候，恰好看到二阿哥在那裡，神色之間頗有幾分愁苦，好奇之餘便上去問了幾句，這才得知原來二阿哥中意阿索里家的姑娘，卻不敢說出口，只能背地裡一人難過。臣妾於心不忍，又想著聖旨未下，便勸二阿哥來求皇上，也好讓有情人終成眷屬。」

第五百五十章 定局

「妳倒是做了個順水人情，卻要朕來頭疼為難。太后已經欽點了英格家的姑娘，即便是未曉諭天下，卻也不是說改便能改的。」話雖如此，胤禛聲音中並沒有什麼不悅。

凌若將手自他掌中抽出，替他輕輕揉著太陽穴。「這麼說來，皇上是沒答應了？」

「這次妳可是猜錯了。弘時難得主動來向朕要求什麼，這是一個好的表現，若是不答應，只怕他以後又會變回以前怯懦的樣子。何況……他終歸是朕的兒子，朕也不希望他在可選擇的情況下娶個自己不喜歡的女人。」胤禛的聲音有些飄忽，他想到了自己，那時自己娶那拉氏同樣是滿心不願，卻被迫接受。

「朕答應他會考慮這件事，不過具體如何，還要等朕與皇額娘商量過後再議，畢竟這件事皇額娘已經先定下了。」

凌若沉默了一會兒，忽地道：「皇上……還是不準備放了十四貝勒嗎？」

「老十四……」胤禛眼瞼微垂，漠然道：「等他什麼時候斂了性子，心甘情願叫朕一聲皇上時，再放不遲。」

凌若曉得允禵對胤禛登位一事一直心存不服，再加上允禩等人又編造謊言，說康熙駕崩前說的是傳位於十四皇子，是胤禛矯詔，奪了本該屬於他的皇位。

「可他畢竟是皇上的同胞兄弟，再說，皇上一日不放他，太后那邊就一日難以釋懷。」每每想到這個，凌若都替胤禛難過。明明他是奉先帝之命，承嗣皇位，並不曾做過任何手腳，卻被人這般誣蔑。

「他不出來，無非就是皇額娘心裡不痛快罷了；可是他若出來，一旦受人蠱惑做出什麼無法挽回的事，只怕皇額娘要傷心欲絕了。所以，還是讓朕繼續做這個惡人吧，至少這樣，可以保全老十四的命。」

「皇上。」胤禛的話令凌若心疼不已。世人看到的永遠都是皇帝高高在上、坐擁天下的一面，根本不曉得背後承受的種種痛苦。「總有一日，太后會明白皇上的這番苦心。」

「無所謂了，左右朕已經習慣了。」胤禛輕撫著凌若的臉頰，帶著落寞、無奈的笑容道：「何況，不是還有妳明白朕嗎？」

凌若沒有說話，只是將臉更貼近他冰涼的手掌……

翌日，胤禛去慈寧宮請安，坐了一會兒，烏雅氏與他說起弘時嫡福晉一事，說已經選中了英格家的女兒，讓胤禛下旨著禮部準備大婚一事。

「皇額娘不急。」胤禛摩挲著指尖的沉香木佛珠，斟酌了一下道：「前日，弘時來見過兒臣，他說，心裡更中意阿索里家的姑娘，想要娶其為嫡福晉。」

「什麼？」烏雅氏陡然一驚，問：「這當真是二阿哥的意思？」

聽出她話中的懷疑之意，胤禛心中一痛。在皇額娘心中，怕是隨便一個奴才所說的話都比他這個親生兒子來得更可信，母子相疑到這個地步，實在令人心寒。如此想著，他面上卻是分毫不露，平靜地道：「這是自然，皇額娘要是不信的話，大可將弘時召來一問。」

烏雅氏目光在胤禛臉上來回掃了幾遍，疑色漸漸退去，不過神色間隱然有著不悅，按著刺金的袖口道：「二阿哥既然有中意之人，為何當初不說，非要等到哀家將人選定下之後才去與皇上說。」

「弘時畢竟還年輕，做事欠缺思慮。」這般說了一句後，胤禛又道：「不過他能將這番心思說出來，也算是勇氣可嘉了，皇額娘您說是嗎？」

「是不是，哀家暫且不說。」烏雅氏眸光一轉，有幾許鋒銳在她細紋交織的眼角成形。「看皇上的意思，似乎是想答應二阿哥？」

胤禛在椅中欠一欠身，陪笑道：「是，既然是弘時自己希望的，咱們這些做長輩的當成全他，也省得將來弘時怨咱們。」

「糊塗！」他話音剛落，烏雅氏已重重喝斥：「婚姻大事，向來遵循父母之命、長輩之言，何時輪得到自己做主？尋常百姓都如此，更不須說皇家。」

「可是弘時並不喜歡英格家的姑娘。正所謂強扭的瓜不甜，又何必勉強他呢？」

胤禛對烏雅氏的反應並不意外，烏雅氏是一個極重禮教規矩的人，要她改變心意，絕不是一件簡單的事。

烏雅氏看了他一會兒道：「皇上說了這麼多，無非就是要哀家收回成命，若阿索里家的姑娘當真品德出色，哀家自然願意成全；可是據哀家所知，那索綽羅佳陌，不只年有十七，且各方各面均平庸，包括家世在內，處處皆遠不及英格家的女兒，這樣的人怎可為二阿哥嫡福晉？再說，哀家當日已經將白玉鸞鳳珮贈給了那拉蘭陵，皇上該知道這意味著什麼，現在驟然更改，掃的不只是哀家的顏面，也是整個皇室的顏面。」

聽到這裡，就是胤禛也覺得頗為棘手。贈予玉珮，便相當於是文定。就像烏雅氏說的，出爾反爾，即便英格家不敢說什麼，整個皇室也差不多顏面掃地了。

見胤禛皺眉不語，烏雅氏淡淡道：「皇上，是否要為了二阿哥一時的喜歡賠上整個皇室顏面，你自己看著辦吧，左右你才是這大清的皇帝。」

許久，胤禛嘆了口氣道：「兒臣明白了，請皇額娘放心，兒臣回去後就下旨為弘時與英格家的女兒指婚。若皇額娘沒有其他吩咐的話，兒臣先行告退了。」

烏雅氏點點頭，沒有多加挽留。待胤禛步出慈寧宮後，烏雅氏對旁邊欲言又止的小夏子道：「覺得很奇怪？」

「是。」小夏子在烏雅氏身邊伺候了幾十年，可說是親眼看著她從宮女子一步步走過來的，所以在面對烏雅氏時並不像其他宮人那般的害怕與拘謹。他蹲下身，一邊替烏雅氏捶腿一邊道：「奴才不明白太后為何要騙皇上。」

那日，那拉蘭陵與隆家格格入宮的時候，他一直在旁邊伺候著，所以很清楚，烏雅氏根本不曾贈過什麼玉白鸞鳳珮給那拉蘭陵。

「弘時胡鬧，哀家怎麼能讓皇上也跟著一起胡鬧，那拉蘭陵才是最適合的嫡福晉人選。至於索綽羅佳陌……」烏雅氏眼中寒光一閃，冷然道：「才見一面便將弘時迷得暈頭轉向，甚至跑到皇上面前求旨賜婚，會是什麼好女子？這樣的人，哀家是絕對不會讓她嫁入皇家的。」

「另外，你去坤寧宮一趟，告訴皇后讓她好好管教管教弘時，這樣胡鬧任性的事，哀家不想再看到二次。」

「是。」小夏子低頭答應。

第五百五十一章　震怒

慈寧宮發生的一切，弘時並不知曉，在鼓足勇氣向胤禛說出心中真正想娶的那個人後，只覺得整個人無比輕鬆。

這十七年來，他一直活得很壓抑。皇額娘在他身上寄予了極大的厚望，所以他拚命讀書，因為天賦不及兩個弟弟，唯有將勤補拙，別人讀一遍就可以記住的，他要讀兩、三遍，每每都讀到深更半夜，一切只是為了皇額娘能夠歡喜。

皇額娘對他恩重如山，他拚卻這一切也報答不了，所以即便得知自己不能夠娶佳陌，心痛得在滴血時，也強行忍下來了，沒有再去強爭。

可是偏偏讓他在浮碧亭中遇到了熹妃，她那些話令他用盡力氣設下的防線就像紙糊的一樣，悉數崩塌。熹妃說得沒錯，等一切已成定局時，再後悔就來不及了。就此錯過，或者，在錯過前盡力爭取。他是真的很想與佳陌長相廝守，所以他下定決心去求皇阿瑪，哪怕會被皇阿瑪訓斥也在所不惜。

不曾想，這一次皇阿瑪竟然沒有訓斥他，反而答應會替他與皇祖母去說，實在令他喜出望外。皇阿瑪……有他出面，皇祖母一定會答應的。

這樣想著，弘時心中充滿了歡喜，在練習完射箭後，他回到坤寧宮，剛一踏進大殿，就看到那拉氏一臉肅冷地坐在椅上，翡翠與三福等心腹皆一聲不吭地站在身後。

「回來了？」那拉氏盯著走進來的弘時問道。

「是。」弘時不知道發生什麼事，但隱約感覺到殿中氣氛有些不對。

就在他準備躬身向那拉氏行禮的時候，那拉氏抬手凝聲道：「不必了，本宮受不起二阿哥的禮。」

此言一出，弘時頓時大驚失色，忙道：「皇額娘何出此言，可是兒臣有什麼地方做錯了，惹皇額娘不高興？」

那拉氏扶著翡翠的手起身，緩步走到弘時面前，眸色冰冷如霜。「二阿哥能有什麼錯，錯的皆是本宮罷了，從今往後，二阿哥都不需要再向本宮行禮，也不必再叫本宮皇額娘，本宮受不起。」

儘管那拉氏語氣平靜，猶如在說一件最尋常不過的事，然聽在弘時耳中，卻好比驚天之雷。他曉得那拉氏這一回必是動了真怒，顧不得問究竟是何事，趕緊跪下拉著那拉氏的裙襬道：「皇額娘千萬不要說這樣的話，兒臣有什麼錯的地方，皇額娘儘管打罵就是！」

「三福，扶二阿哥起來。」那拉氏看也不看弘時。

她這個舉動當真是將弘時嚇到了，揮開想要來扶自己的三福，仰頭看著那拉氏的臉道：「皇額娘，兒臣知錯了，您原諒兒臣好不好？」

「知錯？」那拉氏終於低頭看著像是一隻唯恐被遺棄的小狗一樣跪在自己腳邊的弘時，道：「那你倒是說說，錯在何處？」

「兒臣……兒臣……」弘時根本不知道自己究竟錯在哪裡，哪裡回答得出。

那拉氏並沒有給他繼續想下去的機會，漠然道：「你連自己錯在何處都不知道，又何來認錯二字？行了，趕緊起來回你的阿哥所吧。」

「皇額娘。」弘時又驚又怕，不由得落下淚來，哀哀乞求道：「兒臣愚昧，求皇額娘明示。錯了哪裡，兒臣定然改過，只求皇額娘別不要兒臣。」

看到弘時落淚，一直神色漠然的那拉氏終於有所動容，長長嘆了口氣道：「也許，錯的不是你，而是本宮。」

「皇額娘……」

弘時還待要說，那拉氏已是閉目道：「罷了，總之從今往後，你想怎麼做便怎麼做，本宮再也不會管你。」

弘時茫然無助地跪在那裡，不知該如何是好。還是三福心有不忍，附在他耳邊輕聲道：「二阿哥，今兒個太后身邊的夏公公來過了，說了二阿哥您去找皇上說了要納索大人家姑娘為嫡福晉的事，太后為此很不高興，命夏公公來將娘娘好一頓訓斥。」

他聲音雖輕，但在這個大殿中又哪逃得過那拉氏的耳朵，當即冷臉朝三福喝斥：「大膽奴才，哪個許你在這裡多嘴的！」

「奴才該死，求娘娘恕罪！」三福身子一顫，趕緊跪地請罪。

至於弘時，聽到三福那番話終於明白過來那拉氏這麼生氣的原因。他心裡又驚又喜，喜的是皇阿瑪果然去求了皇祖母，驚的是皇祖母對此事如此反對。事已至此，他咬牙磕頭道：「皇額娘，兒臣知道自己該死，為皇額娘惹來麻煩，但是兒臣真的很喜歡佳陌，求皇額娘成全！」

「本宮何時不成全過你？」那拉氏憋了許久的怒氣，在這一刻悉數爆發，猶如疾風驟雨一般，朝弘時當頭罩去。「本宮為了你在太后面前說了多少好話，可是太后不喜歡索綽羅佳陌，本宮又能如何？回來後，本宮已經將這件事告訴你，你也答應本宮會聽從太后的指婚，可結果呢？你卻背著本宮偷偷跑去求你皇阿瑪，將本宮的話當耳旁風。好了，現在你高興了，太后與皇上為著此事好一頓爭執，連本宮都被訓斥。」說到這裡，她又痛心疾首地道：「本宮雖然不是你的生母，可你卻是自小養育在本宮膝下的，本宮自問這十七年對你噓寒問暖，從不曾虧待半分，可你呢？如今卻開始對本宮陰奉陽違。」

「兒臣沒有，兒臣只是不想將來後悔。」弘時見那拉氏說得傷心，既惶恐又擔憂地道：「兒臣知錯了，兒臣答應皇額娘，以後再也不敢犯了，求皇額娘原諒。」

「不必了。」那拉氏深吸一口氣，將浮現在眼眶中的淚水生生逼回去，漠然道：「你讓你皇阿瑪去求的事，太后已經駁回了，所以現在你的嫡福晉依然是那拉蘭陵。」見弘時臉上掠過一絲濃重的失望，冰霜般的冷意在那拉氏眼底閃過，口中繼續道：「念在這十七年的母子情分，本宮會去向太后再求一次，讓她老人家成全你。不管她老人家同意與否，本宮與你的情分都到此為止！」

說著，她舉步要走。弘時駭然失色，連忙用力抱住那拉氏的雙腳，急聲道：「不要，皇額娘不要！」

「放開！」那拉氏怒氣沖沖地瞪著他。

第五百五十二章
峰迴路轉

弘時哪裡肯放開，在他心裡，那拉氏就是他最親的親人，這份親情早已深刻入骨。「皇額娘，兒臣當真知錯了，兒臣不娶佳陌了，兒臣聽皇額娘的話，娶蘭陵表妹為嫡福晉，只求皇額娘息怒。」

不能娶到佳陌，他心痛如絞，可皇額娘撫育他十七年，他又怎能為了一己之私，不顧孝道。

「不必了。」那拉氏的聲音沒有一絲感情。「省得你將來後悔，又怪責到本宮頭上。再說，讓你娶蘭陵的人也不是本宮。」說到此處，她冷冷一笑。「行了，二阿哥，放手吧，你不放開，本宮又怎麼去求太后賜你一個美滿姻緣？」

「皇額娘，兒臣所言，句句皆出自肺腑，兒臣如今別無所求，只求皇額娘息怒，原諒兒臣之前的孟浪！」那拉氏的態度令弘時徹底慌了神，不斷地磕頭，額頭觸及光滑堅硬的金磚時，每一下都可以聽到清晰的「砰砰」聲。

弘時哽咽道：「兒臣知道自己傷了皇額娘的心，兒臣真的知錯了，兒臣保證，以後絕不會再做任何令皇額娘生氣的事，只求皇額娘再原諒兒臣一次。」

弘時記不得自己磕了多少個頭，終於，有一雙纖長的手扶住自己。他抬頭，只見那拉氏正眼泛淚光地望著自己，他驚喜地道：「皇額娘，您原諒兒臣了是不是？」

那拉氏盯了他許久，緩緩道：「你當真知錯了？」

弘時忙不迭地點頭道：「是，兒臣胡作妄為，讓皇額娘受委屈了，兒臣以後一定痛改前非。至於佳陌……」他忍著心中的痛意，一字一句道：「兒臣之前是一時衝動，如今已經徹底想清楚了，她並不適合兒臣。」

「這……是你的真心話嗎？」那拉氏依然有所不信。

「兒臣不敢欺騙皇額娘。」弘時連忙道。

那拉氏神色漸緩，扶起他道：「起來吧。翡翠，二阿哥額頭受了傷，妳去將白玉消瘀膏拿來。」

弘時心中一喜，忙問：「皇額娘可是肯原諒兒臣了？」

那拉氏嘆了口氣，眸中帶著濃濃的慈憐之色。「母子之間哪有隔夜仇，你既知錯，本宮又怎會計較不放，你始終是本宮的兒子啊！但是僅此一次，下不為例！」

弘時心下感動，用力點頭。「是，兒臣知道了。」

與這句話同時落下的，是心中那無聲的嘆息——佳陌，皇額娘對我恩重如山，我不可以對不起她，希望下一世，妳我可以在一起。

如此，一切終是塵埃落定，胤禛為弘時與那拉蘭陵賜婚，定於十二月十九日完婚，並加封弘時為貝勒，賜貝勒府一座、良田二十頃。

當這個消息傳到承乾宮的時候，凌若沒有絲毫意外，執針穩穩自錦緞的另一面穿過。反倒是坐在她對面的瓜爾佳氏抬起頭，似笑非笑地道：「看來，事情似乎並不像妹妹預料的那樣。」

凌若將針插在一旁，走到正燒著上好銀炭的炭盆邊。如今已是十月末，天氣越發涼冷，晨起之時，經常能看到草木上凝結厚厚一層冰霜。即便有太陽也帶不來多少暖意，內務府在數日前就開始給各宮各院供應銀炭。

凌若探手烘了烘冰涼的指尖，側頭問：「那麼姊姊以為，我想要的是什麼樣呢？」

瓜爾佳氏拍一拍手，走到她身邊，笑意不減地道：「自然是母子決裂，反目成仇的好戲碼囉。」

凌若搖搖頭。「皇后是絕對不會允許這種事情發生的。二阿哥是她將來登上太后寶座的最有力籌碼，她是絕對不會與二阿哥反目的。而且我觀二阿哥此人，雖明白事理，卻重孝道，且性子懦弱，向皇上呈言已是他的極限，想藉此讓他與皇后反目，那就是痴人說夢了。」

「唉，所以我才覺得可惜啊，這麼好的一個機會，卻只是給她添了一些小麻煩，真是想想都不甘心。」

「那也不見得。」凌若收回已經暖和的手，回到繡架前撫著才繡了一半鴛鴦的錦緞，道：「這十七年來，皇后一直將二阿哥牢牢掌控在手裡，讓他對自己言聽計從，可是眼下她發現二阿哥有漸漸脫離自己掌控的趨勢，雖說此事已經過去了，但皇后心裡會記著，時時刻刻地記著。只要開始有了芥蒂，那麼往後就會越來越多，直至無法遮掩的那一天。」

瓜爾佳氏拿過小剪子將自己針尾串的那根繡線剪斷，重新換了一根。在針尖刺破錦緞的那一刻，聲音在殿中響起：「話雖如此，不過這一日有得等了。只是我還是有些不明白，妳為何不將二阿哥生母的事告訴他，當年葉秀在無華閣中死去，依我看，與皇后有脫不了的關係。」

凌若跟著重新落座後，低低一笑道：「總有一日會說的，現在尚不是時候。不過姊姊放心，我已經替皇后與那位新嫡福晉準備了一份厚禮，定會讓她們驚喜不已。」

當凌若將計策告知後，瓜爾佳氏的目光漸漸亮了起來，掩嘴笑道：「妳這人，如今心眼可是越來越多了。她們收到這份禮之後，驚倒是有了，喜卻是未必。」

凌若笑而不答，專注於手中的繡圖。她如今所做的一切，算不得光明磊落，但想在宮中生存下去，只能如此。

十二月初三，禮部侍郎阿索里夫人奉熹妃之召入宮，至於所為何事，便不得而知。

十二月十九日，在一場紛紛揚揚的大雪中，弘時正式迎娶英格之女——那拉蘭陵為嫡福晉。

至於索綽羅佳陌——那個令自己一見鍾情的女子，只能永遠永遠地藏在弘時心底，成為一個美好而悲傷的回憶！

然，老天似乎有心要成全弘時，就在他大婚後數日，胤禛突然又下了一道旨意，將阿索里之女指給弘時為側福晉。

雖然不能成為嫡妻，委屈了佳陌，但這樣的結果已是極好。弘時大喜之餘，進宮謝恩。

養心殿內，弘時鄭重跪下朝胤禛磕頭。「兒臣多謝皇阿瑪恩典。」

彼時，正好淩若也在，胤禛指一指淩若道：「行了，你要謝恩就多謝熹妃吧，是她向朕求了這個情，就是阿索里夫人那邊，也是她親自去說。」

第五百五十三章　蛐蛐

彼時，上書房中，朱師傅正在給幾位皇子以及宗室子弟講課。今日講的是《春秋左傳》，一卷未講完，朱師傅忽覺腹痛如絞，遂命眾人先自行看書，他則匆匆離去，尋地方去方便。

朱師傅一走，原本安靜的書房頓時喧鬧起來。在此上課者，年紀都在十歲左右，正是最好動不過的時候，此刻沒人看管，哪裡還不趁機哄鬧。好些人聚在一起說著走雞、鬥蛐蛐的趣事，這些人當中又以福沛為尊。

鬥蛐蛐最好的時節是秋季，尤其是白露、秋分、寒露三個節氣。在這段時間裡，蛐蛐發育成熟，強壯有力，互鬥起來也極是精采。如今雖然已經過秋，倒也還能再鬥一段時間。

「三阿哥，聽說您得了一隻上好的垂青一線飛蛛，最是厲害不過，能否讓咱們幾個瞧著過過眼癮？」其中一個宗室子弟這般說著，隱隱帶著幾分討好之意。

垂青一線飛蛛極是好鬥。福沛聽得他這話，下巴一揚，露出幾分得意之色。

「也好，就讓你們幾個見識見識。」

「唐七，把本阿哥的蛐蛐罐兒拿上來。」

隨著福沛的話，守在外頭的小太監立時快步進來，將一只澄漿泥燒製的蛐蛐罐遞給福沛。罐子輕輕一動，裡面頓時傳來嘹喨的蛐蛐聲。

那幾個宗室子弟一聽得蛐蛐聲，立覺心頭癢癢，正好他們當中有人也隨身帶著蛐蛐，起鬨說要趁朱師傅沒回來前鬥上一場。

福沛極喜歡逗蛐蛐，為著逮到這隻垂青一線飛蛛，他沒少費心思；抓著後，與原來養的幾隻蛐蛐輪番著鬥，皆是大勝無疑，這令他更為歡喜，簡直當成寶貝一樣，走到哪裡帶到哪裡。

聽到他們要鬥蛐蛐，原本沒過去湊熱鬧的幾人也心動了，紛紛跑過去。

坐在弘曆旁邊，今年剛滿九歲的弘晝也忍不住道：「四哥，咱們也過去瞧瞧？」

弘曆從書中抬起頭，搖搖頭道：「還是不要了，朱師傅指不定很快就回來了，若是被他看到咱們在課堂上鬥蛐蟥，那可不好。」

福沛一直在留意弘曆，聽到他這話，露出不屑的神色。「膽小如鼠，瞧著就沒出息。」說著又朝弘晝招手道：「五弟過來瞧瞧三哥的垂青一線飛蛛，那可是蛐蛐中的第一猛將啊！」

弘晝被他說得心動，看看那不斷傳來聲響的蛐蟥罐又看看弘曆，猶豫不決，好一會兒他才艱難地搖頭。「還是不了，我跟著四哥看書就好。」

福沛沒想到弘晝會跟著弘曆站在一條陣線上，冷哼一聲，不再理會他。在一堆人的圍觀中，他將蛐蛐從罐中倒出來，先是給牠餵水。這餵水的小槽做得極精細，掛釉不說，還描著花。

待得蛐蛐喝過水後中，他才將蛐蛐放到端上來的盆中；而另一隻蛐蛐也已經準備好了，乃是大黑青牙的品種。兩隻蛐蛐一對上，立刻振翅鳴叫，互相敵視，緊接著便開始糾纏廝咬。蛐蛐和人一樣，有勇猛、有狡猾的，你來我往、你進我退，極是激烈。

弘晝雖然忍著沒有過去，但耳朵卻一直牢牢豎著聽那邊的動靜，偶爾忍不住的時候就伸長脖子去看一眼，至於書，那是完全沒心思看了。見他這個樣子，弘曆莞爾一笑，低聲道：「五弟也很喜歡蛐蛐嗎？」

弘晝聞言點頭如搗蒜，旋即又有些沮喪地道：「不過額娘不許我玩，也不許宮人抓蛐蛐給我。以前我自己抓了一隻，被額娘發現後扔掉了。」

「裕嬪娘娘是為你好，怕你玩物喪志。」弘曆笑著安慰他。

「我知道。」弘晝這樣回答，不過眉眼間還是透著一股失落。說到底，他才九歲而已，剛才能夠守住貪玩的心，不過去福沛那邊已經難得了。

「你要是喜歡，等下課後，四哥帶你去抓一隻來，不過你得保證要好好唸書，否則就不給你玩。」

「嗯！」弘晝一聽這話，頓時高興得不得了，握著弘曆的胳膊道：「四哥你真好。不過這事，可不許告訴我額娘，否則她非得罵我不可。」說到這裡，他又羨慕地道：「還是四哥好，熹妃娘娘不會什麼都管著你不讓做。」

弘曆笑一笑正要說話，忽地看到朱師傅正走進來，而福沛那邊一大群人正鬥得臉紅脖子粗，根本沒人注意到。儘管他不喜歡福沛，但還是出言提醒：「朱師傅回來了。」

聽到這話，福沛等人忙往門口看去，果見朱師傅已經走近了。他們唯恐被人發現，連忙手忙腳亂地想要將東西收起來，不過越是緊張越是容易出錯。

福沛在將蛐蛐裝回罐子裡的時候，手一抖，竟然讓蛐蛐跳出去，慌得他連忙蹲下去抓，蛐蛐沒抓到，倒是眼前多了一雙黑色的靴子，抬頭看去，正是朱師傅滿是皺紋的老臉。

「你們在幹什麼？」

朱師傅平素頗有威信，他臉一板下來，那些宗室子弟皆是有些心慌，低了頭不敢答話。

福沛則訕訕地站起來，不過眼睛還是緊緊盯著那隻不斷在地上跳來跑去的蛐蛐。朱師傅眼神不好，一時間沒發現地上多了一隻蛐蛐。

躲在那些人後面的唐七縮著腦袋，想要將桌上描有錦鯉戲水圖的瓷盆收回來，哪曉得他一動，便被朱師傅發現了，朱師傅用力撥開那些有意擋在自己跟前的宗室子弟。

「你們在上書房玩鬥蛐蛐？」朱師傅眼光何等老辣，再說鬥蛐蛐在京中極是流行，上至達官貴族，下至販夫走卒，皆有在玩這這個。一看到那只盆，立時明白是怎麼一回事，再加上看到本該齊整放在桌上的書本被隨手扔在一邊，氣得吹鬍子瞪眼睛，看著不作聲的眾人，大聲喝問：「說！都有誰在這裡玩？」

第五百五十四章　打架

宗室子弟一個個禁聲不語，原先和福沛鬥蛐蛐的那個宗室子弟更是背著手，偷偷地將握在手裡的蛐蛐罐藏到袖中，以免被發現。

朱師傅顧及福沛，可不會顧及他們，要是讓他一狀告到皇上那裡，他們以後就別想再在上書房中讀書了。

「一個個都裝啞巴不說是嗎？」朱師傅等了一會兒不見有人承認，怒道：「那就是說全都是共犯了？」

「朱師傅。」弘晝年紀畢竟還小，怕被連累無端受罰，上前想要說出是福沛與那些宗室子弟在玩耍，哪曉得他這一抬腳，剛好踩在跳過來的蛐蛐身上。等他再抬起腳時，剛才還耀武揚威的蛐蛐已經被踩成了一攤爛泥。

看到這一幕，福沛的臉當即就綠了，顧不得朱師傅在場，上前狠狠揪住弘晝的領子怒喝：「你居然把我的蛐蛐踩死了，你好大的膽子！」

弘晝也是傻了，愣了半天才擠出一句來：「我不是故意的，三哥對不起。」

「我不管，你把我的蛐蛐賠來！賠來！」福沛氣得快要發狂了。自己千辛萬苦才找來這麼一隻能鬥的蛐蛐，結果還沒鬥幾場就被弘晝一腳踩死了。

「三阿哥放手，拉拉扯扯的成何體統！」朱師傅皺眉喝道。

盛怒之下的福沛哪會理睬他，一味惡狠狠地瞪著弘晝，後者快哭出來了，縮著脖子道：「我、我真不是故意的，要不我去抓一隻來賠給三哥。」

「你抓的能跟我的垂青一線飛蛛相提並論嗎？哼，依我看，你根本就是故意的！」福沛越說越氣，忍不住握拳打過去。左右弘晝的額娘只是一個小小的嬪罷了。

「三阿哥不可，快快停手！」見福沛要動手，朱師傅大驚失色，連忙出言喝止。可是根本無用，福沛是鐵了心要揍弘晝一頓出氣。

就在弘晝嚇得閉上眼準備挨打時，福沛拳頭生生停在離他面門僅僅一指的地方。當然，這並不是福沛突然念及兄弟情不忍下手，而是他的手被人從後面拉住了，無法再揮下去。

「三哥，不過是一隻蛐蛐罷了，用得著動手打人那麼嚴重嗎？何況弘晝並非有心，我再去逮一隻來賠你就是了。」弘曆自後面走上前，放開手的同時，將弘晝牢牢護在身後。雖然他只有十一歲，但在弘晝面前卻像個大人一般。

「走開！否則我連你也一起打！」福沛已經忍了弘曆很久了，此刻自然不會有好臉色給他。

弘曆皺了皺好看的眉毛，依然站在原地。「三哥，得饒人處且饒人，看在弘晝尚且年幼的分上，便原諒他這一次吧。」

旁邊那些宗室子弟怕他們再這樣僵持下去會出大麻煩，也紛紛勸福沛算了。無奈福沛被徹底激起怒意，根本聽不進任何話，冷冷瞪著弘曆道：「我說不原諒，你又待怎樣？」

「我不能怎樣，但今日只要我在，就絕不會讓你動弘晝一根手指頭。」弘曆的聲音並不大，卻鏗鏘有力。

弘晝眼中滿是感激之色，他與這個四哥平日裡說不上多親近，實在沒想到在這種情況下，他會如此護著自己。

「好！」福沛陰森森地吐出這個字，瞪著比自己稍矮些的弘曆，一字一句道：「上次沒教訓夠你，今日接著教訓，看你往後還敢不敢在我面前如此囂張！」

說完這句話，他大喝一聲，蓄勢已久的拳頭用力朝弘曆臉上揮去。朱師傅雖是學富五車、滿腹經綸，但說到力氣卻是年老體衰，根本拉不住像一頭發狂獅子的福沛，反而被他用力一推，摔倒在地上。

眼見福沛與弘曆打成一團，朱師傅急得不得了，連忙對那些嚇呆的宗室子弟道：「站著做什麼，還不趕緊把三阿哥和四阿哥拉開！」

不等他們動手，福沛暴怒的聲音已經傳來：「哪個敢摻和進來，本阿哥連他一塊打，而且以後見一次打一次！」

這話一出，那些人可是不敢動手了。被打上幾拳倒是不是什麼大事，主要的是這一上去，可就算是把三阿哥得罪死了。三阿哥是什麼人，是年貴妃的兒子，還有一個身為撫遠大將軍的舅舅。四位阿哥之中，除去皇后娘娘膝下那位，就屬他身分最尊貴，得罪了他，以後可是休想討得好處去了。

至於跟隨福沛一道來的小太監唐七，看到他們打起架來，形勢大為不妙，悄悄退出去，一出上書房，立刻直奔翊坤宮。與他一道離開的還有另外兩個小太監，分別是跟隨弘曆與弘晝來的，皆回去報信。

扭打還在繼續，不論是福沛還是弘曆，對對方都不滿，之前不過是因為各式各樣的原因壓抑著沒表露出來罷了，如今一旦動上手，自然不會再留情。

兄弟？在天家，這兩個字簡直就是笑話。兄弟之間兵刃相見已是屢見不鮮，何況如今只是一頓打架。

朱師傅嗓子都快喊啞了，無奈根本沒人聽他的話。

福沛到底年長兩歲，不論體型還是體力都占有優勢，與上次一樣，壓著弘曆打，一邊打一邊還叫：「讓不讓開？」

「休想！」弘曆咬著牙，死死擋住福沛，不讓他越過自己一步。

看到弘曆身上的傷越來越多，弘晝忍不住哭了起來，邊哭邊叫：「不要打了，求求你們不要打了。三哥，是我錯，我不該踩死你的蛐蛐，我……我……」他迫切地想要想出一個法子來，可是想了半天，卻悲哀地發現自己根本沒有法子。

可是，即便是很無力，他也不想看到四哥再為了自己挨打。終於，在弘曆又挨了一拳後，他哭著朝扭打中的福沛跪下來。「三哥，嗚……都是我犯的錯，你打我吧，求你不要再打四哥了！」

福沛心裡、眼裡最恨的，始終是弘曆，區區一個嬪所生的弘晝還不被他放在眼裡。除非弘曆求饒，否則他是絕對不會罷手的。

一時間，上書房中亂成一團，扭打的、哭嚷的、喝喊的、乾站著的，什麼樣都有。

第五百五十五章　裕嬪

朱師傅好不容易從地上爬起來，面對這個失控的局勢，他又怒又急，一口痰湧上來，堵在嗓子中上不去、下不來，再加上急怒攻心，再次倒在地上，這一次直接暈了過去。

看到朱師傅暈倒，那些宗室子弟嚇得手足無措，圍在他身邊不知如何是好。他們怎麼也想不到，原本好好的一堂課會鬧成無法收拾的場面。

如今，三個阿哥，兩個在那裡打成一團，一個跪在一邊不住地哭，這……這到底該怎麼辦啊？

就在宗室子弟一籌莫展的時候，唐七已經趕到翊坤宮，顧不得歇息，趕緊將上書房發生的事告訴年氏。

年氏聽得福沛與弘曆又打起來了，驚急不安，連忙命綠意備肩輿，急急趕往上書房。

與此同時，跟隨弘曆同去的小太監也到了承乾宮，可是凌若去了養心殿，並不在宮中，他只得將此事告知管事姑姑南秋。聽聞出了這麼大的事，南秋不敢怠慢，命水月趕緊去上書房，自己則急急往養心殿趕去。

守在殿外的是蘇培盛，南秋一問之下，得知主子還在裡頭與皇上及二阿哥說話。

「瞧妳這副行色匆匆的樣子，可是出什麼事了？」蘇培盛關切地問道。

南秋勉強一笑道：「沒什麼，只是有些事想求見主子，不知公公現在是否方便進去通傳一聲？」弘曆與福沛打架，不管誰對誰錯都不是件好事。上次的事她可還清楚記著，若是此事再讓皇上知道，免不了又要一頓責罰，所以她沒有將實情告知蘇培盛。

蘇培盛有些為難地道：「皇上吩咐了不讓人打擾呢，如果南秋姑姑不急的話，還是在這裡稍候片刻吧。」

南秋無奈，只得帶著焦急的心情守候在養心殿外，盼著主子趕緊出來。

另一邊，年氏與同樣得到消息的裕嬪前後腳趕到上書房。裕嬪的容色在佳麗如雲的後宮中並不算絕頂，然她卻是一個極溫婉的女子，眉目婉約秀雅，帶著一種江南女子獨有的氣息。正是這種氣息，令她在胤禛面前始終保有著幾分寵愛。

看到年氏過來，裕嬪連忙下了肩輿屈膝行禮。「臣妾給貴妃娘娘請安，娘娘萬福金安。」
面對裕嬪的行禮，年氏冷哼一聲，也不叫起，逕自扶了綠意的手從她身邊走過。裕嬪在後面咬了咬嘴脣，亦跟著走進去。
福沛與弘曆廝打這麼許久，雙方都沒了力氣，但憋在心中的那口氣還沒有出，所以福沛依然不肯放手，半跪在地上揪著弘曆的領子，氣喘吁吁地道：「你服不服？」
「你為了一隻蛐蛐不顧兄弟情分，打人在先，我為何要服你！」弘曆臉上、身上皆挨了不少打，模樣極是悽慘，唯獨神情依然堅強不屈。
福沛最討厭的恰恰就是這一點，當下咬牙就要抬起顫抖不止的右手再打過去。
「福沛！」年氏看到福沛的模樣，驚呼一聲，快步奔過去，一把抱住福沛，仔細檢查著他的身子。「快告訴額娘，哪裡受傷了，要不要緊？痛不痛？」
確認福沛沒有什麼大礙後，年氏懸著的心才放下來。瞥見模樣比福沛悽慘許多的弘曆時，厭惡在她眼中一閃而逝。「出什麼事了，為什麼打成這樣？」
一聽唐七說福沛與弘曆又打起來了，她就急忙趕過來，根本顧不得問詳情，如今見福沛沒事後，方問起來。
弘曆忍著臉上的痛答：「三哥他……」
「本宮沒問你！」年氏陡然打斷弘曆的話，目光一轉，落在其中一名宗室子弟身上。「你來說，把前因後果都給本宮詳細說一遍，不許有任何錯漏。」

「是。」那名宗室子弟戰戰兢兢地答應一聲，將弘晝不小心踩死福沛的蛐蛐，福沛不依，上前爭吵，言詞激動下與弘曆動手廝打的事仔細說了一遍。

他是福沛那一邊的人，是以福沛乖戾囂張的一面皆被輕描淡寫，且連為何會出現蛐蛐的事也沒有提及。

在他扭曲的敘述下，年氏的臉色陰沉如水。與弘曆有幾分交情的宗室子弟皆對弘曆報以同情的目光，但也僅止於此了，他們可不敢冒著得罪年貴妃母子的危險站出來。

另一邊，裕嬪已經將哭泣不止的弘晝緊緊摟在懷中，柔聲安慰道：「弘晝乖，額娘在這裡，沒事了，不哭了啊！」

弘晝實在是被嚇壞了，他長這麼大，還從來沒經歷過種事，伏在裕嬪身上哭個不停。

「行了，有什麼好哭的，沒得惹人心煩。」年氏尖厲的聲音像一根細針，狠狠鑽進耳膜中。

裕嬪臉色一變，將弘晝抱得更緊，不住安撫弘晝，讓他莫要再哭了。

年氏命唐七扶起福沛至旁邊坐下，冷冷盯著努力撐起身的弘曆道：「你是熹妃的兒子，本宮原不該說你什麼，但這次你實在太過分了。前次你動手打福沛，本宮念你年幼，不與你計較，豈料你不只不知悔改，反而還變本加厲，實在可惱。既然你額娘不會教你，那本宮今日就代她好好教教你！」

弘曆仰頭盯著年氏，眸中有幽微的冷意。他一直知道年貴妃不喜歡自己，所以對她一上來就斥責自己的話並不意外，但不意外並不代表他就會聽之任之。「是三哥先動手打人，我不過是自衛罷了。還有，額娘將我教導得很好，不勞貴妃娘娘費心。」

「還在那裡撒謊頂嘴！」年氏目光狠得像是要噬人一般，強行忍住了要摑過去的衝動。熹妃已經回來了，她不能不顧忌著些。

就在這個時候，弘晝突然從裕嬪懷裡掙脫出來，用力抹乾臉上的眼淚道：「四哥沒有撒謊，確實是三哥先動的手。」

「弘晝！」裕嬪大驚失色，連忙拉了他道：「你一個小孩子在這裡胡說什麼，還不趕緊給我住嘴！」

向來聽話的弘晝這一次卻沒有答應，反而道：「兒臣沒有胡說，是三哥他自己趁著朱師傅出去的工夫與人鬥蛐蛐，結果朱師傅回來他藏不及，不小心將蛐蛐掉在地上，被兒臣不慎踩到了。他惱羞成怒要打兒臣，虧得四哥擋在兒臣前面。」說到這裡，他用力扯著裕嬪的衣袖哀求道：「額娘，四哥是為了保護兒臣才與三哥打起來的，您一定要幫四哥。」

裕嬪面露為難之色。她曉得弘晝必然不會撒謊騙自己，可年氏是貴妃，她只是一個小小的嬪，如何幫得了。

第五百五十六章 弘晝

見裕嬪站著不動，弘晝用力地搖著裕嬪的手，催促道：「額娘，您幫幫四哥，幫幫他！」

沒等裕嬪說話，年氏冰冷的目光已經望過來，面色不善地盯著弘晝道：「照你這麼說，一切皆是福沛的錯了？」

她性子本就護短，又事關福沛，聽得弘晝說出真相，言詞間又多有指出福沛不是的地方，頓時將他也恨上了。而且說到底，這件事都是因弘晝而起，若非那一腳，事情又怎會發展到這個地步，弘晝實在難逃其責。

裕嬪唯恐年氏盛怒之下遷怒，連忙搖頭。「不是，弘晝不是這個意思，貴妃千萬不要誤會。」說罷又急急對弘晝道：「聽額娘的話，不許再出聲。」

見她這般說，年氏輕哼一聲，重新將目光轉向弘曆。「事情如何，本宮姑且不說，但你身為弟弟，無論如何都不該對兄長動手。本宮如今問你一句，你可認錯？」

「我沒有錯！」弘曆背脊挺得筆直，迎向年氏的目光明亮如炬，沒有絲毫退縮。

「好！」年氏冷笑，寒冷的眸光令所有人心中皆是一涼。「小小年紀就如此蠻橫嘴硬，本宮今日若不懲你，只怕來日，連本宮都不被你放在眼中。唐七。」

「奴才在。」聽得年氏叫自己，唐七忙躬身答應。

年氏一瞥用長竹片製成的戒尺，道：「四阿哥任性鬥毆在先，出言不遜在後，著掌手心二十。」

站在他旁邊的福沛露出幸災樂禍之色。之前聽額娘的話，給他三分顏色，他還真把自己當一回事了。敢跟自己鬥，哼，簡直就是不知死活。

「嗻！」唐七取過戒尺走到弘曆身前，面對這個十一歲的少年，唐七不知為何心裡發虛得很，有一種想轉身離開的衝動。但年氏就在後面盯著，他若敢走，年氏第一個不放過他，只得咬一咬發冷的牙齒，低聲說了一句：「四阿哥，得罪了。」

「我要見皇阿瑪！」年氏擺明了偏袒福沛，弘曆自然不會由著她處置。他雖年紀小，頭腦卻很清醒。年氏是貴妃，縱然額娘來了也會吃虧，這種情況能夠壓得住她的，便唯有皇阿瑪了。

「去了皇上面前也是如此。唐七，還不動手！」年氏已經忍弘曆很久了，上次被胤禛訓斥也是因弘曆而起，承乾宮這對母子簡直就是她的眼中釘。在這種情況下，她又怎會放弘曆離去？

唐七聽出年氏聲音裡的不耐，不敢再猶豫，一邊用力抓過弘曆掙扎不休的手，一邊高高揚起戒尺。

「啊！」弘晝突然爆發出一聲尖叫，掙開裕嬪的拉扯，奔到唐七身邊，對他又打又踢。「滾開！賤奴才滾開，不許你打四哥！」

「哎唷，五阿哥！」別看弘晝年紀小，打起人來卻頗疼，再加上唐七礙著弘晝的身分不敢還手，只能四處躲閃。

「弘晝，快回來！」裕嬪花容失色，踩著三寸高的花盆底鞋去拉他。

可是向來乖巧懂事的弘晝這一回卻不肯聽她的話，倔強地道：「不，剛才四哥是為了幫我才被三哥打的，現在我也要幫四哥，不許這個奴才打他！」

「反了天了，本宮面前居然如此放肆！」年氏嬌豔精緻的臉龐微微扭曲。她掌著協理後宮之權，連皇后見了她都要給她三分顏面，可是眼下居然一個個都膽敢跟她作對，當真是可惡至極。「五阿哥，你再不讓開，本宮連你一塊責罰！」

「貴妃息怒，臣妾這就把弘晝帶走！」裕嬪膽顫心驚地答著，旋即又朝拉著弘曆袖子的弘晝伸出手，厲聲道：「快過來，你是否連額娘的話也不聽了？」

「額娘教導過兒臣，做人要知恩圖報，受人恩惠更當銘記於心。」弘晝張開小手，像剛才弘曆護他一樣將弘曆護在身後，稚嫩的臉上盡是不滿。「四哥幫了兒臣，為什麼額娘現在卻不幫他？額娘說話不算數！」

弘晝一番話令裕嬪面紅耳赤，僵在半空中的手收也不是，不收也不是，她這一輩子都沒這麼尷尬過。

弘曆也沒有想到在這個著急的時候，弘晝會不顧裕嬪的反對，堅持站在自己這一邊，心中頗為感動，忍著身上的痛道：「弘晝，我沒事，你快去你額娘那裡。」

「不！我要保護四哥！」弘晝這次出奇的倔強，說什麼也不肯讓開。

看到弘晝質疑又失望的目光，裕嬪心中一痛。她教會了弘晝如何去做一個正直善良的人，可是自己卻沒能做到。

在尷尬的靜默之後，裕嬪鼓起勇氣對年氏道：「娘娘，這件事不過是些許誤會罷了，並不是什麼大事，要不……就這麼算了吧？否則再鬧下去，娘娘臉面上也不好看。」

年氏沒想到向來溫和不作聲的裕嬪竟會在這種情況下與自己唱反調，心中怒意勃然，厲聲道：「妳算什麼東西，也敢來教訓本宮！」

聽到她的話，裕嬪一張粉臉漲紅如鴿血，羞怒難耐。她雖然位分不及年氏尊貴，但好歹也是宮中正經的主子，膝下又育有弘晝，年氏卻將她貶得一文不值，還指她是「什麼東西」。

就在這個時候，有人推門跑進來，正是水月。她一進來便看到一身是傷的弘曆以及怒氣沖沖的年氏，心知不好；然不等她有所動作，年氏已是冷笑道：「好啊，一個個眼裡都沒有本宮，連一個宮女都敢這樣肆無忌憚地闖進來，當真是好極！」

「娘娘息怒，奴婢——」水月話還沒說完，臉上已結結實實挨了一掌。

第五百五十七章　驚動

「本宮有問妳話嗎？當真放肆！」年氏顧忌弘曆身分，不便隨意動手，卻不會顧忌水月一個小小的宮女。何況她早已憋了一肚子氣，水月正好撞到槍口上。

「還愣在那裡做什麼！要本宮親自動手嗎？」年氏衝唐七喝道。

後者渾身哆嗦，拿著戒尺不知是打弘曆好還是弘晝好。很快的，年氏的聲音又再度傳來——

「既然五阿哥定要跟四阿哥一道受罰，那本宮就成全他。每人責打二十！」

「不要，貴妃手下留情！」裕嬪已經顧不上是否得罪年氏了，弘晝是她的孩子，要她眼睜睜看弘晝受罰，那比打在她身上還要痛苦百倍。

年氏看也沒看裕嬪，只一個字——「打！」

她要讓宮裡所有人都知道，宮裡除卻皇后之外，她便是身分最尊貴之人，沒人可以挑釁她，更沒人可以與她作對！

唐七死命握著戒尺，用力朝弘晝打去。

弘曆眼疾手快，一把將弘晝攥過來護在懷裡，用背部生生受了一記戒尺。他背上本就挨了福沛的打，如今再被這麼一打，痛得他倒吸一口涼氣。

水月見求不來年氏留情，一咬牙衝上去，用自己身體擋著不斷揮落的戒尺；裕嬪亦如此。弘晝就是她的命根子，即便拚卻這條命，她也要護弘晝平安。

唐七心抖手顫，然年氏不喊停，他是萬萬不敢住手的，戒尺一次次落下，在水月、弘曆、弘晝乃至裕嬪身上都留下好幾道傷痕。

年氏對這一幕無動於衷，既然敢與她作對，那便得做好受罰的下場。

此刻比之前更亂，責打聲、痛呼聲此起彼伏，至於那朱師傅到現在仍躺在地上，也沒人替他叫太醫。

這一切，身在養心殿的凌若並不曉得，依舊與弘時說著話。

弘時在得知自己能與佳陌廝守，皆是凌若有心成全後，感激不已，撩袍跪地對著凌若磕頭。「弘時多謝熹妃娘娘垂憐。」

他跪伏在地上，聲音裡有著難以自抑的哽咽。自己與熹妃娘娘並不親近，可她卻肯如此幫助自己，此恩此德，實不知該如何報答才好。

「快起來。」凌若和顏悅色地扶起他。「你是本宮看著長大的，本宮自然不希望看到你難過。側福晉是本宮所能想到的唯一一個兩全齊美的辦法，只是委屈了佳陌，她本該是嫡福晉的。幸好她對你也情深意重，並不在意虛名，往後你可要好生待她，千萬莫要因她不是嫡妻便虧待了。」

弘時感激地望著凌若。「是，我定會好生待佳陌，熹妃娘娘的大恩大德，弘時銘感於心，永誌不忘。」

看到他這樣子，凌若搖頭輕笑道：「好了好了，哪有這麼嚴重的，能看到你們有情人終成眷屬，本宮心裡也高興。若是真的想謝本宮，那往後進宮請安的時候，記得去本宮那裡坐坐就好。」

「嗯。」弘時用力點頭。即便凌若不說，衝著這份恩情，他以後也會常去承乾宮請安。

溫和的笑意一直掛在凌若臉上。索綽羅佳陌就是她送給皇后與二阿哥的那份大禮，二阿哥自然歡喜樂意，至於皇后，怕是已經開始頭疼了。不過，這一切才僅僅是開始。

皇后以往加諸在她身上的一切，從現在開始，她會一點一滴地討要回來，且慢慢看著吧，究竟鹿死誰手！

在弘時退下後，蘇培盛走進來，輕聲道：「啟稟皇上，承乾宮的南秋來了，有事要見熹妃娘娘，已在外頭等了好一會兒，是否現在讓她進來？」

凌若細眉微蹙。南秋不會無緣無故跑到養心殿來，難道是宮裡出事了？

她正在思索之時，胤禛已是道：「讓她進來吧。」

「嗻。」蘇培盛退下，再進來時，他身後跟著滿臉焦急的南秋。

不等她行禮，胤禛已然問：「何事如此著急要見妳家主子？」

南秋之所以在外頭等了這麼久，就是不想胤禛知道此事，如今被他當場問起，一時不知該如何回答。

看她猶豫，凌若越發覺得有事，道：「說吧，到底出了什麼事？」

南秋知道避不過去，只得一咬脣道：「回皇上的話，隨四阿哥去上書房的小太監來回話……說四阿哥與三阿哥在上書房打起來了。」

凌若驟然一驚。弘曆怎麼又跟福沛打起來了？不行，她得立刻過去瞧瞧。

不等她行禮告退，胤禛微涼的聲音已經傳了過來：「朕跟妳一道去。」

「是。」凌若在心中嘆了口氣，她已經明白南秋剛才因何猶豫。驚動了胤禛，這事怕是難處理了，只盼此事錯的不要是弘曆。

坤寧宮中，隨弘時一道進宮的那拉蘭陵正哭得梨花帶雨，一邊哭一邊道：「姑姑，我說什麼也不答應索綽羅佳陌那個小賤人進貝勒府，您可一定要替我做主啊！」

那拉氏面色陰沉地道：「這件事皇上已經下旨了，本宮還怎麼替妳做主？」

蘭陵抽泣著道：「可是……那個小賤人之前已經將貝勒爺迷得團團轉，她若入了府，姪女在府中哪還會有地位啊。姑姑，您是皇后，您去向皇上求情，皇上一定會收回聖旨的。」

「皇上的旨意是說改就能改的嗎？簡直就是胡鬧。」那拉氏沒好氣地瞪了她一眼。「行了，把眼淚給本宮收回去，瞧著就鬧心。」

見那拉氏動怒，蘭陵不敢再胡攪蠻纏，但又覺得很不甘心，吸了吸鼻子，小聲道：「那就由著她入府嗎？」

「不然還能如何？要怪就怪妳自己沒用，連一個男人的心也抓不住。」那拉氏也很是煩躁。原以為事情已就此定下，不想胤禛竟然又下旨賜婚，原本一個側福晉並不值得她這般在意，但弘時如此著迷於索綽羅佳陌，實在不是一件好事。

「姪女又不像那個小賤人一般會使那些勾引人的狐媚手段。」蘭陵一臉委屈地辯解。她一早已從那拉氏口中得知弘時中意索綽羅佳陌，為此甚至求到皇上面前，虧得太后堅持，否則今日成為弘時嫡福晉的就不是她了。再加上大婚當日，弘時對她態度冷淡，即便是床笫之間，也沒有多少溫存，心裡早將索綽羅佳陌恨到極處，說起話來自是要多難聽有多難聽。

第五百五十八章　上書房

「事已至此，想再阻止她入府是不可能的了，不過幸好只是個側福晉，怎麼著也越不到妳頭上去，往後妳再慢慢將弘時的心拉過來就是了。記著本宮與妳說過的，好生把妳的性子斂一斂，否則只會讓弘時離妳越來越遠。」

「是，姪女會盡力去改。」蘭陵也知道自己性子不好，當日若不是姑姑提醒，讓自己在太后面前裝出一副謙遜溫婉的樣子，她根本不可能得太后垂青，成為表哥的嫡福晉。

那拉氏瞥了她一眼，神色漠然地道：「還有，如今妳已經是弘時的嫡福晉，不可再沿用以前的稱呼，否則教人聽見，會以為本宮與妳阿瑪慣壞了妳。」

蘭陵連忙垂頭答應，改口道：「兒臣謹遵皇額娘教誨。」

「嗯，既然入宮了，就去慈寧宮給太后請個安吧。」打發蘭陵出去後，那拉氏喚過孫墨：「你去查查，二阿哥最近跟誰走得比較近，查到了立刻來稟報本宮。」

靜默，就像是一隻可怕的巨獸，虎視眈眈地蹲在那裡，令人惴惴不安。不知過了多久，孫墨走了進來，冷熱極端的交替令他渾身一顫，掩好門後，朝那拉氏打了個千兒道：「主子，查清楚了。」

「說。」那拉氏沒有張開眼，只冷冷吐出一個字。

孫墨嚥了口唾沫道：「二阿哥沒有與什麼人走得特別近，不過曾有人看到二阿哥與熹妃在浮碧亭中說話，日子差不多就是皇上下旨賜婚前幾日。」

那拉氏緩緩睜開雙眼，看似沉靜的眸光下蘊著無盡冷意。果然不出所料，是有人在背後刻意搗鬼！

三福低頭想了一下，小聲道：「主子，奴才記得熹妃曾傳召過阿索里大人的夫人入宮。」

「好，很好！」那拉氏臉色難看至極，陰聲道：「熹妃從宮外回來一趟，倒是長進不少，曉得給本宮偷偷使絆子了。」

按她對弘時的了解，即便喜歡索綽羅佳陌，也不該有膽子在自己警告過他後，還跑到他素來敬畏的皇阿瑪面前去說。而今卻是盡數明白了，必然是熹妃在暗中慫恿。

「主子，奴婢不明白熹妃為什麼要這麼做，一個索綽羅佳陌能給她帶來什麼好處？嫡福晉不成，還央著皇上冊其為二阿哥側福晉。」翡翠不解地問。她跟在那拉氏身邊多年，曉得自家主子與熹妃之間的恩怨深到何等地步，熹妃費力做這些，斷然不可能是出於一時心善。

「給她帶不來好處，卻可以給本宮帶來麻煩。」那拉氏深吸了一口氣，平復一下煩躁的心情道：「沒瞧見蘭陵嗎？才剛進府，她已經跑到本宮這裡來哭訴了，以她這性子，往後只怕還有得麻煩了。還有弘時……」說到這裡，她在煩怒之外又生出一些憂心。「他涉世未深，不識人心險惡，本宮擔心他會被熹妃利用。」

三福聞言，連忙出言安慰：「二阿哥對主子一片誠孝，又是主子一手撫養長大，感情深厚，不管熹妃怎麼從中挑撥，都斷然破壞不了分毫。」

翡翠亦跟著道：「是啊，主子不必太過擔心，熹妃不過是痴心妄想罷了。」

那拉氏輕輕呼出一口氣，籠罩在眉宇間的陰森之意卻是越發深重。

「主子，還有一件事，奴才剛才從外邊回來的時候，聽幾個宮人說，上書房那邊鬧起來了。」

「上書房？」那拉氏微微一愣，旋即明白過來。「可是那幾個阿哥又不安生了？」

「主子英明。」孫墨低低一笑道：「奴才聽說，三阿哥與四阿哥還有五阿哥他們大打出手，此刻，年貴妃、裕嬪她們都過去了。至於熹妃，聽說尚在養心殿中未過去。」

那拉氏撫過齊整的鬢髮以及綴在上面的燒藍點翠珠花。「自熹妃回來後，咱們宮裡可是越來越熱鬧了。」

「主子，咱們要不要也過去瞧瞧？」三福湊過來問道。

那拉氏微一沉吟，搖頭道：「已經有一個年素言在了，咱們不去湊那個熱鬧，由著他們去盡情鬧騰。還有，晚些如果有人來坤寧宮，就說本宮頭疼病犯了，起不了身，更加見不了人。」

她這是要坐山觀虎鬥，年氏也好，熹妃也好，她們彼此鬥個兩敗俱傷那才叫好，省得她再親自動手。

「是。」三福等人齊齊答應，隨後在那拉氏的示意下，悄無聲息地退下去，坤寧宮又恢復了寂靜。

胤禛與凌若趕到上書房的時候，就看到裡面亂作一團，裕嬪鬟髻凌亂地蹲在地上，雙眼通紅地緊緊抱著哭泣不止的弘晝，露在袖外的手背上有好幾道鮮紅的印子。

在她旁邊，是比裕嬪模樣還要不堪的水月，不只手上，臉上也有好幾道紅印子，摟著鼻青臉腫的弘曆。她已經盡力了，但並沒有擋下所有戒尺，弘曆額頭一道深紅色的印子一直延伸到鼻梁。在他們對面，是一臉冰冷的年氏，福沛就站在她身邊。

「弘曆！」即便是已有心理準備，但看到弘曆的樣子，凌若依然忍不住驚呼一聲，疾步奔過去。

一直都堅忍不肯向年氏低頭認錯的弘曆，看到朝自己奔來的凌若，鼻子驟然一酸，撲入凌若懷中，哽咽地喚了聲：「額娘。」

在觸及弘曆肩膀時，凌若注意到他吃痛的表情，將石青繡四爪蟒紋的領子拉開些許，發現他肩膀有一大片瘀紅，心疼不已地道：「究竟出什麼事了，怎的打成這個樣子？」

第五百五十九章　鬧劇

年氏正要說話，瞥見與凌若一道走進來的胤禛，不知為何，心中驟然一寒，已經到嘴邊的話又重新嚥下去。

掃視了一眼堪稱亂到極處的上書房，胤禛神色陰沉猶如暴風雨將至的天空，每一個接觸到他目光的人都驚慌地低了頭，連喘氣都變得小心翼翼，唯恐觸怒天顏，招來大禍。

「朱師傅怎麼了？」胤禛發現躺在地上的朱師傅，盯著一個年長些的宗室子弟冷聲問道。

那人渾身一顫，嚥了口唾沫，戰戰兢兢地說道：「回……回皇上的話，朱師傅剛才一激動就……就暈過去了。」

「你們去把他抬到椅子上。」隨後，胤禛又側了頭對跟在身邊的蘇培盛道：「去請太醫來給朱師傅瞧瞧。」

待蘇培盛離去後，他就著四喜端上來的凳子坐下，一臉冷然地道：「說吧，無端端的為何鬧成這個樣子！」

「皇阿瑪！」弘晝委屈地撇著小嘴奔過去，想撲到胤禛懷裡又有些不敢，站在他面前握著手邊的衣裳，啪答啪答地落著淚。

「莫哭了。」看到他哭得這般傷心，胤禛神色微緩，伸手拉過他道：「你與皇阿瑪說，究竟是怎麼一回事，為何要打起來？」稚子不會撒謊，他說出來的事實才是最可信的。

弘晝忍著眼淚將事情原原本本說一遍，臨了大著膽子替弘曆求情道：「皇阿瑪，當真不關四哥的事，他全是為了保護兒臣，您千萬不要怪罪他。」

「這麼說來，所有事情皆因一隻蛐蛐而起？」胤禛抬眼，看向年氏母子的眸光陰晴不定。就在年氏忐忑不安之時，他又轉向弘曆。「還記得朕與你說過什麼嗎？」

弘曆低頭走到胤禛面前，跪下道：「兒臣答應過皇阿瑪，不會再與人打架，如今兒臣失言，請皇阿瑪責罰。」

「總算你還知道自己錯了。」胤禛冷哼一聲，並未繼續說下去，而是對福沛道：「那你呢？」

福沛心中一慌，他是整件事的起因，先動手的也是他，若胤禛當真要追究，他可是脫不了關係，還是趕緊認錯的好。這樣想著，他跟著跪下道：「兒臣也知錯，請皇阿瑪責罰。」

「朕請來朱師傅教你們唸書，可你在課堂上與人鬥蛐蛐，此為一錯；弘晝將蛐蛐踩死，乃是無心之失，你卻揪住不放，甚至動手打人，此為二錯；弘曆勸阻，你仍不聽，引致兄弟動手，此為三錯。」這一番話，胤禛說得極為平靜，聽不出一絲火氣，然福沛卻是滿頭大汗，低了頭不敢出聲。

胤禛的聲音尚在繼續：「前次你與弘曆打架時，朕教過你什麼？」

「皇阿瑪教導兒臣，兄弟之間當如手足，和睦友愛，不可爭執動手，傷了兄弟之情。」福沛澀澀地說著，那是他抄完《禮記》拿給胤禛去看時，胤禛對他所說的話。

「那你做到了嗎？為了一隻蛐蛐就要打弘晝，天底下有你這麼做兄長的嗎！」胤禛說到後面，平靜的聲音驟然化為冷厲尖銳，刺得福沛抬不起頭來。

年氏見兒子被斥，忍不住上前道：「皇上，這件事並不能全怪福沛，弘曆、弘晝也有不是之處，他們聯合起來欺負福沛。」

「朕還沒問妳呢！」冷意如流水一樣淌過，又在胤禛眼中凝結成冰，隔絕了外面冬日灑落下來的淡落陽光。只見胤禛一指弘曆等人道：「他們身上的傷又是怎麼一回事？」

年氏心頭狂跳，強自鎮定道：「自然是互相扭打之時弄傷的。」

「裕嬪也與他們打嗎？還有水月？」胤禛目光如炬，驀然看向神色慌張的唐七。隨著他目光掃過，四喜知機地走上去，一把扭過唐七背在身後的手，從唐七手中奪下戒尺呈到胤禛面前。

「貴妃。」胤禛的聲音猶如結了冰，令年氏遍體生寒，連維持那份浮於表面的鎮定也覺得極為困難。「這是什麼？妳莫不是想告訴朕，是這個小太監發瘋亂了心智，隨意毆打幾位阿哥與裕嬪吧？」

「回皇上的話，臣妾……臣妾……」年氏心亂如麻，一時不知如何回答才好，直至胤禛等得有些不耐煩的時候，方才咬了銀牙道：「臣妾到的時候，剛問完整件事，還沒來得及說幾句話，四阿哥與裕嬪就對臣妾出言不遜，臣妾氣不過，所以就讓人小懲一番。」

「小懲？」胤禛怒極反笑。「妳瞧瞧弘曆額上的傷，再瞧瞧裕嬪手上的傷，還有水月，這也是小懲嗎？」不等年氏答話，他又道：「妳說妳問清楚了事情，那怎麼朕只見妳責罰別人，不見妳責罰福沛？莫忘了整件事他才是最錯之人！朕給妳的協理六宮之權，妳就是這樣用的嗎？」

年氏被他斥得不敢說話，心中則是又氣又羞，臉上青一陣、白一陣。

從進來後就沒怎麼說過話的凌若走到年氏跟前，悲聲道：「福沛是貴妃的孩子，貴妃心疼他，臣妾無話可說；可是弘曆與弘晝也是皇上的孩子，您怎可這樣不分青紅皂白地責打他們。」

年氏緊緊抿著唇不理會凌若，甚至看也不看，只是一味望著胤禛，隨著眼皮的眨動，淚水浮現在長睫下。她萬分委屈地道：「皇上，臣妾絕不敢有絲毫偏私之舉，臣妾原本已經準備責罰福沛，可是他們猶不滿意，在那裡滿嘴胡話，臣妾實在氣不過，才會如此，求皇上明鑑。」

聽得年氏在那裡顛倒黑白，裕嬪雖然氣憤，卻不敢多嘴。剛才她已經將年氏得罪了，此刻再站出來，往後怕是難有安生日子。若只她一個也就罷了，可還有弘晝，怎麼著也得忍住。

此時，蘇培盛帶著太醫到了，太醫替朱師傅把過脈後，拿出銀針在他幾個相關的穴位上扎了幾下，令得濃痰下去，很快的朱師傅便醒了過來。

看到胤禛他們都在，朱師傅連忙上前行禮，慚愧地道：「微臣無能，未能教導好幾位阿哥，實無顏面再留在上書房教授幾位阿哥功課，請皇上允許微臣……」

不等朱師傅把話說完，胤禛已擺手，神色緩和地道：「這件事朕都清楚了，與你無關，是福沛頑劣無狀，朕自會教訓他，授課一事還是與以前一樣。朱師傅今日受累了，先回去歇著吧，明日再進宮。」

第五百六十章　懲罰

「微臣遵旨。」朱師傅無奈地答應。胤禛言下之意，分明是不許他辭去阿哥師傅一職。

在朱師傅與太醫相繼離開後，胤禛也不說話，只徐徐撥著手中的翡翠十八子手串。他不出聲，自然也無一人敢出聲，一時間，上書房中靜寂無聲，唯有極盡壓抑後輕微不勻的呼吸聲。

良久，胤禛眼皮子一抬，對跪在腳下的弘曆與弘晝道：「你們兩個回宮去好好反省，五日內各寫一篇文章給朕過目，若寫得不好，繼續反省。」

「兒臣遵旨。」兩人老老實實地答應，心中皆曉得這樣的處罰已是極輕。畢竟不管怎樣，他們都參與到這件事中，責任多少有一些。

胤禛命他們站到一邊，垂目盯著還跪在地上的福沛。後者感覺到停留在自己頭頂的那兩道目光，心中有著難言的恐懼。

胤禛隨手從旁邊的桌子上拿過一本《春秋左傳》。「福沛，三人之中你序齒最長，本該愛護幼弟，以身作則，可你懈怠功課，沉迷玩樂不說，還動手打兩個弟弟，枉費痴長了這麼幾歲。朕現在罰你反省一個月，將這本《春秋左傳》仔仔細細看完，並且對裡面所記載的事與人熟記於胸。一個月後，朕會考校你，如果不合格的話，就再反省一個月。」

這個懲罰較之弘曆他們無疑嚴重了許多，然福沛卻不敢有任何異議，低頭謝恩。就在他準備起身回到年氏身邊的時候，胤禛將手裡的書扔到四喜懷中，淡然道：「送三阿哥去坤寧宮。」

坤寧宮？福沛頓時愣住了。他是住在翊坤宮的，無端去坤寧宮做什麼？

年氏上前一步，小心翼翼地道：「皇上，福沛該隨臣妾回翊坤宮才是。」

胤禛撣一撣衣袍，起身淡淡道：「前次，福沛與弘曆打架時，朕記得與貴妃說過，妳若不會管教福沛的話，朕就將他交給皇后去教。如今看來，還是讓皇后去管教福沛更好一些。」

「不要！皇上不要！」年氏徹底心慌了，惶恐地道：「臣妾知錯了，臣妾保證回去後好生管教福沛，絕不讓他再惹禍，求皇上開恩。」福沛是她的命根子，她怎肯將福沛交給皇后去養育，更不要說皇后表面和善、實際陰毒，福沛去了皇后那裡，還不知道會怎樣。

胤禛這次打定主意要給年氏一些教訓，漠然道：「恩，朕已經開過一次，可惜貴妃並不珍惜。」

福沛也慌了神，他長這麼大，還沒離開過年氏，跪下哀求道：「皇阿瑪，求您不要將兒臣送到皇額娘那裡，兒臣知錯，兒臣以後一定會痛改前非，求您讓兒臣留在額娘身邊。」

「皇上。」年氏摟著福沛，落淚悲泣道：「臣妾只得福沛一個兒子，您將他從臣妾身邊帶走，無異於要臣妾的命。您若真這樣狠心的話，倒不如現在就殺了臣妾，也省得臣妾日日受思子之痛。」

剛才還威風凜凜的貴妃娘娘，在這一刻成了可憐蟲，令人既感到可恨又可悲。

「一個月。」胤禛忽地道：「就以一個月為限，如果福沛到時候能熟讀《春秋左傳》，並且令朕滿意的話，朕就讓他回翊坤宮；反之……就等皇后將他管教好了再說。」

扔下這句話，胤禛不再理會他們母子，大步離去。蘇培盛緊緊跟在他身後，至於四喜，則對福沛道：「三阿哥，隨奴才走吧。」

「額娘……」福沛不安地望著年氏。

年氏此刻一點兒主意也沒有，要將兒子送到坤寧宮去，她心裡一千個、一萬個捨不得，可是胤禛金口已開，抗旨不遵是不可能的。不過幸好只有一個月，忍過這一個月就好。那拉氏雖然惡毒，但想來應不至於明目張膽地謀害福沛，除非她不想再坐皇后之位。

如此想著，年氏狠下心抹了把淚道：「去吧，這一個月好生讀書，只要過了你皇阿瑪的考察，就可以回到額娘身邊。」

「兒臣知道，兒臣一定會好生讀書。」與生母的別離，令福沛流淚不止，依依不捨地放開年氏同樣不捨至極的手，跟隨四喜往坤寧宮而去，一路上不住回頭張望。年氏更是追到上書房外，盼能多看他一眼。

一場鬧劇隨著胤禛的處置劃上一個句號，但這個句號能維持多久，誰也不知道。

裕嬪牽著弘晝經過年氏身畔時，能夠感覺到一陣徹骨的寒意，她不敢停留，加快腳步匆匆離去。

年氏沒有理會裕嬪，只是一味盯著隨後走出來的凌若與弘曆，猶帶淚意的眼底閃爍著恨毒的光芒。

為什麼？為什麼胤禛如此偏袒他們？明明弘曆也有錯，可是只罰他思過五日；而福沛，卻要被帶去坤寧宮，與她生生分離。胤禛明明知道福沛是她唯一的兒，是她的心頭肉啊，他怎麼可以這樣狠心絕情。

「咱們走吧。」凌若對年氏噬人的目光視若無睹，逕自拉著弘曆離去，但是年氏卻橫移一步擋在她面前。

凌若抬頭，目光平靜地道：「貴妃還有什麼話要與臣妾說嗎？」

「鈕祜祿凌若，妳不要得意，本宮看著，妳能得寵到幾時。」年氏從牙縫中擠出這句話。伴在胤禛身邊多年，她尚是第一次吃那麼大的虧。若非僅餘的理智知道再鬧下去不只討不得半點好處，還會令自己更處於劣勢，她是絕不會如此輕易放過鈕祜祿氏與弘曆的。

「不勞貴妃娘娘操心。」凌若撫一撫弘曆臉上的傷，縱然動作極為輕緩，弘曆依然痛得皺起那雙濃黑好看的眉，比年氏更加陰寒的冷意在凌若眸中一閃而過。

弘曆是她的逆鱗，誰傷了弘曆，她就會讓其付出百倍、千倍的代價。只是分離一個月，遠不能消她心頭之恨。

第五百六十一章　暗潮洶湧

送走了太醫，凌若拿過藥，用銀棒挑起藥膏均勻柔緩地塗抹在弘曆受傷的地方，期間什麼話也沒說。反倒是弘曆有些惴惴不安，時不時地偷看凌若一眼，欲言又止。

「想說什麼便說吧。」凌若眼也不抬地道。

見自己的小動作被抓住，弘曆身子小小地跳了一下，小聲道：「額娘，今日的事……您不怪兒臣嗎？」

「你皇阿瑪怪你了嗎？」待得將弘曆身上的傷都塗完後，藥膏也去了一小瓶，淡淡的藥香瀰漫在宮殿中。

弘曆搖頭道：「沒有。」今日皇阿瑪固然罰了他與弘晝，但只是禁足五日再加一篇文章，實在說不得是什麼懲罰，而且看皇阿瑪當時說話的語氣，也並未太過生氣。

「那就是了，既然你皇阿瑪都沒怪，額娘為何要怪你？」凌若微微一笑，溫柔地道：「在上書房中，額娘與你皇阿瑪皆聽到了前因後果。整件事因福沛紈褲蠻橫而起，而你不過是保護了弘晝，何錯之有。再說，身為哥哥，保護弟弟是理所當然之事，若是你眼睜睜看著弘晝挨打，額娘才會怪你呢。」

「謝謝額娘。」弘曆總算放下了心裡那點不安。之前看額娘沒說話，還以為是在生他的氣呢。

「好了，躺下睡一會兒吧，你皇阿瑪既是罰你思過五天，那這幾日就不必去上書房了，好生養傷。還有，記得把那篇文章寫出來。」凌若叮嚀道。

「嗯。」弘曆答應一聲，依言躺下。

凌若替他將被角掖好，見他還睜著眼睛不肯閉起，遂問：「還有事嗎？」

弘曆猶豫了一下，輕聲道：「額娘，您說三哥被帶到坤寧宮，沒有額娘在身邊，他會不會有事？」

「怎麼，同情他了？別忘了你剛剛才被他們打過，人家說好了傷疤忘了疼，你這傷疤可是還沒好呢！」凌若指著弘曆額上的紅印。

「兒臣知道，可他終歸是兒臣的三哥，兒臣有額娘照料，他卻沒有。」弘曆是一個心善的孩子，即便福沛數次找他麻煩，依然顧念著手足之情。

凌若撫慰道：「放心吧，皇后娘娘會好好照料三阿哥，沒事的，一個月很快便會過去。而且年貴妃與三阿哥犯了錯，讓他們受些教訓也是應該的。睡吧。」

皇后與年貴妃看起來相安無事，但她很清楚，那不過是表面上的寧靜罷了，底下早已暗潮洶湧。年貴妃覬覦后位與太子之位，而皇后是絕對不會把這兩樣東西交出手的。這一點，從十七年前，她想方設法將弘時收歸到自己膝下撫養時，就已經確定了。

當初一個世子之位就已經令王府眾女爭得妳死我活、頭破血流，更不說將來會成為皇帝的儲君之位。

如今，福沛養在皇后宮中，她為避嫌，自然不會明目張膽地下手，但要一個人的命，並不需要太過直接的手段。譬如皇后當年對付瓜爾佳氏所用的噬心毒，無色無味，慢慢發作，根本無從查起。

後宮中，人人皆是為自己而活。為了活命，為了權勢與恩寵，一路走來，雙手染滿血腥，永遠沒有洗清的那一天。

這樣黑暗而殘酷的現實，凌若並不想讓弘曆過早接觸，十一歲的他還太小。即便今後無可避免，但為娘的，總是想要多保護子女一些，直到他們真正有了直面所有風雨的能力。

福沛去了坤寧宮後，年氏整個人心神不寧，在殿中來回走著，花盆底鞋踩在金磚上，發出「答答」的聲音。她這些年想方設法地壓著皇后，皇后早已對她恨之入骨，原本她並不在意，可現在福沛在皇后手中，萬一皇后對福沛不利……

「主子，您別這樣，三阿哥不會有事的。還有這都過午了，您午膳還一口沒動過呢。」綠意與迎春在邊上勸著。

「本宮哪裡吃得下。」臉上精緻的妝粉也掩不住年氏的憂心。「綠意，妳去看看福沛在坤寧宮怎麼樣了，皇后有沒有虧待他。之前與弘曆打架，本宮看他身上有好幾處傷痕，得趕緊召太醫給他瞧瞧。還有，若缺了什麼即刻給他送過去。」不等綠意說話，她又道：「還有，最近天涼，多送一些衣裳。」

綠意曉得自己不去，主子是絕對放不下心的，當下道：「是，奴婢這就過去，主子您坐下歇一會兒，當心身子。」

「快去。」年氏哪裡聽得進去，只是不斷催促，待得綠意將福沛的衣裳帶好離開後，她就一直站在門口等著，任迎春勸了無數次也不肯進裡面。

好不容易看到綠意的身影出現在視線中，年氏忙迎上去問：「怎樣，見到福沛了嗎？他好不好？」其實與福沛分開不過半日而已，只是在年氏看來，就像是過了一年那麼漫長。

綠意目光一閃，低頭笑道：「主子放心吧，奴婢見到三阿哥了，他很好，皇后娘娘讓他住在二阿哥以前住的地方，也有專門的宮人伺候，並未虧待。」

「果真嗎？」年氏微微鬆了一口氣，正要說別的，忽然發現綠意在說話時始終避開自己的眼神，不由得存了幾分疑心。「綠意，妳果真見到福沛了嗎？」

綠意身子輕輕一顫，笑容顯得有些勉強。「奴婢怎敢騙主子，自然是真的。」

她話音剛落，年氏已經追問：「那妳倒是說說二阿哥的房間是什麼樣的，裡面都有些什麼？」

「奴婢該死！」綠意慌忙跪下，黯然道：「奴婢去到坤寧宮，那裡的翡翠姑姑將奴婢帶去的衣服收下後，便打發奴婢回來。奴婢要求見皇后娘娘和三阿哥，她說皇后娘娘頭疼見不了人，三阿哥則已經睡下了。奴婢實在無法，又怕主子掛心，所以才斗膽欺瞞主子，求主子恕罪。」

第五百六十二章　臘月

「皇后這個賤人！」年氏失控地厲聲大叫。福沛被強行帶到坤寧宮已經令她心神不寧，如今皇后又故意刁難，不讓她的人見福沛，恨得她幾乎要嘔出血來。

「主子當心，這話萬萬不能讓人聽見！」綠意慌得顧不得主僕有別，連忙伸手去捂年氏的嘴。如此大不敬的言語，若傳到有心人耳中，那正好給皇后藉口對付自家主子，令本就不妙的形勢更加惡化。

「主子，您不要擔心，奴婢晚些時候再去求見皇后娘娘，一次不行就兩次、三次，總是能見到三阿哥的。」待年氏看起來沒那麼激動後，綠意方才放開手，小心翼翼地說著。

「她有的是辦法不讓妳見。皇后！」最後兩個字，年氏幾乎是從牙縫中擠出來。然現在，她再恨也無濟於事，只能咬碎了銀牙往肚裡嚥。

但是，她不會就此認輸了，絕對不會！

後宮，就是一個人吃人的地方，不是妳吃人就是人吃妳。而她年素言，絕不會任人宰割。眼前的劣勢不過是暫時，她還有家族的支撐，一定會東山再起，一定會！

臘月二十八，好不容易放晴幾天的天空中又再次飄起了柳絮一般的雪花，覆在未化的積雪上。

凌若站在重簷下看著籠罩整片天地的大雪，將手伸出簷外，立時就有冰涼的雪花落在掌中，然後化為更加冰涼的水珠，順著指縫流下去。

院中，楊海正領著莫兒冒雪掃路。雪這般大，隔一會兒就得掃一次，否則一旦積起來再掃就難了。

莫兒上次被凌若罰在半月之內背出宮規，雖說她很用心在記，但幾百條宮規還是背得磕磕絆絆，沒能過關；還好凌若只是藉此讓她長些記性，並非真要怎樣，所以在訓斥一頓後也就罷了。不過經此一事後，莫兒倒老實了些，不再像以前一樣口無遮攔，想到什麼說什麼。

「主子當心著涼。」水秀將一襲鑲有白狐毛的絳色緙金水仙紋大氅披在凌若身上。

「不礙事。」凌若回頭一笑，又將目光投向無邊無際的大雪中。「這一場雪似乎比二阿哥大婚那日還要大。」

水秀「嗯」了一聲道：「是啊，下得這樣大，沒幾日是停不下來的，看樣子今年的新年得在雪中度過了。」

新年……凌若的眸光因這兩個字而變得憂傷起來。新年本該是闔家團聚的日子，於她卻是奢望，她的家人至今仍被關押在牢獄中，也不知要等到何時才能放出來。

她回宮的這些日子，沒一日不惦念，卻不敢在胤禛面前多提。胤禛為她所做的事已極多，她不想再惹他煩心，何況胤禛已經答應過自己，一定會及早查清此事。

水秀覷了靜默不語的凌若一眼，小心地道：「主子，奴婢聽說永和宮的裕嬪娘娘趁著新年之機，央求皇上讓家人入宮相聚一番，皇上已經應允了。主子若是惦念老爺、夫人，何不……」

「妳是想讓本宮也去求皇上？」凌若搖搖頭，白狐毛掃過臉頰，柔軟而酥癢。「本宮家人與裕嬪不同，裕嬪家人不曾犯錯，而本宮的家人，卻仍在牢獄之中。」

這樣說著，一時間水秀也不知該如何安慰自家主子，只能靜靜地站在一邊，看雪落之景。

紫禁城的雪景永遠是最美的，紅牆白雪，明媚鮮妍，這世間再沒有一個地方可以企及這種美麗，就像不能企及那份尊貴一樣。

在漫然無邊的落雪之中，凌若看到一人披著紫青色的鶩子緩步走來，右手牽著一個孩子，在他們兩人身後各有一個宮女撐著繪有水墨畫的絹傘，擋住漫漫的雪花。那人面容在雪後若隱若現，始終看不真切，直至走到近前，凌若方認出是裕嬪，她手裡牽著的孩子不是弘晝還有誰？

「臣妾給熹妃娘娘請安，娘娘吉祥。」裕嬪欠身行禮，她的一舉一動都是柔緩優美的，如行雲流水，見不到一絲矯揉造作的痕跡。由此可見，她娘家雖不是什麼顯赫貴族，卻將她教得很好。

看著眼前的女子，凌若神色溫和地抬手道：「妹妹請起。」雖然裕嬪進府也有十年，但她與裕嬪的交集並不多。不，應該說裕嬪與所有人的交集都不多，她深居簡出，專心撫育弘晝，除卻必要的場合與請安之外，少有走動。像今日這樣專程來承乾宮，更是第一回。

「臣妾冒昧來訪，希望不會打擾到娘娘。」裕嬪脣邊噙著淡雅的微笑，此刻她仍站在簷下，雪花繚繞，令容色不算太過出色的她平添一份出塵之美。

「妳我乃是姊妹，何來打擾一說。」如此說著，凌若召手道：「快上來，風大雪大的，站在下面著涼了可不好。」

裕嬪依言上前。在抖落身上沾到的雪花後，弘晝走到凌若面前，規規矩矩地行了個禮，脆聲道：「弘晝見過熹妃娘娘，娘娘萬福。」

裕嬪在一旁道：「臣妾今日帶弘晝來，是專程來謝謝四阿哥的，那日在上書房中，若非他護著弘晝，如今弘晝只怕還躺在床上。」她看似平靜的聲音下有著濃濃的感激之情。

凌若微微一笑，撫著弘晝腦袋道：「弘曆是兄長，護持幼弟乃是分內之事，裕嬪實在太過客氣了。」

裕嬪並沒有接下去，而是道：「不知四阿哥可在宮中？」

那日胤禛令弘曆與弘晝禁足五日，並寫一篇文章呈給他，如今五日已過，弘晝的文章已經通過，向來聰明好學的弘曆不可能沒通過。不過因為新年將近，胤禛提前放了朱師傅的假，所以他們被釋了禁足之後不需要再去上課。

弘晝亦仰了頭道：「是啊，熹妃娘娘，四哥在嗎？」

「在，就在裡頭。」凌若答了一句後，命水秀去將溫習功課的弘曆喚出來。

弘曆看到弘晝也是頗為高興，拉著他的手說了好一陣子話，期間提到弘曆曾經答應過的蛐蛐。

只是這雪一下，蛐蛐卻是難找了，而往後，隨著天氣越來越冷，幾乎不可能再見。弘曆只得答應他，等到明年秋時，抓一個大大的蛐蛐給他。

弘晝很高興，卻又有些擔心，唯恐裕嬪不高興，然裕嬪只是撫著他粉嫩的臉頰，叮囑他要學弘曆，不可因玩物而落了功課。

第五百六十三章　保護

弘晝高興不已，又滿懷期望地問：「額娘，兒臣能不能跟四哥一起去堆雪人？」

裕嬪看了一下紛紛揚揚的大雪，並未立刻答應，而是將目光轉向凌若。她可以做弘晝的主，卻不可以做弘曆的主。

凌若看了一眼同樣滿懷期待的弘曆，道：「去吧，別玩得太久，還有照顧好弘晝，莫讓他摔了、磕了。」

「兒臣知道。」弘曆高興地答應一聲，拉了弘晝往院中跑去。水秀與裕嬪的宮女疾步跟上，撐傘為兩位阿哥擋住頭上的雪花。

弘曆與弘晝開心地蹲在地上堆雪人，期間兩人不時互相扔著雪團，清脆歡快的笑聲響徹在這片天地間。這兩個年紀相仿的兄弟，頭一次這麼親近，然不知是否體內流著相近血液的緣故，並沒有絲毫生疏感。

「妹妹將弘晝教得很好。」望著在雪地中打鬧的兩兄弟，凌若突然說出這麼一句話。

裕嬪低頭撫著袖口油亮柔軟的風毛，輕聲道：「臣妾教會了弘晝很多，但是臣妾自己卻做不到。」見凌若好奇地看過來，她粉面微紅地道：「四阿哥為了弘晝而被三阿哥打，可是臣妾當時卻沒有勇氣站出來向年貴妃求情。」

「這是人之常情。何況在這宮中，最需要的便是明哲保身，妹妹無須在意。」你待別人如何，並不能要求別人也待你如何，這世間從來沒有絕對的公平。何況裕嬪能當著她的面說出這句話，已經是難能可貴了。

裕嬪並未因這句話而釋然，反而更加內疚。「娘娘，在您看來，臣妾是否很懦弱？」

「為什麼這麼問？」凌若問。雪從簷外飄進來，吹在臉上，有冰冰的涼意。

「臣妾從不敢與人去爭，也不敢去要，只求能與弘晝平平安安地活著便好。這十年來，臣妾一直以為自己是對的，直至那日上書房中，弘晝質問臣妾，臣妾竟然無言以對。」

「小孩子不懂事，妹妹何必放在心中。」凌若撫去臉上的雪，淡淡道：「每一個人都有自己的生存方式，妹妹能夠將弘晝平安養大，就足以證明妳並沒有錯。弘晝年幼，不能理解妳的苦心，等他長大了自然會明白。何況……」她轉頭，露出一絲明媚如朝陽的笑容。「那日妹妹始終是替弘曆求情了，這份恩情，本宮會記在心裡。」所有事，她都已經聽弘曆親口說了，孰是孰非，心中皆有數。

「娘娘如此說，倒是令臣妾越加汗顏了。論起恩情，臣妾才該記著娘娘與四阿哥的恩情。」裕嬪神色真摯地說著。

凌若笑笑，將目光重新轉向弘曆兩人。他們已經堆起了一個雪人的身子，如今兩兄弟正在合力堆腦袋。「往後得空多帶弘晝過來走走，本宮已經很久沒看到弘曆這麼高興了。」

「臣妾知道。」裕嬪臉上露出了同樣的微笑，望著雪中的弘晝，眼中盡是慈愛。一直以來，她努力保護著弘晝，讓他不受到一點傷害，但漸漸的，隨著弘晝長大，她開始力不從心。這一次的事更給她敲響了警鐘，不管她如何不願，都已經把年氏得罪了，往後再想過平靜無瀾的日子，怕是已成一種奢望。她自己如何並不是太過在意，只是擔心弘晝會受到傷害。

百般忍讓，也許能換來一時的平靜，卻換不來一世。所以，她迫不及待地想要替弘晝尋另一重保護，而宮中，唯一合適的人選便只有熹妃了；且上書房中，弘曆保護弘晝的一幕也令她印象深刻。熹妃說她將弘晝教得好，事實上，真正被教得很好的那人，是弘曆才對。

自己這點心思，相信以熹妃的聰慧必然看穿了，卻沒有反對，且還讓她多帶弘晝過來，也就是說，熹妃是默認了。

「額娘，看我與五弟堆的雪人好不好？」弘曆跑進來，滿面笑容地問著凌若。

只見一個雪人已經成形了，胖乎乎、圓滾滾，立在院中憨厚可愛。弘曆也不知從哪裡找來兩顆彈子，安在雪人腦袋上充當眼睛，鼻子則是一只紅辣椒。最可笑的是，雪人頭上還插了一朵花，顯得有些滑稽。

凌若攏了弘曆凍得通紅的雙手，讚道：「好看，不過你倒是告訴額娘，是哪個把花插在雪人腦袋上的？」

弘曆還沒說話，賴在裕嬪身邊的弘晝已經咯咯笑了起來。「是我插的，四哥起先還不讓。」

「本來就不該插，好端端一個雪人，被你這朵花給插得不倫不類，你何時見過有人這樣的。」弘曆瞪著弘晝。

弘晝扮了個鬼臉，嚷嚷道：「就是因為沒有才好嘛，以後只要看到這樣的雪人，別人就知道是我與四哥堆的了。」

弘曆懶得再跟他爭，由著他胡鬧去。反正在堆雪人的時候，自己也玩得很開心痛快。

裕嬪將弘晝手上的雪水拭盡後，對弘曆微微一笑道：「四阿哥，弘晝功課算不得很好，常有許多不懂之處，往後你能多教教他嗎？」

弘曆也很喜歡這個唯一的弟弟，當即就要答應下來，又怕凌若反對，噘了嘴邊的話，看向凌若。

凌若笑著道：「額娘晨間吩咐了小廚房做點心，如今應該好了，你帶弘晝去看看，若好了，便端一碟到書房中去。弘晝有什麼不懂的地方，你就好生教他，不許偷懶。」

「是。」弘曆開心地答應一聲，拉著弘晝往小廚房走去。

在他們離開後，凌若與裕嬪道：「妹妹宮中若無事的話，就在這裡用過午膳再走吧。」

「多謝娘娘。」裕嬪柔順地答應。若換了以前，向來與後宮諸妃保持距離的她是絕對不會留下來，但今時不同往日，她已經決定替弘晝尋一個更好的靠山，自然不會拂了熹妃的美意。

如此，一直逗留到午後，裕嬪方才帶著弘晝離開。

望著一大一小遠去的身影，凌若朱唇微微勾起，待要轉身回屋，卻見溫如言進來，忙迎上去笑道：「這麼大的雪，姊姊怎麼過來了？」

第五百六十四章　溫如言

溫如言瑩白的膚色在大雪中顯得越加晶瑩剔透，絲毫看不出她已經三十多歲了，她順勢握住凌若的手道：「在宮中待得慌悶，便想到妳這裡來坐坐。」在她身後還跟著一個提了食盒的宮人。

進了燒地龍的暖閣之後，熱意撲面而來，將兩人身上的寒意吞噬怠盡。

溫如言坐下後，命宮人將食盒打開，從中端出一碗還冒著熱氣的餃子來。「雖然還沒到除夕，但也就這兩天的工夫，我記得以前在府裡時，妳最喜歡吃我包的餃子，所以趁著沒事包了幾個，嘗嘗看味道如何。」

「姊姊包的餃子自然好吃。」凌若笑言，舀了一個放到嘴裡，細細咀嚼嚥下，點頭道：「與十九年前一樣，一點兒也沒變過。」

「除了涵煙，我也就只能找妳一道吃這餃子了。」溫如言這般說著，臉上不自覺地流露出幾分失落。

凌若敏銳地感覺到溫如言有心事，當下問：「姊姊怎麼了？」
溫如言察覺到自己的異樣，忙搖頭道：「沒事，吃餃子吧。」
她這樣說著，凌若卻是將碗放下，停了一會兒，輕聲道：「姊姊可是思念家人了？」
溫如言沉默了一會兒道：「昨兒個，他們給我送來一封書信，說是弟弟屢試不中，讓我向皇上求情，賞他個一官半職，省得他整日在家遊手好閒。」
凌若凝視著她道：「這並不是什麼大事，姊姊與我說，可是想讓我向皇上開這個口？」若溫如言真這麼說，以她們兩人的交情，她是絕對不會推辭的。
「不是。」溫如言搖頭，耳下的翡翠墜子閃爍著清冷光芒，輕輕打在她臉上。「我只是覺得很悲哀，我在王府為格格時，一年也收不到一封書信；可是自打我被封為庶福晉後，家中便常有書信，封嬪之後，更是三天兩頭接到他們寄來的書信。若兒，妳可曾見過這樣勢利的家人？」
凌若無言，她只在初入府的那一天，聽溫如言提起過她的家人，之後便再不曾聽聞過，還道一直沒有什麼往來。
「我一直曉得他們當年送我入府，是盼著我能為他們帶來榮華富貴，卻不想勢利到這個地步。我受辱無寵時，他們不聞不問；今朝我蒙皇上隆恩，封為惠嬪，他們就腆著臉貼上來，真是現實得令人害怕。」在說這話時，溫如言臉上一直掛著諷刺尖銳的笑意。

凌若握住她的手，輕輕道：「姊姊莫難過了，妳還有我，還有涵煙與雲姊姊，不論怎樣，我們都會陪在妳身邊。」

「我知道，就是心裡突然難過得緊。」溫如言勉強一笑，指著小几上的餃子道：「快吃了，涼了就不好吃了。」

「嗯。」凌若為了不拂她的美意，將一碗餃子皆吃了，在拭過嘴角的湯漬後又道：「那姊姊現在準備如何，要不要向皇上討這個恩典？」

「不去，他們之前當我沒有一般，我又何必去在意他們。何況這個所謂的弟弟，我入府時，他還未出生。」對於家人，溫如言實在沒有什麼感覺，反倒是失望與厭惡更多一些。

「可他們終歸是姊姊的家人，難道姊姊準備一輩子都不理會？」儘管溫如言嘴裡不說，凌若卻能感覺到她的痛苦；若沒有，誰願意與家人形同陌路。

溫如言心中也很亂，搖搖頭道：「再說吧，我現在實在沒心情理會他們。對了，我剛才看到裕嬪出去，她來妳這裡做什麼？」

凌若將裕嬪的來意說了一遍後，溫如言點頭道：「她雖然為人謹慎小心，但總算是非還分得清楚。能與之交好就盡量交好吧，將來說不定也能成為一個助力。」

「這個我倒是沒想，就想著弘曆能多一個同伴。」說及此，凌若長長嘆了口氣道：「身在皇家，實在是可憐得緊。」

「說到底，這宮裡哪個人不可憐。皇家……只是看著尊貴罷了，實際比尋常人還要不如許多。」想起這麼多年的起起落落，溫如言感慨不已。若非她幸運地生了涵煙，若非有凌若與瓜爾佳氏一路扶持，她如今也不知會在哪裡。

上天是公平的，有失必有得，她固然失去了家人的關愛，卻收穫了難能可貴的情誼，還有一個聰慧懂事的女兒。

隨後她又問了幾句凌若家人的事，得悉仍然關在大牢中後，道：「我曉得妳不願去煩皇上，但有些事，拖得越久越不好。宮裡盯著妳與妳家人的眼睛可不在少數，就怕他們會趁機搗鬼。所以，該說的還是要說，否則等出了事再後悔可就來不及了。」

凌若點頭。「我會的，姊姊放心吧。」

在連綿不絕的大雪中，又是一日過去。十二月二十九夜間，凌若正在考弘曆功課，敬事房太監來承乾宮傳旨，命凌若前往養心殿侍寢。

凌若略微收拾一下，又叮囑了弘曆幾句話，坐上了來接自己的鳳鸞春恩車。由於地上積了厚厚一層雪，車子駛得很慢，綴在四角的金鈴在風雪中不斷發出叮鈴脆響。

蘇培盛守在養心殿外，看到凌若從鳳鸞春恩車中下來，打了個千兒，小聲道：「皇上正在裡面呢，娘娘進去吧。」

凌若推開厚重的殿門走進去，殿中兩邊各放著四盞鎏金的燭臺，燭光爍爍，將殿中照得一派通明，亮如白晝。

胤禛閉目坐在椅中，似是沒聽到凌若開門進來的聲音。凌若剛要行禮，候在胤禛旁邊的四喜便朝她做了一個禁聲的手勢，隨即輕手輕腳地走過來小聲道：「娘娘，皇上睡著了。」

「本宮知道了。」以同樣微小的聲音答應一句後，凌若悄然走到椅中坐下，等待胤禛醒來。

這一等便是半個多時辰，燭臺上的蠟燭在時間的推移中慢慢變短。

在一聲微長的呼氣聲中，胤禛睜開了眼，初初睜眼對室內的光亮有些不適應，好一會兒才看到已經站起來的凌若。他捏一捏鼻梁，招手道：「什麼時候來的，怎麼也不叫醒朕？」

第五百六十五章　年氏一族

「臣妾才來一會兒，看皇上睡得正香，便沒有擾醒皇上。」凌若一邊說著一邊走上臺階，伸手在胤禛太陽穴上輕輕地揉著。「國事雖然要緊，但皇上也得保重身子，莫要太累了，這大清還得靠皇上來支撐呢。」

「朕沒事。」胤禛拉下她的手道：「再說，皇阿瑪晚年吏治寬鬆，以仁德馭下，令得底下那些官員膽大包天，朝廷發下去修河工、賑災、改善民生的銀子都拿來中飽私囊，這些年下來，弊端漸顯。若任這些蛀蟲繼續作亂下去，怕是再大的樹也要被蛀空啊。皇阿瑪既然將這個重任交到了朕的手裡，朕就一定要做好，以免百年之後無臉去見皇阿瑪與列祖列宗。」

「會的，皇上英明神武，勤勉克己，定能令大清昌盛繁榮。」這並非安慰敷衍的話，而是她相信胤禛確有這個能力與決心。

「只靠朕一個人是遠遠不夠的，朝中諸事情有允祥幫朕一道打理倒是輕鬆一些，可惜並非所有兄弟都與朕一條心。允禩他們的心，至今都不曾真正安分過。」最後這句話，透著些許寒意。自己繼位後，對允禩一幫人本著寬仁厚待之意，加封親王、郡王等爵，可惜，他們一個個表面對他恭敬，私底下動作不斷。如今之所以一直隱忍不發，就是想看看他們究竟會做到什麼地步。

他答應過皇阿瑪，會好生對待兄弟，若非萬不得已，他也不願走到同室操戈的那一步。

凌若默然，只有手上的動作依然繼續著。後宮不得干政，即便胤禛不避她，她也要懂得迴避，若干涉太多，到後面就是想抽身也不可能了。

胤禛頓了一下又道：「話說回來，李衛這幾年在地方上倒是歷練出來了，且敢於擔事，這一點很是難得。所以，這次朕準備外放他一個雲南道驛鹽道。」

鹽官歷來是一個肥缺，多少人削尖了腦袋往裡鑽。昔年，黃河大水，戶部賑災無銀，胤禛與胤祥就是從那些鹽商、鹽官口袋裡生生掏了兩百萬兩銀子出來，解了朝廷燃眉之急，所以能出任鹽官的，多是皇帝親信。

「能得皇上看重，是李衛的福氣，希望他好生辦差，莫負了皇上這份信任。」李衛能有出息，她這個前主子也高興。

「嗯，李衛、田文鏡、張廷玉、鄂爾泰，這四個都是能臣幹吏，朕盼著他們輔朕做一個明君！」胤禛言詞間多有感嘆。開國不易，守國更不易，要將這個大攤子看牢看好，實在是千難萬難啊。

在跳躍的燭火中，胤禛拉下凌若的手在臉頰邊輕輕地蹭著。這雙手的主人總能讓他在疲憊之餘感覺到異常的寧靜溫和。「妳沒有話與朕說嗎？」

「皇上想讓臣妾說什麼？」凌若低頭，綰在髮上的紫晶珠釵垂下細碎的流蘇，拂落耳畔。

胤禛一笑，拉著凌若的手讓她走到自己面前。「看來妳是打定主意要朕先說出口了。」望著那張彷彿怎麼看也看不夠的秀美容顏，胤禛突地嘆了口氣。「近二十年，若兒還是這般貌美，反觀朕倒是老了不少。」

其實胤禛不過才四十五歲，實在說不上老，繼位之前的相貌更是望之如二十左右；然繼位僅僅一年，皺紋便開始爬上他的臉，猶如散開的細細魚紋，鬢邊更有白髮滋生，令他透出一絲滄桑之色。

凌若蹲下身，低頭伏在胤禛腿上，柔聲道：「皇上不老，在臣妾心中，皇上還是跟二十年前一樣年輕。」

胤禛眉目微低，緩緩撫著凌若依然如少女一般光滑細嫩的臉頰，輕笑道：「妳倒是會說話哄朕開心。還有一日就是除夕乃至新年了，若兒，與朕老實說，妳想不想家人？」

凌若微一遲疑，緩聲道：「若臣妾說不想，那便是欺瞞皇上了。只是，臣妾並不想讓皇上為難。」

胤禛一下一下地撫著凌若的臉，許久才道：「朕讓隆科多查的事，已經有消息了，杭州軍備庫的軍服丟失應該是年後的事，當時負責掌軍備庫的是參將張大年。」

凌若靜靜地聽著，等胤禛說完後方道：「臣妾與這位張姓參將並不相識，他為何要在通州這般迫害臣妾，還膽大包天地陷皇上於不義？」

「妳自然不識，但這張大年的參將一職，是年羹堯任杭州將軍時提起來的，在此之前，他不過是一個區區百戶，年羹堯待他有提攜知遇之恩。」胤禛感覺到伏在膝上的身子一僵，撫慰地拍一拍她，又從案桌上累成一疊的奏摺最底下抽出一封黃綾封面的摺子來給凌若。「妳再看看這個。」

凌若之所以身子僵硬，並不是因為得悉有人陷害自己，這本就是意料之中的事；真正令她意外的是，此事竟然與年氏一族有關，而非自己之前一直以為的皇后。

忍著心中的疑惑，她自胤禛手中接過摺子，待看清裡面所寫的字字句句後，縱然是以她的心思之冷靜，依然忍不住露出一絲難看之色。因為這封摺子參的不是別人，正是她已經身陷牢獄中的阿瑪。

摺子以凌柱懈怠職守、欺君犯上為由，要求胤禛將其革職，並且全家發配至西北邊塞充軍，不得還京。

這封摺子言詞犀利狠辣，句句皆指向凌柱在胤禛登基大典時犯下的錯，並將之無限放大，其意很明顯，就是要置凌柱於死地。邊塞充軍，聽起來似乎只是活罪，但那是什麼地方？氣候苦寒，再加上千里跋涉，許多犯人在中途就已經死了；即便福大命大僥倖地活到西北，也因為那邊環境過於惡劣，且還要編入軍隊做苦役，從而在無休止的勞累中丟了性命。

以淩柱夫婦的身子與年紀，怕只是這千里路程就熬不過去，一旦胤禛准奏，依此處置淩柱等人，那淩若娘家就等於連根拔起。失去了娘家的庇佑，且還是以這種方式，不論胤禛如何恩寵，她在宮中的日子都不會太好過。

上這封奏摺的人，用心不可謂不惡毒。淩若一咬牙，將目光轉到摺子的最下面，署名赫然是：年希堯。

第五百六十六章　出獄

又是與年氏一族有關，難道害自己的人當真就是年氏？她隱藏得比自己所以為的更深？事情是似乎如此，但凌若總覺得還有哪裡不對勁，可又說不出來，只得先放在一邊。

她仰頭望著胤禛，想要從他臉上看出端倪來。「不知皇上準備如何處置？」

胤禛雖然說過會護她一家周全，可是關乎全家人性命，依然會擔心，唯恐……唯恐……只是想想，她眼圈便不由自主地紅了起來。

「不許亂想！」胤禛一直留心凌若的神色，看她這副樣子，焉有不明白之理，輕斥了一句後又憐惜地道：「朕答應過妳就一定會做到，否則朕也不會將這封上月便呈上來的摺子壓在最下面了。」

「臣妾知錯。」凌若低低說著，臉色好看了些，但貝齒依然緊緊咬著下脣。

胤禛嘆一嘆氣，撫著她發白的脣，命她鬆開牙齒，只這麼一會兒工夫，她脣上就留下一道深深的牙印。

胤禛將凌若拉起來，即便殿中燒著地龍，地上也涼得很，跪久了，涼意容易從膝蓋滲進去。他低低嘆了口氣，帶著無盡的失望與痛恨道：「朕一直以為素言只是爭強好勝，性子驕縱些，並沒有太過狠毒的心思，如今看來，卻是朕錯了。」

年氏……冷意在凌若眸中集聚，不等凝結又迅速散去。不論胤禛如何失望痛恨，他始終沒有處置年氏，這麼早就將恨意表露在胤禛面前，並不是什麼明智之舉，即便這個恨，彼此心裡都清楚。

胤禛沉沉的聲音繼續在養心殿響起：「若兒，素言派人假扮軍士追殺妳一事，到現在為止並沒有什麼直接證據，再加上年羹堯又是撫遠大將軍，鎮守邊疆，朕不便輕易處置。所以這件事，妳要暫時忍耐，直至朕徹查清楚的那一日。朕不願放過一個為惡的，卻也不想冤枉任何一個無辜的。」

「臣妾知道，臣妾絕不會讓皇上為難。」

年氏不同於尋常妃子，她是打從王府裡就陪在胤禛身邊的，這麼多年，多少總會有一些感情，且她還替胤禛生下兩個孩子。

再者，一個年氏或許算不得什麼，但是年氏背後是龐大的家族，滿門皆貴，年羹堯更是軍中第一人。卸了十四阿哥的兵權後，胤禛對年羹堯倚重的地方更加多，若非萬不得已，他是絕對不會輕易動年羹堯的，年氏也是同理。

「妳能理解就好。」胤禛發出一聲感慨。世人皆以為身為皇帝，想做什麼就做什麼，卻不知皇帝才是最不得自由的，不論做什麼都要考慮到平衡，朝堂如此，後宮亦如此。

他寵凌若，甚至親自出宮將她接回來，卻從未提及要晉凌若的位分，不是他不願給，而是怕壞了後宮的平衡。畢竟出宮為大清祈福只是個藉口，真正情況眾人心裡都清楚。凌若回宮已觸動了很多人的神經，在某個範圍內他可以憑皇帝的權勢壓制住，卻也不能壓得太狠，否則容易引起反彈。

當日在上書房中，福沛與弘曆他們起衝突，他將福沛暫時交由皇后撫養，一來是作為對福沛胡作妄為的懲罰；二來，也是對福沛的保護。萬一真要處置年氏，福沛是無辜的，又是他僅有的四個兒子之一，他不希望牽連到福沛。

半晌後，凌若突然掙開胤禛的手，屈膝跪下道：「臣妾本不該妄求，只是臣妾的家人皆受臣妾所累，還請皇上看臣妾雙親年事已高，禁不起折騰，又已在牢中關押多時的分上，從輕發落。」

「妳啊，對朕真是沒一點兒信心。」胤禛搖搖頭，不顧凌若的反對拉起她，嘴角噙了一絲淺淺的笑意。「不過無所謂了，總有一日，朕會讓妳不再質疑朕說過的話。」

在凌若不解的目光中，他道：「妳阿瑪的事，朕一直在追查，幾日前終於查清楚，是內務府太監從中搗鬼，想是收了好處。可惜在事發之前，他就趁著外出採買的機會逃走了，約是事先得到風聲，朕已經派人追捕他了。」

凌若沒想到自己一直擔心的事會突然出現轉機，睜大了眼，喃喃道：「如此說來，臣妾的阿瑪可以清白了？」

「是啊。」胤禛笑著在凌若秀氣的鼻梁上刮了一下。「昨日妳阿瑪一家就出獄了，朕本想著等妳來求朕見妳家人的時候，再告訴妳這個好消息，哪知妳這小女子，性子還挺倔強，都已經二十九了，還沒動靜。朕無奈，只好自己將妳喚來了。如何，可領朕這個情？」

「皇上的意思是臣妾……可以見阿瑪他們？」凌若愣愣地問著，一個接一個的好消息，令她一時難以回神。

胤禛挑一挑眉，帶著幾絲玩味的笑容道：「自然，除非妳自己不願見他們。」

「臣妾願意！」似乎是怕胤禛反悔，凌若急急答應，待得發現胤禛臉上玩味的笑容越發濃重時，頓時意識到自己的失態，白皙的臉頰上浮起一絲紅雲。「臣妾失儀了。」

胤禛哂然一笑道：「無妨，妳回宮後，朕還是第一次看到妳這麼開心。朕許了裕嬪的家人初五入宮，妳家人也定在同一日吧，待會兒朕就讓四喜去凌家傳旨。」

「臣妾謝過皇上隆恩。」凌若喜不自勝地說著，望著胤禛的眼神柔情似水。胤禛以帝王之尊待到她這個地步，她還有何不滿。

在陪著胤禛將剩餘的幾本摺子批閱完後，凌若隨其來到就寢的後殿。四喜在將垂幔放下後就退身而出，只餘幾盞幽幽的燭光陪伴著交纏的兩人。

第五百六十七章 討要恩典

雍正元年除夕，宮中設下家宴，擺在儲秀宮，凡有名分的嬪妃皆得以賜席，諸多精心打扮過的妃嬪攜細細香風而來。

雖說除夕夜嬪妃不得侍寢，但能在皇帝眼裡留點印象總是好的，畢竟她們身上的一切皆取決於帝王寵愛。

一時間，儲秀宮中雲鬢香影，嬌聲軟語，好不熱鬧。

凌若領著弘曆到儲秀宮的時候，恰好在門口遇到了剛剛趕到的年氏。一絲憔悴之意悄悄自那脂粉下透出，看來福沛不在身邊的日子，年氏很不好過。

對於她，凌若自不會有什麼同情。想起她在通州以及宮外那半年對自己所做的一切，現在這些事甚至連報應也算不上，充其量只是些許小懲罷了。

恨歸恨，該有的禮數依然周全，她鬆開弘曆的手，端正地行了一個禮；在她之後，弘曆同樣如此。

年氏面色很不好看，這幾日她猶如從天堂雲端跌進地獄，福沛見不到不說，胤禛更是自那以後就再沒踏足過翊坤宮，令翊坤宮形同冷宮。以往，胤禛不論國事如何繁忙，隔幾日都會來看她一次，噓寒問暖。還有這次的家宴，本該由她負責操持，然皇后卻橫加阻攔，說要親自操辦此事，皇后所謂的頭疼恰巧也在這個時候好了。

年氏恨極也無奈至極，這樣的無可奈何令她對凌若的恨意越發深重，她要報仇，要奪回所有屬於她的恩寵榮耀。

她要證明自己才是胤禛最珍愛的女子，而非鈕祜祿氏！

隱忍，只是為了更好的報復。

如此想著，年氏臉上浮起這幾日來的第一縷笑意，看向凌若的目光更猶如在看待一個最好的姊妹，抬手輕扶對方。「妹妹與四阿哥快快請起，如此行禮，倒是教本宮不安了。」

凌若頗為意外地看著年氏，她很清楚那縷笑意背後的虛偽，但年氏能在這種情況下笑出來也足夠令她心驚了。她腳步微移，不著痕跡地避開年氏冰涼的手。「近日不曾去向貴妃請安，貴妃可還好？」

年氏意味深長地點點頭。「本宮很好，有勞妹妹掛心了。」又說了幾句言不對心的話後，兩人一前一後走進去。

儲秀宮正殿頗大，裡面總共擺了六桌，無數宮人穿梭在宴席之間，將一盆盆色香味俱全的佳餚端上席宴。

那些來得早的妃嬪看到年氏與凌若進來，忙起身行禮，嬌聲軟語在殿中此起彼伏。不論年氏是否失寵，她終歸是後宮的貴妃，皇后之下最尊。一日未被廢，這些人就一日不得怠慢。

「諸位妹妹都坐吧。」在這般說了一句話，年氏逕自坐到右首第一桌。這六席之中，以左首第一桌為尊，只設三個位置，分別是太后、皇上與皇后。年氏雖為貴妃，也無坐這一桌的資格。

年氏坐下後，不時望著門口，適才還冰冷的眼中如今皆是期盼，凌若知道她在盼什麼。福沛自交給皇后撫養後，年氏就一直不曾見過他，如今闔宮家宴，福沛定然會隨皇后來此，他們母子正可藉此機會相見。

溫如言與瓜爾佳氏坐在左首第二桌，十四歲的涵煙坐在溫如言身邊，她的五官已經長開了。涵煙可說是凌若看著長大的，與凌若和弘曆都頗親近。她起身行禮後讓到旁邊宮人挪開的椅子上，彎眸道：「熹妃娘娘與四弟請坐。」

「怎麼不叫本宮姨娘了？」凌若領著弘時在椅中坐下。

涵煙吐了吐鮮紅的小舌頭，俏聲道：「額娘說宮中不比王府，不能再像以前那樣隨便，得喚熹妃娘娘才對。」

凌若笑睨了溫如言一眼道：「就妳額娘規矩重，本宮聽著還是姨娘更順耳一些。」

溫如言將一盞馬奶放到弘曆面前，輕聲道：「什麼稱呼都是一樣的，別因一時大意讓人抓到痛處才是真的。」

瓜爾佳氏努一努嘴，對凌若道：「剛才進來的時候，年貴妃沒把妳生吞活剝了？」

「她自是想，就怕我這身肉太硬，沒吃下去不說，反還硌了牙。」凌若撫著衣襟上精巧的繡花，曼聲道。

「這幾日年貴妃的日子可是不好過得緊，真虧她還忍得住。」溫如言漫不經心地插了一句。

凌若拭著弘曆嘴邊的奶漬沒有說話，隔了一會兒，裕嬪也到了，在凌若的示意下與他們坐在同一桌。如此一來，這桌便有了七個人，再加上其中兩人是孩子，倒比其他幾桌更熱鬧一些。

「太后駕到！」

太監尖細的聲音自宮門外一道道地傳進來，凌若等妃嬪連忙整衣起身，低頭肅然靜待烏雅氏的到來。

烏雅氏今日穿了一身鐵繡紅繡五福團紋的旗服過來，髮髻一絲不苟地綰起，並不見金銀，只以翡翠青玉為飾，簡單素淨之餘又透著無盡的雍容華貴。

「恭迎太后鳳駕，千歲千歲千千歲！」眾妃齊齊欠身行禮，帶著無盡的敬畏與羨慕。每一朝、每一代，都會有無數女子入宮，但能躍眾而出，最終坐至太后寶座的卻萬中無一。

「都起來吧。」烏雅氏的聲音平和寧靜，在宮人攙扶下緩步至左首第一桌。

凌若飛快地抬頭看了一眼，發現即便是在這個時候，烏雅氏眼中依然隱藏著一絲極深的落寞。是因為十四阿哥嗎？凌若不知道，即便知道她也不能說什麼。軟禁允禵是胤禛的決定，而胤禛的本意亦是為了允禵好，只可惜，沒有幾人理解。

烏雅氏剛剛座落，尖細的聲音再一次重重傳來——

「皇上駕到！皇后娘娘駕到！」

華燈中，一身明黃龍袍的胤禛與真紅繡鸞鳳錦衣的那拉氏並肩而來，在他們身後跟著福沛。除卻烏雅氏之外，所有人皆如剛才一樣欠身行禮。福沛的出現令年氏激動不已，極力克制著想要衝上去將福沛摟在懷裡的衝動。

禮畢之後，眾人在胤禛的示意下重新落座。如此一來，後宮中身分最尊貴的三人皆到齊了，也就在胤禛他們進殿後，新年樂曲開始悠然響起。

「皇額娘。」胤禛與那拉氏一道向烏雅氏行禮，一應禮畢之後，方才正式開始這場雍正元年的除夕夜宴。

夜雪紛飛，帶著冬夜獨有的寒冷，但這並不妨礙儲秀宮的熱鬧。雖然時間上稍稍有些緊迫，但皇后依然把這場家宴操持得極好，一應宮女、太監有條不紊地上菜倒酒。在夜宴行到一半時，那拉氏突然含笑站起來道：「趁著今日熱鬧，臣妾想向皇額娘和皇上討個恩典。」

第五百六十八章 推辭

「哦？」胤禛今日心情頗為不錯，停下拿筷的手，笑道：「不知皇后想求什麼樣的恩典？」

烏雅氏及嬪妃同樣好奇地看著妝容精緻的皇后，她們都在猜測皇后所謂的恩典是什麼。唯有凌若隱約猜到了些許，口中的肉片一下子變得索然無味。

「熹妃當日為大清祈福，離宮半年，一直茹素吃齋，這份心意實在難能可貴，理該嘉獎。所以臣妾想替熹妃妹妹求一個恩典，晉其為貴妃。」那拉氏在說這些時，一直帶著笑容，彷彿真的是為了凌若好。

烏雅氏眸光一冷，剛才還有幾分笑意的神色漸漸冷了下來。胤禛則是若有所思，至於其他妃嬪礙著身分不敢說什麼，只是用嫉妒的目光望著凌若。

貴妃啊，多少人終其一生，也靠近不了這個位置，只能被迫仰望。鈕祜祿氏何德何能，得皇上重視不說，還得皇后另眼相看。

一時間，整個儲秀宮鴉雀無聲。年氏死死握著象牙雕花筷子，努力不讓心中聚集的怒氣爆發出來，至於臉色好看與否，她已經無暇兼顧了。坐在她旁邊的戴佳氏身子不由得往另一邊傾著，怕沾染到她的怒火。

溫如言與瓜爾佳氏不約而同地露出憂心之色。貴妃之位看似風光，然於凌若而言，卻猶如坐在火山口，隨時會爆發的岩漿足以將她焚燒得屍骨無存；當著太后與年氏的面說出來，皇后可真是將凌若「疼」到了骨子裡。

對凌若來說，集眾目光於一身並不是第一回，可這一次卻恍如有無數鋼針不斷鑽刺進皮膚中一般，令她渾身皆發疼。

「皇額娘以為如何？」胤禛眉頭有微不可見的皺痕，彷彿對此並不贊成。他心中自然屬意凌若貴妃之位，卻不是現在，且素言是絕對不會甘心凌若與她並列的。想到此處，胤禛下意識地往年氏所在地方看了一眼，儘管年氏因為低頭而看不清神色如何，但從她握緊筷子的舉動便可看出心中並不平靜。

烏雅氏睫毛微動，下一刻她將筷子往桌上一擱，不鹹不淡地道：「皇上知道哀家向來不怎麼管後宮之事，熹妃之事，皇帝與皇后商量著辦就是了。貴妃也好，妃也罷，皆是這宮中的嬪妃，最重要的是服侍好皇帝，敬重皇后，不要越過自己該守的本分就好。」

烏雅氏話音剛落，席間突然傳來「咯嚓」一聲，循聲望去，卻是從年氏那裡發出的。隨著年氏右手緩緩鬆開，斷成四截的筷子出現在她掌心，隨後滾落在繡有金童玉女賀新歲圖的桌布上。

「貴妃怎麼了？」那拉氏關切地問著。「可是身子不舒服？」

年氏將顫抖的雙手掩在袖中，勉強擠出一絲難看的笑容。「讓皇后擔心了，臣妾沒事。」至於筷子為什麼會斷她沒說，也不須說，所有人心中皆明白。

那拉氏若無其事地將目光自她身上移開，笑吟吟地看了胤禛。這恩典是她替凌若求的，自然沒有反對的理，那麼就只待胤禛同意了。

那拉氏等了一會兒，始終不見胤禛說話，詫異在眼底掠過，卻沒有說什麼，只是靜靜地等著。

「若兒。」在這個時候，溫如言低低喚了凌若一聲，藉著舉袖遮擋的機會，朝凌若微微搖頭。

裕嬪雖未說話，但她卻將擺在桌上的筷子動了一下，使得兩根筷子呈交叉之樣，意思不言而喻。

凌若撫去不知何時沾在裙上的一絲水漬，在眾人的目光中起身走到烏雅氏那一桌前面，跪下道：「臣妾有話想說。」

「說就說吧，跪著做什麼，起來。」

胤禛這般說著，凌若卻是搖頭道：「請皇上允臣妾跪著說話。」

胤禛還待要說，烏雅氏突然開口：「既然熹妃這麼說，那就跪著回話吧。」

「謝皇額娘。」凌若朝烏雅氏磕了個頭後，又轉而朝那拉氏磕頭，正色道：「臣妾多謝皇后娘娘厚愛，只是臣妾無德無能，實不敢忝居貴妃之位。」

那拉氏微笑道：「熹妃實在太歉虛了，妳替皇上生下四阿哥，又為大清祈福半年，若熹妃無功，那滿座妃嬪，哪個算得了有功？」

凌若再一磕頭，絳紫色綢繡桃花團紋的裙襬鋪展在身後，燈光之下，華美異常。「撫育阿哥，為皇上分憂皆是臣妾分內之事，如何敢居功，是以還請皇后娘娘收回成命，否則臣妾寧願長跪於此，也絕不敢起身。」

那拉氏長眉微皺，似有些不悅。「熹妃如此百般推辭是為何意？」

「皇后。」在凌若回答之前，烏雅氏開口：「既然熹妃認為自己暫無資格居於貴妃高位，那麼就先緩一緩吧，等什麼時候她真有這個資格了，再議此事，不必急於一時。」

胤禛聽到這裡，微微點頭道：「皇額娘說的是，此事往後再議。」

見兩人都這麼說了，那拉氏只得答應，在椅中欠一欠身道：「是，臣妾遵旨。」旋即又轉了臉道：「好了，熹妃都聽到了，起來吧。」

凌若輕吁一口氣，連忙謝恩起身，回自己椅中坐下。她剛才真怕胤禛會同意那拉氏的話，幸好沒有。

那拉氏藉著低頭撫裙的動作掩飾眼中異樣，適才胤禛的態度令她感到很是奇怪。胤禛盛寵鈕祜祿氏，這是無庸置疑的事，可是他為什麼不同意呢？按著她的猜測，胤禛應是對此事樂見其成才對，難道他對自己有所懷疑？

不可能！這個念頭剛一冒出來便被她否決了。若胤禛真有了疑心，她不可能一點也察覺不到，當中應該另有原因才是。

看到胤禛並沒有晉凌若為貴妃的意思，年氏面色稍稍緩轉，不過這頓飯是再沒心思吃了。宴席結束，烏雅氏因身子乏困而先行離去，胤禛與那拉氏則一道點燃了早已擺放在院中的煙花。

無數絢爛到令人心驚的煙花沖天而起，化為夜空中那一剎那間卻又永恆至極的美麗。

雪依舊漫漫下著，看著滿目的流光絢爛，凌若思緒不自覺回到了十九年前的那一夜，也是這樣，不過那時她在宮外，如今卻是在宮內。也就是在那一夜，她親眼看到了胤禛的無助與絕望，並與他開始糾纏不清。

她不經意地一個回頭，恰好看到胤禛目光望過來。四目交錯，兩人均不自覺地露出一絲笑意。

熹妃傳

熹妃傳

熹妃傳 第二部第二冊

作　　者／解語
執 行 長／陳君平
榮譽發行人／黃鎮隆
協　　理／洪琇菁
總 編 輯／呂尚燁
執行編輯／陳昭燕
美術監製／沙雲佩
美術編輯／陳又荻
國際版權／黃令歡、梁名儀
文字校對／朱瑩倫
內文排版／謝青秀

國家圖書館出版品預行編目資料

熹妃傳. 第二部 / 解語作. -- 1 版. -- 臺北市：城邦文化事業股份有限公司尖端出版：英屬蓋曼群島商家庭傳媒股份有限公司城邦分公司尖端出版發行, 2022.11-
冊；　公分
ISBN 978-626-338-612-9（第 2 冊：平裝）

857.7　　111015552

出版／城邦文化事業股份有限公司　尖端出版
台北市 104 中山區民生東路二段 141 號 10 樓
電話：（02）2500-7600　傳真：（02）2500-2683
讀者服務信箱：7novels@mail2.spp.com.tw
發行／英屬蓋曼群島商家庭傳媒股份有限公司城邦分公司　尖端出版
台北市 104 中山區民生東路二段 141 號 10 樓
電話：（02）2500-7600　傳真：（02）2500-1979
劃撥專線：（03）312-4212
戶名：英屬蓋曼群島商家庭傳媒（股）公司城邦分公司
劃撥帳號：50003021
※ 劃撥金額未滿 500 元，請加付掛號郵資 50 元
法律顧問／王子文律師　元禾法律事務所　台北市羅斯福路三段 37 號 15 樓

台灣地區總經銷／中彰投以北（含宜花東）　楨彥有限公司
電話：（02）8919-3369　傳真：（02）8914-5524
雲嘉以南　威信圖書有限公司
（嘉義公司）電話：（05）233-3852　傳真：（05）233-3863
（高雄公司）電話：（07）373-0079　傳真：（07）373-0087
馬新地區總經銷／城邦（馬新）出版集團 Cite（M）Sdn Bhd
電話：603-9057-8822　傳真：603-9057-6622
E-mail：cite@cite.com.my
香港地區總經銷／城邦（香港）出版集團 Cite（H.K.）Publishing Group Limited
電話：852-2508-6231　傳真：852-2578-9337
E-mail：hkcite@biznetvigator.com

版　次／ 2022 年 11 月 1 版 1 刷　Printed in Taiwan